中國古典文學基本叢書

蘇詩補注

第五册

〔宋〕蘇軾 撰
〔清〕查慎行 補注
范道濟 點校

中華書局

東坡先生編年詩卷三十三

古今體詩六十三首元祐六年辛未春在杭守任，三月後還朝，八月出知潁州作。

次韻楊公濟一本有「奉議」二字梅花十首〔一〕

其一

梅梢春色弄微和，作意南枝翦刻多，月黑林間逢縞袂。霸陵醉尉誤誰何〔二〕。

〔一〕楊公濟：名蟠，時通判杭州。詳見施氏原注。考，《東都事略》及《宋史·楊蟠傳》，皆以爲章安人。王氏舊注以爲建州人，惟《登科記》則以爲杭人。潛説友《咸淳臨安志》云：《東都事略》稱章安人，從其集名也。《大宋登科記實》稱杭人。紹興間，錢塘傅牧作《西湖事實》，稱鄉人楊蟠作《百咏詩》，則《登科記》所載從其鄉也。

〔二〕誰何：《史記·秦本紀論》：「信臣精卒，陳利兵而誰何？」《索隱》注：「何，或爲『呵』。」《漢舊儀》：諸衛郎官，分五夜誰呵。呵夜行者誰也。何、呵，字同。

其二

相逢月下是瑶臺，藉草清尊連夜開。明日酒醒應滿地，空令飢鶴啄莓苔。

其三

緑髮尋春湖畔回，萬松嶺上一枝開〔一〕。而今縱老霜根在，得見劉郎又獨來。

〔一〕萬松嶺：《咸淳臨安志》：「萬松嶺在和寧門外西嶺上，舊夾道栽松，樂天《夜歸》詩：『萬株松樹青山上，十里沙隄明月中。』」

其四

月地雲階漫一尊〔一〕，玉奴終不負東昏〔二〕。臨春結綺荒荆棘，誰信幽香是返魂〔三〕。

〔一〕月地雲階：《容齋續筆》：「政和中，蔡京禁蘇氏學，蘄春一士獨杜門注其詩，不與人往還。錢伸仲爲黄岡尉，因考校上舍，往來其鄉，三進謁，然後得見。首請借閲其書，士人指案側巨編，使隨意抽讀，適得《和公濟梅花十絶》，『月地雲階漫一尊』云云，注曰：『玉奴』，齊東昏侯潘妃小字。『臨春』、『結綺』者，陳後主三閣之名也。伸仲曰：『所引止此乎？』曰：『然。』伸仲曰：『唐牛僧孺所作《周秦行記》，夢入薄太后廟，見古后妃輩，所謂月地雲堦見洞仙。東昏以玉兒故，身死國除，不擬負他。乃是此篇所用，先生何爲没而不書？』士人恍然失色。顧其子然紙炬，悉焚之，曰：『吾枉用工夫十年，非君，幾貽士林嗤笑？』仲仲每談其事，以戒後生。」

〔二〕玉奴：洪容齋云：「玉奴，乃楊妃自稱。潘妃，則名玉兒也。」《韻語陽秋》云：「東坡詩云『玉奴絃索花奴手』，玉奴謂楊妃。及《和梅花》詩，乃言『玉奴終不負東昏』，何耶？當是筆誤耳。」

〔三〕返魂：《禪宗頌古》載唐僧詩《古梅》云：「天公未肯隨寒暑，又蘖清香與返魂。」先生詩正用此語。

其五

日出冰澌散水花〔一〕，野梅官柳漸攲斜。西郊欲就詩人飲，黄四孃東子美家。

〔一〕冰澌：按，施氏原本作「冰湖」。周益公《省齋集》注中引此二句，作「冰澌」，當從之。別本作「冰壺」者，亦訛。

其六

君知早落坐先開，莫着新詩四一作「句」句催。嶺北霜枝最多思，忍寒留待使君來〔一〕。

〔一〕忍寒：李商隱詩：「忍寒應欲試梅粧。」

其七

冰盤未薦含酸子〔一〕，雪嶺先看耐凍枝。應笑春風木芍藥〔二〕，豐肌弱骨要人醫。

〔一〕含酸：江淹《恨賦》：「含酸茹歎。」

〔二〕木芍藥：（韓愈）〔蘇軾〕詩：「殷勤木芍藥，獨自殿餘春。」

其八

寒雀喧喧凍不飛，遶林空啅一作「啄」未開枝。多情好與風流伴，不到雙雙燕子一作「語」時。

其九

鮫綃翦碎玉簪輕，檀暈粧成雪月明〔一〕。肯伴老人春一醉，懸知欲落更多情。

〔一〕檀暈粧：《長公外紀》云：「王十朋集諸家注，皆不解『檀暈』之義，今爲著之。宇文氏《粧臺記》：『婦人畫眉，有倒暈粧。《古樂府》有『暈眉』『攏鬢』之語。元微之《與樂天書》：『近呢婦人暈淡眉目，綰約頭鬢。』《畫譜》有『正暈牡丹』『倒暈牡丹』。《太平廣記·許老翁〔傳〕》有『銀泥裙』『五暈羅』。畫工七十二色有『檀色』，與張萱所畫婦女暈眉所謂『紫色羃』者酷似，可以互證也。」

其十

縞裙練帨玉川家，肝膽清新冷不邪。穠李争春猶辦此，更教踏雪看梅花。

慎按：以上十首，施氏原本編入上卷《重九》詩後，今改正。

附李端叔次韻十首： 從《姑溪集》采録。

誰人月下奏雲和，一夜繁枝向北多。長笛不須論舊恨，且留幽思待陰何。

奸雄投老戀層臺，隨得分香散處開。枝上休論歌舞舊，尊中且泛緑於苔。

弄蕊攀條日幾回，依稀長記雪中開。塵埃滿袖家山遠，底事多情拂眼來。

軟火明窗酒一尊，餘杯未減目尤昏。誰人爲折東來閣，續得何郎日斷魂。

黯黯危腸獨九回，故園誰對此時開。撚來聊把倚孤枕，更擬殷勤入夢來。

病餘憔悴拊空尊，仔細思量意却昏。便覺陽和振枯槁，不須方士致幽魂。

初見今年報信花，定從清淺綴横斜。無言對我應惆悵，不復當時處士家。

玉作肌膚雪作衣，剪裁風月綴寒枝。上池可飲偶無路，空愧當年帶下醫。

漏泄天工意不輕，傍春依臘獨分明。孤高不作繁紅伴，造化須知别有情。

姑射山前舊卜家，天香真色倚風斜。不須薝蔔分高下，要是東皇第一花。

慎按：端叔所次韻第五首重叶第三韻，第六首重叶第四首韻，中間缺「時」字韻一首，無善本可對録，俟備考。

謝關景仁送紅梅栽二首〔一〕

其一

年年芳信負紅梅，江畔垂垂又欲開。珍重多情關令尹，直和根撥送春來〔二〕。

〔一〕關景仁：張淏《會稽續志》：關景仁，越州人。嘉祐四年，劉煇榜進士。《苕溪叢話》引《夷堅志》云：「關景仁子開，錢塘人。」曾子固集中所撰《景仁墓志》，言其父關魯老於錢塘，而景仁卒亦葬錢塘，當是越人而移居於杭者。

〔二〕根撥：白居易詩：「柯條未嘗損，根撥不曾移。」

其二

爲君栽向南堂下〔一〕，記取他年着子時。酸釅不堪調衆口，使君風味好攢眉。

〔一〕南堂：先生詩中，「南堂」凡三見，一在黄州，所謂「南堂獨有西南向，卧看千帆落淺溪」者也。一在惠州白鶴峰新居，所謂「南堂初絶斧斤音」者也。此詩作於杭州，即府治之中和堂也。

次韻劉景文路分上元〔一〕

華燈閟艱歲，冷月挂空府。三吴重時節，九陌自歌舞。云從月幾望，遂至一百五。嘉辰可屈指，樂事相繼武。今宵掃雲陣，極目浄天宇。嬉遊各忘歸，闐咽頃未睹。飛毬互明滅，激水相吞吐。老去反兒童，歸來尚鐃鼓。新年消暗一本作「暗消」雪，舊歲添絲縷。何時九江城，相對兩漁父。公自注：予舊欲卜居廬山，景文近買宅江州。

〔一〕路分：《職官分紀》有路分都監、監押、鈐轄之名，皆武職也。

遊寶雲寺〔一〕得唐彦猷〔二〕爲杭州日送客舟中手書一絶句云云明日送彦猷之子坰赴鄂州一本有「舟中」二字遇微雨感嘆前事因和其韻作兩首送之且歸其書唐氏〔三〕

其一

二妙凋零筆法空〔四〕，忽驚雲海戲群鴻。清詩不敢私囊篋，人道黄門有父風〔五〕。

〔一〕寶雲寺：《咸淳臨安志》：「（北山）寶雲寺，乾德二年錢氏建。舊名千光王寺，雍熙二年改今額。」《武林梵志》：「寶雲寺在寶雲山下，即瑪瑙寺東空園也。」

〔二〕唐彦猷：《皇宋事實類苑》：「唐彦猷詢，清簡寡欲，不以世務爲意。公退，一室蕭然，惟吟詩臨書，烹茶試墨，以此度日。」《咸淳臨安志·秩官考》：「唐詢，錢塘人。嘉祐三年六月丙辰，自蘇州移知杭，明年九月，除吏部郎（以去）。」

〔三〕唐坰赴鄂州：施氏原注：「坰字林夫」云云，「〔乃因百官起居日，扣陛請對，力數安石用人變法非是，〕至六十餘條。曰：『安石以曾布爲腹心，張琥、李定爲爪牙，張商英爲鷹犬，逆意者雖賢爲不肖，附之者雖不肖爲賢。』每讀一事畢，即指安石曰：『請陛下宣諭安石，臣所言虚耶？實耶？』上屢止之，坰慷慨自若，且讀且論，上下皆震悚。安石爲之請去，上意雖寤，亦不深怒，明日貶監廣州軍資庫，徙監吉州太和縣鹽酒税，通判霸州。方就職，御史王桓謂必不循理，不宜置邊城，改倅無爲。至是，知鄂州。」此段新刻本删改不全，今補録。

〔四〕二妙：按，僧文瑩《玉壺清話》云：「唐彦猷詢與弟彦範詔，俱擅一時才雅之譽。彦猷知書好古，彦範文章氣格高簡不群，（皆）〔尤〕精翰墨，遣一小札，必用華箋妙管。」云云。據此，則詩中「二妙」，乃指彦猷兄弟也。

〔五〕有父風：山谷《跋唐林夫帖》云：「余於唐家子弟處，得林夫臨檝歐陽詢書帖，筆勁而秀潤，此林夫得意書也。」李端叔亦有跋云：「近時以筆墨爲事者，無如唐彦猷，其雅致自將，故（書）〔所録〕皆絶俗。其子坰，（行）〔於〕筆無家法而類蔡君謨，亦自可喜。」觀二公之言，彦猷父子書法，爲同時推重如此。

其二

出處榮枯一笑空，十年社燕與秋鴻。誰知白首長河路，還卧當時送客風。

附唐彦猷原作： 此詩從原題中采出，附録於後。

山雨霏微不滿空，畫船來往疾輕鴻。誰知獨卧朱簾裏，一榻無塵四面風。

送江公著〔一〕知吉州〔二〕

三吴行盡千山水，猶道桐廬更清美。豈獨一作「惟」濁世隱狂奴，時平亦出佳公子。初冠惠文讀《城旦》，晚入奉常陪劍履〔三〕。方將華省起彈冠，忽憶釣臺歸洗耳〔四〕。未應良木棄大匠，要使名駒試千里。奉親官舍當有擇，得郡江南差可喜。白粲連檣一萬艘〔五〕。紅粧執樂三千指。簿書期會得餘閒，亦念人生行樂耳。公自注：二「耳」義不同，故得重用。

〔一〕江公著：「江公著，字晦叔，桐廬人。舉進士，爲洛陽尉。遇久旱微雨，作詩：『雲葉紛紛雨脚匀，亂花柔草長精神。雷車却碾前山過，不灑原頭陌上塵。』司馬温公於士人家見之，爲稱薦，由此知名。元祐初，以近臣薦，通判陳州，入爲太學太常博士，出守廬陵，故詩云『晚入奉常陪劍履』。元符間，知泉州，提舉福建常平事。建中靖國初，知虔州。東坡北歸至虔，晦叔適至，有唱酬二詩。未幾，除廣東轉運判官，提點湖南刑獄，京西轉運副使。」此施注原文也。新刻本自「入爲太常博士」以下，盡行删去，今補録。

〔二〕吉州：《元和郡縣志》：「漢廬陵縣，屬豫章郡。漢末置廬陵郡，隋改吉州。」《太平寰宇記》：「吉州因吉陽水得名，南至虔州五百三十里。」

〔三〕奉常：《漢書·百官表》：「奉常，秦官也。景帝改曰太常。」

〔四〕釣臺：《太平寰宇記》：「嚴子陵釣壇，在桐廬縣南大江側，下連七里灘。按，《東觀漢紀》云：『光武與子陵友，陵隱於孤亭山，垂釣爲業。訪得之，陵不受封。』今郡有臺（有）〔并〕壇，亦謂嚴陵瀨。」

〔五〕白粲：《（晉書）〔宋書〕》〔卷九十一〕：「何子平居會稽，事母至孝。辟揚州從事，月俸得白米，輒貨市粟麥。人曰：『所利無幾，何足爲煩？』答曰：『尊老在東，不辦得米，何心獨饗白粲。』」

聞錢道士〔一〕與越守穆父飲酒送二別本作「一」壺

龍根爲脯玉爲漿，下界寒醅一作「酸」亦漫嘗。一紙鵝經逸少醉，他年《鵬賦》謫仙狂。金丹自足留衰鬢，苦淚何須點別腸。吴郡舊邦遺澤在，定應符竹付諸郎〔二〕。

〔一〕錢道士：名自然，號通教大師，與穆父同爲吴越之裔，故結句云然。

〔二〕符竹：《漢書·文帝本紀》注云：「以竹箭五枚，長五寸，刻篆書第一至第五。與郡守爲符者，謂各分其半，右留京師，左以與之。」

再和楊公濟梅花十絶

其　一

一枝風物便清和，看盡千林未覺多。結習已空從著袂，不須天女問云一作「如」何。

其　二

天教桃李作輿臺〔一〕，故遣寒梅第一開。憑仗幽人收艾蒳〔二〕，國香和雨入青苔。

〔一〕輿臺：《左傳》：「人有十等，下所以事上，上所以共神也。故王臣公，公臣大夫，大夫臣士，士臣皁，皁臣輿，輿臣隸，隸臣僚，僚臣僕，僕臣臺。馬有圉，牛有牧，以待百事。」

〔二〕艾蒳：〔《香譜》〕：「《廣志》云：『艾蒳出西國，似〔細〕艾（葉）』。又云：『松樹皮上緑衣亦名艾蒳，可合諸香，燒之，（其烟聚而）〔能聚其煙，青白〕不散。』」

其　三

白髪思家萬里回，小軒臨水爲花開。故應剩作詩千首，知是多情得得來。

其四

人去殘英滿酒尊，不堪細雨濕黄昏。夜寒那得穿花蝶，知是風流楚客魂。

其五

春入西湖到處花，裙腰芳草抱山斜〔一〕，盈盈解佩臨烟浦。脉脉當壚傍酒家。

〔一〕裙腰芳草：白居易詩自注云：「孤山寺〔路〕在湖洲中，草緑時，望如裙腰。」

其六

莫向霜晨怨未開，白頭朝夕自相催〔一〕。斬新一朵含風露，恰似西厢待月來。

〔一〕白頭：杜甫《梅花》詩：「江邊一樹垂垂發，朝夕催人自白頭。」

其七

洗盡鉛華見雪肌，要將真色鬭生枝。檀心已作龍涎吐，玉頰何煩一作「勞」獺髓醫。

其八

湖面初驚片片飛，尊前吹折最繁枝。何人會得春風意，怕見梅黄一作「黄梅」雨細時。

其九

長恨漫天柳絮輕，只將飛舞占清明。寒梅似與春相避，未解無私造物情。

其十

北客南來豈是家，醉看參月半横斜。他年欲識吴姬面，秉燭三更對此花。

次韻曹子方運判雪中同遊西湖〔一〕

詞源灩灩波頭展，清唱一聲巖谷滿。未容雪積句先高，豈獨湖開心自遠。雲山已作歌眉淺，山下碧流清似眼。尊前侑酒只新詩，何異書魚餐蠹簡。

〔一〕曹子方：曹子方名輔。任淵注山谷詩引《實録》云：「元祐三年九月，太僕寺丞曹輔權發遣福建路轉運判官。」曾子固《隆平集》：「轉運判官，開寶六年，廣南路初除徐澤一員。太平興國三年，諸路並置。」

次韻仲殊雪中遊西湖二首〔一〕

其一

夜半幽夢覺，稍聞竹葦聲。起續凍折絃，爲鼓一再行。曲終天自明，玉樓已峥嶸。有懷二三子，落筆先飛霙〔二〕。共爲竹林會，身與孤鴻輕。秀語出寒餓，身窮詩乃亨。禪老復何爲，笑指孤烟生。我獨念粲者，誰與予目成。

〔一〕仲殊：注詳上卷《安州老人食蜜歌》下。

〔二〕飛霙：《韓詩外傳》：「雪花曰霙。」

其二

寶雲樓閣鬧千門，林静初無一鳥喧。閉户莫教風掃地，卷簾疑有月臨軒。水光瀲灔猶浮碧，山色空濛已斂昏。乞得湯休奇絶句，始知鹽絮別作「雪」，訛是陳言。

次韻參寥同前一本題云「次韻參寥咏雪」。

朝來處處白氈鋪，樓閣山川盡一如。總是爛銀併白玉，不知奇貨有誰居。

慎按：以上四首，施氏原本編《真覺院瑞香花》一首之後，似失次，今改編。又按，《參寥集》中失原唱。

與葉淳老侯敦夫張秉道同相視新河秉道有詩次韻二首〔一〕

其一

君不見元帥府前羅萬戟，濤頭未順千弩射。至今鳳皇山下路，長借一箭開兩翼。我鑿西湖還舊觀〔二〕，一眼已盡西南碧。又將回奪浮山險〔三〕，千艘夜下無南北。坐陳三策本人謀〔四〕，惟留一諾待我畫。老病思歸真暫寓，功名如幻終何得。從來自笑畫蛇足，此事何殊食雞肋。憐君嗜好更迂闊，得我新詩喜折屐。江湖飃了我竟歸，餘事後來當潤色。一菴閒卧洞霄宫〔五〕，井有丹砂水長赤。

〔一〕相度新河：何薳《春渚紀聞》：「〔先生〕元祐〔中〕〔四年〕，〔先生〕以内相出典〔餘〕杭〔州〕，時水官侯臨（相）〔亦〕繼出守上饒，過郡。以嘗渡江敗舟於浮山，遂（陰）畫回江之利以獻，公相視其宜：一自富陽新橋港至小嶺，開鑿以通閒林港。或費用不給，則置山不鑿，而令往來之舟搬運渡嶺，由餘杭女兒橋港至郡北關江漲橋，以通運河。一自龍山閘西出，循江過六和寺，由南蕩朱橋港開石門平田至廟山，然後出江道二十里至富陽。公詩『坐陳三策本人謀』，又云『上饒使君更超逸，坐視浮山如累塊』，知所議出於侯也。乞於朝，已得請，而公入爲翰林承旨，林子中爲代。有謏者言今鑿龍山姥嶺正犯太守身，因寢其議。」此段詳悉，可補施注之缺，備録之。

〔二〕西湖還舊觀：本集《乞開西湖狀》云：「唐長慶中，白居易爲刺史，是時，湖溉田千餘頃。臣以侍從出膺寵寄，目睹西湖有必廢之漸，輒已差官打量葑田二十五萬餘丈，度用夫二十餘萬工，自四月二十八日興工，半年之間，見西湖復唐之舊，環三十里際山爲岸，則農民父老與羽毛鱗甲同泳聖澤，無有窮已。」

〔三〕浮山：《太平寰宇記》：「定山在杭州西南四十〔七〕里，突出浙江數百丈。」又五里爲浮山。本集《（疏）〔開〕河奏》略云：「潮（水）自海門〔東〕來，勢若雷霆。而浮山峙於江中，潮水洄洑激射，其怒百倍，沙磧轉移，狀若鬼神，雖舟師漁人，不能測其淺深也。」

〔四〕人謀：按，施氏原注及《春渚紀聞》所載，止就相度新河一事而言。以愚考之，先生守杭時，開興水利凡三，皆采衆議而成者。浚鹽橋、茅山二河，創自監税蘇堅，而驗視董成，則仁和知縣黃僎也；西湖之役，創議者錢塘縣尉許登仁也；議鑿新河，以避浮山之險者，侯敦夫也。故云

「坐陳三策本人謀」。

〔五〕洞霄宫：按，宋朝大臣提舉宫觀，自李若谷始。熙寧初，增杭州洞霄宫及五岳廟等，並依崇福宫置提舉官，以知州資序人充，不復限數，人皆得以自便。先生「一菴卧」云云，謂將乞宫觀而去也。洞霄宫，在餘杭大滌山，注見前。

其二

荆溪父老愁三害，下斬長蛟本無賴。平生倔强韓退之，文字猶爲鱷魚戒。石門之役萬金耳〔一〕，首鼠不爲吾已隘。江湖開塞古有數，兩鵠飛來告成壞。勸農使者非常人〔二〕，一言已破黎民駭。上饒使君更超軼〔三〕，坐睨浮山如累一作「壘」塊。髯張乃我結襪生，詩酒淋漓出狂怪。我作水衡君作丞，他日歸朝同此拜。

〔一〕石門：在龍山之西，注見前首。

〔二〕勸農使：韋驤《錢塘先生集》：今之部使者與夫郡守、縣令，皆爲勸農官。《職官分紀》：「景德二年，詔諸道轉運使、副使及知州少卿監以上並兼勸農使，其餘知軍、通判等並兼勸農事。」按，葉温叟時爲轉運使，淳老，温叟字也。

〔三〕上饒使君：《太平寰宇記》：「江南西道信州上饒郡，漢爲豫章郡之鄱陽縣。唐置信州，東至衢州二百五十里。」按，侯敦夫時以水官出知信州。

椶筍并引

椶筍狀如魚〔一〕，剖之得魚子，味如苦筍而加甘芳。蜀人以饌，佛僧甚貴之，而南方不知也。筍生膚毳中，蓋花之方孕者，正二月間，可剥取，過此苦澀不可食矣。取之無害於木，而宜於飲食。法當蒸熟，所施略與筍同。蜜煮酢浸，可致千里外。今以餉殊長老。

贈君木魚三百尾，中有鵝黄子魚子。夜叉剖瘻欲分甘，籜龍藏頭敢言美。願隨蔬果得自用，勿使山林空老死。問君何事食木魚，烹不能鳴固其理。

〔一〕椶魚：《本草》：「栟櫚，一名椶櫚，〔高一二丈，〕無枝條，（高二三丈，）葉萃於樹杪。每皮一匝爲一節，三旬一采。六七月生黄白花，八九月結實，作房如魚子，黑色。」又云：「三月於木端莖中出黄苞，苞中有細子，乃花之孕也。狀如魚腹，孕子謂之椶魚，亦曰椶筍。」

次韻曹子方龍山真覺院〔一〕瑞香花〔二〕

幽香結淺紫，來自孤雲岑。骨香不自知，色淺意殊深。移栽青蓮宇，遂冠薝蔔林。紉爲楚臣珮，散落天女襟。君持風霜節，耳冷歌笑音。一逢蘭蕙質，稍回鐵石心。置酒要妍暖，養花須晏陰。及此陰晴間，恐致慳畬霖。彩雲知易散，鸜鵒一作「鴝」憂先吟〔三〕。明朝便陳迹，試著丹青臨。

〔一〕龍山真覺院：《咸淳臨安志》：「龍山在嘉會門外，去城十里，一名卧龍山。」《西湖遊覽志》：「龍山稍北爲玉厨山，舊有真覺院。」

〔二〕瑞香花：《冷齋夜話》：瑞香花有黄紫二種。有紫瓣而緣金者，初産廬山，今處處有之。桑喬《廬山紀事》：瑞香産山中，南唐中主愛之，移植於含風殿，名曰紫蓬萊。《咸淳臨安志》：「今東西馬塍瑞香最多，大者名錦熏籠。」

〔三〕鸜鵒：《廣雅》：「鸜鵒，鴝鵒，子規也。」《本草》：「鴝鵒亦作鸜鵒。」

送小本禪師赴法雲〔一〕

寓形天宇間，出處會有役。澹然都無營，百年何由畢。山林等憂患，軒冕亦戲劇。我未即歸休，師寧要安逸。王城滿豪傑，議論紛黑白。聖諦第一義〔二〕，對面誰不識？師來亦何事，孤月挂空碧。是身如浮雲〔三〕，安得限南北。出岫本無心，既雨歸亦得。珠泉有舊約，何年挂缾錫。

〔一〕小本赴法云：《咸淳臨安志》：「善本，開封人。力學，舉進士於京師。得《華嚴經》，開卷恍然，歷歷與心契。圓照禪師住杭之净慈，招師居上座，别開講席，助誘方來之士。」《續燈録》：「元豐七年，越國大長公主〔與〕駙馬都尉張敦禮建法雲禪刹於京城之南。既成，詔法秀開山。」《釋氏稽古略》：「哲宗元祐五年八月，汴京法雲寺法秀禪師入寂，詔杭州净慈寺〔禪師〕善本〔禪師〕繼席住持，賜號『大通禪師』。師嗣〔法〕〔圓〕照〔本〕禪師〔宗本〕，世謂之大小本焉。」

〔二〕聖諦：《傳燈録》：達摩謁梁武帝，「帝問：『如何是聖諦第一義？』答曰：『廓然無聖。』」

〔三〕是身如浮雲：《詩眼》云：「『是身如浮雲』二句，乃少陵《别贊上人》詩中全語，豈偶然用之耶？

書渾令公〔一〕燕魚朝恩圖〔二〕

咸寧英氣似汾陽，夜飲軍容出紅粧。不須纏頭萬匹錦，知君未辦作吕强。

〔一〕渾令公：《舊唐書》：「渾瑊，皋蘭州人，本鐵勒九部落之渾部也，德宗朝累功拜中書令，封咸寧郡王，謚忠武。」

〔二〕燕魚朝恩圖：朱景玄《唐朝名畫録》：「《渾侍中宴會圖》乃周昉所畫。」

慎按：劉辰翁評先生此詩云：真不可曉。今以意解之曰：以令公而晏軍容，其豪華侈汰，想像可知。吕强當東漢時，曾上疏極論外戚貴倖奢麗過禮，即此一節，迥非宦寺所及。朝恩方目豔繁華，心營奢僭，世傳其就汾陽一晏，錦綵纏頭以數萬計，直欲與王公戚里誇多鬬靡，一時驕溢之氣，咄咄逼人。故詩中託爲咸寧嘲諧之語，謂汝之纏頭萬匹，吾無所用之，亦料汝不能作吕强上疏指斥奢麗也。曰「不須」，曰「知君」，其視軍容如弄小兒於股掌之上，真覺咸寧英氣千載如生。此圖便煞有關係，何得以讀者浮氣没作者深心？吾嘗謂須溪一庸妄麤淺人耳，觀此益信。

龐　公

襄陽龐公少檢束，白髮不髥亦不俗。世所奔趨我獨棄，我已有餘彼不足。鹿門有月樹下行，虎溪無風舟上宿。不識當時捕魚客，但愛長康畫金粟。杜口如今不復言，龐公爲人不曲局。東西有人問老翁，爲道明燈照華屋。

戲　書

五言七言正兒戲，三行兩一作「五」行亦偶爾。我性不飲只解醉，正如春風弄群卉。四十年來同幻事，老去何須別愚智。古人不住亦不滅，我今不作亦不止。寄語悠悠世上人，浪生浪死亦埃塵。洗墨無池筆無象「象」字訛，當作「冢」，聊爾作戲悦我神。

慎按：《龐公》一篇，施氏原本不載，新刻載《續補》上卷。舊疑此詩當分兩章，自「襄陽龐公少檢束」至「爲道明燈照華屋」止爲一首，自「五言七言正兒戲」至末，與前半語意判然。自應另作一首，而諸刻相承，未有辨之者。今閲《外集》第八卷，前一首題云「龐公」，後一首題云「戲書」，據此改正，移入守杭卷中，向來疑訛頓釋矣。

次韻劉景文西湖席上

二老長身屹兩峰，常撞大吕應黄鍾。將辭鄴下劉公幹，却見雲間陸士龍。白髮憐君略相似，青山許我定相從。我今官已六百石，慙愧當年邴曼容。

次韻答馬忠玉〔一〕

坡陀巨麓起連峰，積累當年慶自鍾。靈運子孫俱得鳳，慈明兄弟孰非龍？河梁會作看雲別，詩社何妨載酒從。衹有西湖似西子，故應宛轉爲君容。

〔一〕馬忠玉：《咸淳臨安志》：元祐五年八月，宣德郎馬瑊自提點淮南西路刑獄，改兩浙路提刑。《黄山谷年譜》：馬瑊，茌平人。

三蕚牡丹

風雨何年别，留真向此邦。至今遺恨在，巧過不成雙。

慎按：此詩施氏原本不載，新刻載《續補》下卷，《外集》編第八卷守杭時作，今據此移編。

予去杭十六年而復來留二年而去平生自覺出處老少麤似樂天雖才名相遠而安分寡求亦庶幾焉三月六日來別南北山諸道人而下天竺惠净師以醜石贈行作三絶句

其一

當年雙一作「衫」鬢兩青青，强説重臨慰別情〔一〕。衰髮秖今無可白，故應相對話來一作「前」生。

〔一〕重臨：劉禹錫詩：「重臨事異黄丞相。」

其二

出處依稀似樂天，敢將衰老一作「朽」較前賢。便從洛社休官去，猶有閒居二十年〔一〕。

〔一〕閒居二十年：白居易洛下詩：「水畔竹林邊，閒居二十年。」

其三

在郡依前六百日〔一〕，山中不記幾回來。還將天竺一峰去，欲把雲根到處栽。

〔一〕在郡：白居易《留題靈隱寺》詩：「在郡六百日，入山十二回。」

和林子中待制〔一〕

兩翁留滯各皤然，人笑迂疎老更堅。共把鴟夷《外集》作「鵝兒」一尊酒，相逢柳一作「卵」色五湖天。江邊遺愛啼斑白，海上先聲入管絃。早晚淵明賦歸去，浩歌長嘯一作「笑」老斜川。

〔一〕林子中：《東都事略》：「林希，字子中。元祐初，爲秘書少監，改集賢修撰，知蘇州。久之，以天章閣待制知杭州。」按，《年譜》：先生守杭，實代子中。先生罷杭守，子中復來替。故本集《與子中》二啓，初云：「既尋少壯之舊遊，復繼老成之前躅。」後云：「舊政已孚於千里，先聲坐振於七州。」與此詩五六聯意正合。

慎按：《咸淳臨安志》：「元祐六年二月，召軾爲翰林承旨。是月癸巳，天章閣待制林希自潤州移知杭州。」此詩之作，正交代時也。用韻與後《答黄安中》同，確是此時作。施氏原本失載，今從《續補》下卷移編。

次韻答黄安中兼簡林子中

老去心灰不復然，一麾江海意方堅。那堪黄散付子度，空羡蘇杭養樂天。病肺一春難白酒，别腸三夜繞朱絃。群仙正欲吾歸去，共把清風借玉川。

留别蹇道士拱辰〔一〕

黑月在濁水〔二〕，何曾不清明。寸一本作「一」田滿荆棘，梨棗無從生。何時返吾真，歲月今崢嶸。屢接方外士，早知俗緣輕。庚桑託一作「記」，訛雞鵠，未肯化南榮。晚識此導一作「道」師，似有宿世情。笑指北山雲，訶我不歸耕。仙人漢陰馬，微服方地行。咫尺不往見，煩子通姓名。願持空手去，獨控横江鯨。

〔一〕蹇拱辰：名序，廬山道士，注見前。

〔二〕黑月：佛書謂十五以前爲白月，十五以後爲黑月。

慎按：施氏補注本此詩至「微服方地行」止，脱去末四句，今據别本補入。

次韻子由書王晉卿畫山水一首而晉卿和二首

其一

誤點故教同子敬，雜篇真欲擬湯休。隴雲寄我山中信，雪月追君溪上舟。會看飛仙虎頭篋，却來顛倒拾遺裘。公自注：子美詩云：天吴及紫鳳，顛倒左裋褐。王孫辨作玄真子，細雨斜風不濕鷗。

其二

此境眼前聊妄想，幾人林下是真休。我今心似一潭月，君已身如萬斛舟。看畫題詩雙鶴鬢，歸田送老一羊裘。明年兼與士龍去，萬頃蒼一作「滄」波没兩鷗。

附子由原作一首：

還君横卷空長嘆，問我何年便退休。欲借巖阿著茅屋，還當溪口泊漁舟。經心蜀道雲生足，上馬胡天雪滿裘。萬里還朝徑歸去，江湖浩蕩一輕鷗。

慎按：施氏原注：「先生自錢塘召歸，爲晉卿題畫凡七首，在本卷。」今考本卷，乃有九首。又按，子由後半首當是使契丹時所作，公還朝始和之耳。

次韻子由書王晉卿畫山水二首

其一

老去君空見畫，夢中我亦曾遊。桃花縱落誰見，水到人間伏一作「洑」流。

其二

山人昔與雲俱出，俗駕今隨水不回。賴我胸中有佳處，一尊時對畫圖開。

慎按：《欒城集》中缺原作。

又書王晉卿畫四首

山陰陳跡〔一〕

當年不識此清真，强把先生擬季倫。等是人間一陳迹，聚蚊金谷本何人。

〔一〕陳跡：王右軍《蘭亭叙》：「俛仰之間，已爲陳跡。」

附子由次韻：

卧對郗公氣已真，晚依邱壑更無倫。不須復預清言侶，自是江東第一人。

雪溪乘興

溪山雪月兩佳哉，賓主談鋒夜轉雷。猶言不見戴安道，爲問適從何處來。

附子由次韻：

亟往遄歸真曠哉，聾人不信不驚雷。雖云不必見安道，已誤扁舟犯雪來。

四明狂客

毫端偶集一微塵，何處溪山非此身。狂客思歸便歸去，更求敕賜枉天真。

附子由次韻：

失脚來遊九陌塵，故溪何日得抽身。便同賀老扁舟去，已笑西山鄭子真。

西塞風雨〔一〕

斜風細雨到來時，我本無家何處歸。仰看雲天真箬笠，旋收江海入蓑衣。

〔一〕西塞：《吴興志》引《經鉏堂志》云：西塞，郡城南一帶遠山是也。唐張志和游釣於此，有《西塞山漁父詞》，山名遂著。其詞云：「西塞山前白鷺飛，桃花流水鱖魚肥。青蒻笠，緑蓑衣，斜風細雨不須歸。」

附子由次韻：

雨細風斜欲暝時，凌波一葉欲安歸。遥知夜宿鮫人室，浪卷波分不着衣。

破琴詩并引

舊説，房琯開元中嘗宰盧氏，與道士邢和璞出遊，過夏口村，入廢佛寺，坐古松下。和璞使人鑿地，得甕中所藏婁師德與永禪師書。笑謂琯曰：「頗憶此耶？」琯因悵然，悟前生之爲永師也房琯事，出鄭處誨《明皇雜録》，見《高道傳》。故人柳子玉寶此畫，云是唐本〔一〕，宋復古所臨者。元祐六年三月十九日，予自杭州還朝，宿吴淞江，夢長老仲殊挾琴過余，彈之有異聲。就視琴頗損，而有十三絃。予方嘆息不已。殊曰：「雖損，尚可修。」曰：「奈十三絃何？」殊不答，誦詩云：「度數形名本偶然，破琴今有十三絃。此生若遇邢和璞，方信秦箏是響泉〔二〕。」予夢中了然，識其所謂，既覺而忘之。明日，晝寢，復夢，殊來理前語，再誦其詩。方驚覺而殊適至，意其非夢也。問之殊，蓋不知。是歲六月，見子玉之子子文京師，求得其畫，乃作詩并書所夢其上。子玉，名瑾，善作詩及行草書。復古，名迪，畫山川草木，蓋妙絶一時。仲殊本書生，棄家學佛，通脱無所著，皆奇士也。

破琴雖未修，中有琴意足。誰云十三絃，音節如佩玉。新琴一作「絃」空高張，絃一作「絲」聲不附木。宛然七絃箏，動與世好逐。陋矣房次律，因循墮流俗。懸知董庭蘭，不識無絃曲。

〔二〕唐本畫：《廣川畫跋》：「唐（人畫）〔本〕邢和璞、房琯前世事，深觀其隱而能得其趣，非常工所能知。」

〔三〕響泉：《澠水燕談》：「秀州祥符院僧智和蓄一古琴，瑟瑟徽碧，文細，石爲軫，音韻清越，中（刻）〔刊〕李陽冰篆三十九字。朱長文《琴譜》亦著此琴，即李勉所製響泉也。」

書破琴詩後并引

余作《破琴詩》，求得宋復古畫邢和璞於柳仲遠〔一〕，仲遠以此本託王晉卿臨寫爲短軸，名爲《邢房悟前生圖》，作詩題其上。

此身何處不堪爲，逆旅浮雲自不知。偶見一張閒故紙，便疑身是永禪師。

〔一〕柳仲遠：字子文，柳子玉之子，見前詩引中。

慎按：此詩施氏原本不載，今從新刻《續補》下卷中采出，因題附編。

題王晉卿畫後

醜石半蹲山下虎，長松倒卧水一作「木」中龍。試君眼力看多少，數到雲峰第幾重。

贈一作「聽」武道士彈賀若〔一〕

清風終日自開簾，凉月今宵肯挂簷。琴裏若能知賀若，詩中定合愛陶潛。

〔一〕賀若：《詩話總龜》：「世傳琴曲宫聲十小調，皆隋賀若弼製。一、《不博金》，二、《不换玉》，三、《泛峽吟》，四、《越溪吟》，五、《越江吟》，六、《孤憤吟》，七、《清夜吟》，八、《葉下聞蟬》，九、《三清》，十亡其名，琴家名賀若而已。太宗改『不博金』曰『楚澤涵秋』，『不换玉』曰『塞門秋雪』。」朱翌《猗覺寮雜記》：「東坡詩『琴裏若能知賀若』云云，以賀若比（陶）潛，必高人，（非）〔或〕謂賀若弼也。弼之爲人，一無狀小人。予考之，蓋賀若，夷也。夷善鼓琴，王（維）〔涯〕居别墅，長使鼓琴娱賓，見《唐書·王（維）〔涯〕傳》中。文瑩《湘山野録》不（加）深考，遂以爲弼，而世因是遂傳（訛）〔以爲弼〕也。東坡序《武道士彈琴》云：『賀若，宣宗時待詔。』不知何所據。據序，則是姓賀名若。」

元祐六年六月自杭州召還汶公〔一〕館我於東堂閱舊詩卷次諸公韻三首〔二〕

其一

半熟黄粱日未斜，玉堂陰合手栽花〔三〕。却思一作「尋」三十年前味，未飯鐘時一作「聲」已飯一作「飲」茶。

〔一〕汶公：興國浴室院僧慧汶，號法真。見本集《觀音贊引》中。先生又有《六祖畫贊叙》，云：「予嘉祐初舉進士，館於興國寺浴室老僧德香之院，浴室之南有古屋，東西壁畫六祖像。予去三十一年，而中書舍人彭器資亦館於是，予往見之，則院中無復識余者。獨主僧惠汶，蓋當時堂上侍者，然亦老矣。」〇按，《汴京遺跡志》引《宋會要》云：「興國寺乃唐龍興寺，開寶二年重修，太平興國元年賜今額。在馬軍橋東北。」

〔二〕東堂：興國寺浴室之東堂也。見本集。

〔三〕栽花：元祐三年，先生爲翰林學士，有《玉堂栽花》詩，見二十八卷。

附黄魯直原作：《山谷集》題云「同謝公定携書浴室院汶師置飯作此」。

竹林風與日俱斜，細草猶開一兩花。天上歸來對書客，愧勤僧飯更煎茶。

其　二

夢覺還驚響屧廊，故人來炷影前香。鬢鬚白盡成何事，一帖空存老遂良。公自注：法帖中有褚遂良書，云：即日遂良鬚髮盡白。

附秦少游原作：《淮海集》題云「元祐三年予被召至京師從翰林蘇先生過興國浴室院始識汶師後二年復來閲諸公詩因次韻」。

聊擲小榻閲風廊，卧久衣巾帶佛香。白髮道人還省記，前年引去病賢良。

其　三

尺一東來唤我歸〔一〕，衰年已迫故山期。文章曹植今堪笑，却卷波瀾入小詩。

〔一〕尺一：《後漢書·陳蕃傳》：「尺一選舉，委尚書三公。」注：「謂板長尺一，以寫詔書也。」蔡邕《獨斷》：「策者，簡也。其制長二尺，短者半之。其次一長一短，兩編下附篆書，起年月日，以命諸侯王三公。三公（策）〔以罪〕免，亦賜策，文體如上，策而隸書以尺一木兩行。」《書苑菁華》：「韋續五十六種書體，第三十（七）〔六〕爲鶴頭書，（乃）詔版所用，漢家尺一之簡是也。」

慎按：第一首次山谷韻，第二首次少游韻，第三首未詳原唱何人，俟再考。

感舊詩并引

嘉祐中，予與子由同舉制策，寓居懷遠驛，時年二十六，而子由二十三耳。一日，秋風起，雨作，中夜翛然，始有感慨離合之意。自爾宦遊四方，不相見者，十嘗七八。每夏秋之交，風雨作，木落草衰，悽然有此感，蓋三十年矣。元豐中，謫居黄岡，而子由亦貶筠州，嘗作詩以記其事。元祐六年，予自杭州召還，寓居子由東府〔一〕，數月復出領汝陰〔二〕，時予年五十六矣。乃作詩，留别子由而去。

牀頭枕馳道，雙闕夜未央。車轂鳴枕中，客夢安得長？新秋入梧葉，風雨驚洞房。獨行殘月影，悵焉感初凉。筮仕記懷遠，謫居念黄岡。一往一作「住」，訛三十年，此懷未始忘。扣門呼阿同，公自注：子由一字同叔。安寢已太康。青山映華髮，歸計三月糧〔三〕。我欲自汝陰，徑上潼江章〔四〕。想見冰盤中，石蜜與柿霜。公自注：予欲請東川而歸，二物皆東川所出。憐子遇明主，憂患已再嘗。報國何時畢，我心久已降。

〔一〕東府：《宋史》：「樞密院與中書省對持文武二柄，號爲二府。」東府掌文事，參政佐之；西府掌武事，副使佐之。《苕溪漁隱叢話》：「京師職事官，舊皆無公廨，雖宰相執政，亦僦屋而居。元豐初，始置東、西二府於右掖門之前，每府相對爲四位，俗謂之八位。東府與西闕角相近，西府正直右掖門。」

〔二〕出領汝陰：任淵《陳後山詩注》引《實録》云：元祐六年八月，蘇軾自翰林承旨出知潁州。《元和郡縣志》：「潁州汝陰郡，秦爲潁川郡地，漢則汝南郡之汝陰縣，晉置郡，魏孝昌四年改潁州。」

〔三〕三月糧：《莊子》：「適千里者，三月聚糧。」

〔四〕潼江：劉甲《人物志序》：「唐以前稱梓潼者，今之重慶；稱涪者，今之綿州；稱郪及廣漢者，今之潼川也。」

附子由次韻：

還朝正三伏，一再趨未央。久從江海游，苦此劍珮長。夢中驚和璞，起坐憐老房。爲我忝丞轄，置身願并涼。公自注：子瞻每欲爲國守邊，顧不敢請耳。此心一自許，何暇憂陟岡。早歲發歸念，老來未嘗忘。淵明不久仕，黔婁足爲康。家有二頃田，歲辦十口一作「日」，訛糧。教敕諸子弟，編排舊文章。辛勤養松竹，遲莫多風霜。常恐先着鞭，獨引社酒嘗。火急報君恩，會合心則降。

【校記】

一、《次韻楊公濟梅花十首·其四》注三引《禪宗頌古》云云，按，此引文實轉引自明楊慎《升菴集》卷五十五「東坡梅詩」條。

二、同上《其七》注二引韓愈詩「殷勤木芍藥，獨自殿餘春」，誤。此乃東坡之詩也，見《東坡全集》卷十一，題爲《雨晴後步至四望亭下魚池上遂自乾明寺前東岡上歸二首》（其二）。亦見於《蘇詩補註》卷二十，題同。

三、《送江公著知吉州》注五引《晉書》云云，誤。此段引文不見於《晉書》，實乃引自《宋書》卷九十一《孝義·何子平傳》。另，《南史》卷七十三《孝義上·何子平傳》亦載此引文。

四、《再和楊公濟梅花十絶·其一》注二引《廣志》云云，實轉引自宋佚名《香譜》卷上《香之品》「艾葯香」條，「一似艾葉」作「似細艾」，「其煙聚而不散」作「能聚其煙，青白不散」。

五、《送小本禪師赴法雲》之一引《續燈録》云云，今本《續燈録》無此引文，實轉引自覺岸《釋氏稽古略》卷四宋神宗元豐七年，「京城」作「國城」。

六、《次韻子由書王晉卿畫山水一首而晉卿和二首》「慎按」引施氏原注云云，按，此引文乃施注原本另一首《次韻子由書王晉卿畫山水二首》題下注，因前一首詩題前半與後首詩題同而誤植也。

七、《感舊詩》注四引劉甲《人物志序》云云，實轉引自曹學佺《名勝志·四川名勝志》卷十四《川北道·潼川州》。

東坡先生編年詩卷三十四

古今體詩六十七首 元祐辛未八月以後，合壬申三月以前，在潁州任作。

西湖[一]秋涸東池魚窘甚困會客呼網師遷之西池爲一笑之樂夜歸被酒不能寐戲作放魚一首

東池浮萍半黏塊，裂碧跳青出魚背。西池秋水尚涵空，舞闊摇深吹荇帶。吾僚有意爲遷居，老守縱饞那忍鱠。縱橫争看銀刀出，瀺灂初驚玉花碎。但愁數罟損鱗鬣，未信長堤隔濤瀨。濊濊發發須臾間，圉圉洋洋尋丈外。安知中無蛟龍種，或恐尚有風雲會。明年春水漲西湖，好去相忘渺淮海。

〔一〕西湖：《名勝志》：「潁州西二里有湖，袤十里，廣二里，翳然林木，爲一邦之勝。歐陽公自揚移汝，有『都將二十四橋月，換得西湖十頃秋』之句。秦少游（亦有）詩云『十里荷花菡萏初，我公所至有西湖』。」

附陳履常次韻：

窮秋積雨不破塊，霜落西湖露沙背。大魚泥蟠小魚樂，高邱覆杯水如帶。魚窮不作摇尾憐，公寧忍口不忍鱠。修鱗出水玉參差，晚日摇光金破碎。咫尺波濤有生死，安知平陸無灘瀨。此身寧供刀几用，着意更須風雨外。是間相忘不爲小，濠上之意誰得會。枯魚雖泣悔可及，莫待西江與東海。

復次放魚韻答趙承議〔一〕陳教授〔二〕

擾擾萬生同一塊，搶榆不羡培風背。青邱已吞雲夢芥〔三〕，黄河復繚一作「繞」天門帶〔四〕。長讒韓子隘且陋，一飽鯨魚何足鱠。東坡也是可憐人，披抉泥沙收細碎。逝將歸休一作「修」八節灘，又欲往釣七里瀨〔五〕。正似此魚逃網中，未與造物游數外。且將新句調二子，湖上秋高風月會。爲君更唤木腸兒，脚扣兩舷歌《小海》〔六〕。

〔一〕趙承議：名令畤，初字景貺，東坡爲改字德麟。時以承議郎爲潁州簽判。按，《職官分紀》：寄禄文散官有承議郎。

〔二〕陳教授：《宋史》：「陳師道，字履常，一字無己，彭城人。以薦起爲〔徐州〕教授，（自徐移潁）〔改教授潁州〕。言者謂其進非科第，罷歸。久之，爲秘書正字。」魏衍《後山集記》云：「元祐初，蘇公（爲）〔與〕侍從列薦，乃官之，俾教授（於）其鄉。未幾，除太學博士，言者謂先生嘗謁告詣南都見蘇公爲私，遂移潁州教授。」

〔三〕青邱：《子虛賦》：「秋田乎青邱，傍徨乎海外。」服虔注：「青邱國，在海東三百里。」

〔四〕天門帶：《泰山記》：「登太山，凡五十餘盤，經小天門、大天門。」又云：太山有「秦觀（峰）〔者〕望見長安，有周觀（峰）〔者〕望嵩山，見黄河如帶。」

〔五〕七里瀨：《元和郡縣志》：「釣臺在桐廬縣西三十里。」《太平寰宇記》：「嚴子陵釣臺下連七里瀨，亦謂（之）嚴陵瀨。」按，施氏原注分七里瀨與嚴陵瀨爲二者，訛。

〔六〕脚扣兩舷：韓愈詩：「撑舟昆明度雲錦，脚敲兩（船）〔舷〕叫吴歌。」

附趙景晛次韻：

赤手取魚如拾塊，布網鳴舷攻腹背。豈知激濁與清流，恐懼駢頭牽翠帶。居士仁心到魚鳥，會有微生化餘鱠。寧容網目漏吞舟，誰肯烹鮮作苛碎。我亦江湖釣竿手，誤逐輕車從下瀨。生當得意落鷗邊，何用封侯墮鳶外。不如此魚今得所，置身暗與神明會。徑須作記戒鯨鯢，防有任公釣東海。

慎按：此詩誤入《後山集》，觀詩中「誤逐輕車從下瀨」及「何用封侯墮鳶外」二句，蓋景晛以宗室子登第，屈身幕職，故作此感慨語，非履常作也。今與陳詩分别編附于後。

附陳履常再次韻：

詩成落筆驪歷塊，不用安西題紙背。小家厚斂四壁立，拆東補西裳作帶。堂下觳觫牛何罪，太山之陽人作膾。同生異趣有如此，缾懸甕閒終一碎。流水長者公今是，雨花散亂投金瀨。人言充庭須此輩，慈觀更須容度外。賜墻及肩人所視，公才槃槃一都會。有憐其窮與不朽，我亦牽聯書玉海。

九月十五日觀月聽琴西湖示坐客

白露下衆草，碧空卷微雲。孤光爲誰來，似爲我與君。水天浮四座，河漢落酒尊。使我冰雪腸，不受麴糵醺。尚恨琴有絃，出魚亂湖紋。哀彈奏舊曲，妙耳非昔聞。良時失俯仰，此見寧朝昏。懸知一生中，道眼無由渾。

附趙景貺次韻：

清湖納明月，遠覽無留雲。人生亦何須，有酒與桐君。自醉寧問客，一尊復一尊。平生今不飲，意得同酣醺。清言冰玉質，壞衲山水紋。殫精有後悟，畜耳無前聞。潛魚避流光，飛鳥投重昏。信有千丈清，不如一尺渾。

附陳履常次韻：

公詩端王道，亭亭如紫雲。落世不敢學，謂是詩中君。獨有黄太史，抱杓挹其尊。韻出百家上，誦之心已醺。黄鍾毁少合，大裘擯不文。世事如病耳，蟻鬬作牛聞。苦懷太史惠，養豹烟雨昏。後世無高學，舉俗愛許渾。

慎按：以上二首，並入《後山集》中，今分別附編。

復次韻謝趙景貺陳履常見和兼簡歐陽叔弼兄弟

能詩李長吉，識字揚子雲。端能望一作「居」此府，坐嘯獲兩君〔一〕。逝將江湖去，浮我一作「此」五石尊。眷焉復少留，尚爲世所醺。或勸莫作詩，兒輩工織紋〔二〕。朱紘寄三歎，未害俗耳聞。共尋兩歐陽〔三〕，伐薪照黄昏。是家有甘井，汲多終不渾。

〔一〕坐嘯獲兩君：謂景貺、履常。按，先生《到潁州謝表》云：「賓主俱賢，蓋宗資、范孟博之舊治；文獻相續，有晏殊、歐陽修之遺風。」

〔二〕兒輩織紋：本集《辯題詩劄子》云：「趙君錫、賈易言臣於元豐八年題詩（於）揚州僧寺，有欣幸先帝上仙之意。臣今省憶此詩，是歲三月六日在南京，聞先帝遺詔，舉哀挂服了當往常州。至五月初間因往揚州竹西寺，喜聞百姓謳歌吾君之子出於至誠。又，是時淮浙間，所在豐熟，因作詩：『此生已覺都無事，今歲仍逢大有年。山寺歸來聞好語，野花啼鳥亦欣然。』其時去先帝上仙已及兩月，决非山寺歸來始聞之語。事理明白，無人不知。而君錫等輒敢挾情公然誣罔，伏乞付外施行，稍正國法。」

〔三〕兩歐陽：按，歐陽文忠四子，發字伯和，次奕字仲純，皆早卒。次棐字叔弼，次辯字季默，時丁母艱，居潁。

附陳履常再次韻：

公詩周魯後，曳曳垂天雲。府中顧長康，風味如麴君。非公無此客，請壽兩山尊。叔季大儒後，偏醒亦同醺。心與柏石堅，章成綺繡紋。多難獨不補，少戇今無聞。時與古今異，智有功名昏。可使百尺底，不作數斗渾。

送歐陽主簿〔一〕赴官韋城〔二〕四首

其一

鳳雛驥子日相高〔三〕，白髮蒼顏笑我曹。讀徧牙籤三萬軸，却一作「欲」，詑來小邑試牛刀。

〔一〕歐陽主簿：名憲。

〔二〕韋城：《隋書》：滑臺有韋城縣。《元和郡縣志》：「東郡白馬縣東南有韋城，隋開皇六年，分白馬南境，置韋城縣，初屬汴州，後屬滑州。」《太平寰宇記》：「韋城在滑州東南六十里，古豕韋之國。」

〔三〕鳳雛驥子：杜甫《入奏行》：「竇侍御，驥之子，鳳之雛。」

慎按：《欒城集·薛夫人墓志》：「（有）孫〔男〕六人。憲，（元祐中）〔新〕授滑州韋城縣主簿。」《宛邱集·歐陽伯和墓志》：「男一人，曰憲。」據此，則歐陽主簿乃醉翁之孫，伯和之子也。王氏注以爲醉翁之子者，謬。今駁正。

其　二

出處年來恨不齊，一尊臨水記分攜。江湖咫尺吾將老，汝潁東流子却西。

其　三

白馬津頭春水來〔一〕，白魚猶喜似江淮。使君已復冰堂酒〔二〕，更望重新畫舫齋。

〔一〕白馬津：《元和郡縣志》：「白馬山在滑州白馬縣東北，津與縣取山爲名。」《太平寰宇記》：「黎陽津在黎陽縣東，一名白馬津。《史記》酈食其説沛公守白馬之津」，即此。

〔二〕冰堂酒：王氏注：「醉翁知滑州，有冰堂酒法。」按，《老學菴筆記》云：「承平時，滑州冰堂酒爲天下第一。方德務家有其法。」不言始於醉翁也。

其　四

道旁垂白定沾巾，正似當年緑髮新。故國依然喬木在，典刑復見老成人。

美哉一首送韋城主簿歐陽君

美哉水，洋洋乎，我懷先生，送之子於城隅。洋洋乎，美哉水，我送之子，至於新渡〔一〕。念彼嵩雒，眷焉西顧。之子于邁，至於白馬。白馬舊邦，其構維新。邦人流涕，畫舫之孫。相其口髯，尚克似之。公自注：先生遺民之子。

〔一〕新渡：寺名。見本集。

慎按：此詩施氏原注不載，結句「之」字止一韻，疑有缺文，無善本可對，因題編次，以俟再考。

泛潁〔一〕

我性喜臨水，得潁意甚奇。到官十日來，九日河之湄。吏民笑相語，使君老而癡。使君實不癡，流水有令姿。遶郡十餘里，不駛亦不遲。上流直而清，下流曲而漪。畫舩俯明鏡，笑問汝爲誰。忽然生鱗甲，亂我須與眉。散爲百東坡，頃刻復在茲。此豈水薄相，與我相娛嬉。聲色與臭味，顛倒眩小兒。等是兒戲物，水中少磷緇。趙陳一本作「陳趙」兩歐陽，同參天人師。觀妙各有得，共賦泛潁詩。

〔一〕潁水：《水經注》：「潁水東南入淮。《春秋》：楚子狩于州來，次于潁尾。蓋潁水之會淮也。」

《潁州志》：潁州，後魏景明中設，取潁水爲名。潁水，舊自黄河項城縣界，流入州屬潁上、太和等縣。古語有「世亂潁水濁，世治潁水清」之句。

按：劉須溪云：「先生《泛潁》詩『散爲百東坡，頃刻復在茲』，意本《傳燈録》。」愼按，《傳燈録》「良价禪師因過水覩影(而)〔大〕悟，有偈曰：『切忌從他覓，迢迢與我疎。我今獨自往，處處得逢渠。渠今正是我，我今不是渠。』」

附陳履常次韻：

衝風不成寒，脱木還自奇。坐看白日晚，起行清潁湄。三穴未爲得，一舟不作癡。路暗鳥遺音，江清魚弄姿。宇定怪物變，意行覺舟遲。公與兩公子，妙語含風漪。但怪笑談劇，莫知賓主誰。得句不肯吐，一一見睫眉。相從能幾何，行樂當及茲。生忍自作難，百憂間一嬉。時尋赤眼老，不探黄口兒。解公頭上巾，一洗七年緇。至潔而納污，此水真吾師。須公曉二子，人自窮非詩。

六觀堂老人草書〔一〕

公自注：六觀，取《金剛經》夢、幻等六物也。老人僧了性，精于醫而善草書，下筆有遠韻，而人莫知貴，故作此詩。

物生有象象乃滋，夢幻無根成斯須。方其夢時了非無，泡影一失俯仰殊。清露未晞電已徂，此滅滅盡乃真吾。云《韻語陽秋》「云」作「心」如死灰實不枯，逢場作戲三昧俱。化身爲醫忘其軀，草書非學聊自娱。落筆已唤周越奴〔二〕，蒼鼠奮髯飲松腴，剡藤玉板開雪膚。遊龍天飛萬別本作「外」，訛人呼，莫作羞澀羊氏姝。

〔一〕六觀堂老人：《咸淳臨安志》：「千頃廣化院内有六觀堂。」《武林梵志》：「廣化院，在木子巷，吴越王建。僧了性，（亦號垂慈老人）精於醫，善草書，東坡爲作詩。」又按，本集先生《六觀堂贊》云：「垂慈老人，嘗作是觀，自一至六，六生千萬。」

〔二〕周越：《東軒筆録》：「（本朝）尚書郎周越，以書名於天聖、景祐間，然筆法軟（媚）〔俗〕無古氣。」《韻語陽秋》：「東坡評張顛懷素草書云：『張顛醉素兩秃翁，追逐世好稱書工，有如市倡抹青紅。』卑之甚矣。至評六觀老人草書則云：『心如死灰實不枯，逢塲作戲三昧俱。』則知坡之所喜者貴於自然，彫鐫而成者，非所貴也。」

次韻劉景文見寄

淮上東來雙鯉魚，巧將詩信渡江湖。細看落墨皆松瘦，想見掀髯正鶴孤。烈士家風安用此〔一〕，書生習氣未能無。莫因老驥思千里，醉後哀歌缺唾壺。

〔一〕烈士家風：《東都事略》：「劉平，字士衡，祥符人。父漢凝，官至崇議使。平爲人任俠善弓馬，舉進士，爲御史，上書言事，爲丁謂所惡。真宗知其才，將用之。丁謂曰：『平，將家子，知兵，若使將西北，可以制敵。』後改尚衣庫使，知邠州。元昊反，延帥范雍召平至保安，與石元孫合趨士門，轉鬭三日，被執見殺。」曾鞏《隆平集》：「劉平，景德三年進士，寶元初死事延州（謚壯武）。賜平家信陵坊宅一區。子慶孫、宜孫、昌孫、貽孫、孝孫、季孫，咸賜官。」蘇舜欽《乞用劉石子弟狀》云：「臣聞黄德和以退軍妄奏劉平、石元孫叛逆朝廷未能辨明，即時以兵監圍其第。及德和已伏辜，二族未沾恩澤。劉平子弟，臣雖不識，聞其頗知邊事，用敵西寇，必有成功。」《東都事略・劉季孫傳》：「蘇軾爲兵部尚書奏言：季孫工詩能文，至於忠義勇烈，有平之風。」

慎按：景文，劉平第六子。王氏注以爲次子者，訛。

附劉景文原作：此詩從《宋文鑑》采出，原題云「寄蘇内翰」。

倦壓鼇頭請左魚，笑尋潁尾爲西湖。二三賢守去非遠，六一清風今不孤。四海共知霜鬢滿，重陽能插菊花無？聚星堂上誰先到，欲傍金尊倒玉壺。

贈朱遜之并引

元祐六年九月，與朱遜之會議于潁。或言洛人善接花，歲出新枝，而菊品尤多。遜之曰：「菊當以黄爲正，餘可鄙也。」昔叔向聞鬷蔑一言，知其爲人，予于遜之亦云。

黄花候秋節，遠自《夏小正》〔一〕。坤裳有正色，鞠衣亦令名。從人僞勝，遂與天力争。易姓寓非族，改顔隨所令。新奇既易售，粹駁宜相傾。疾惡逢伯厚，識真似淵明。君言我所印，世論誰敢評。願君爲霜風，一掃紫與赬。

〔一〕《困學紀聞》：「東坡詩：『黄花候秋節，遠自《夏小正》。』按，《夏小正》：『九月榮鞠』，注止引《月令》，非也。」

慎按：此詩施氏原本編後卷《餞飲湖上》之後，今據題改編。

次韻趙景貺督兩歐陽詩破除一作「陳」酒戒

商也哀未忘，歲月忽已秋。祥琴雖未調〔一〕，餘悲不敢留。矧此乃韻語，未入金石流。羲之生五子一作「之」，總角出銀鈎。吾家有二許，下筆兩不休。君言不能詩，此語人信不？千鍾斯爲堯，百榼斯爲邱。陋矣陶士衡，當以大白浮。酒中那有失，醉則不驚鷗。明當罰二子，已洗兩玉舟。

〔一〕祥琴：兩歐陽丁薛夫人憂，時已免喪，故引祥琴事以解之。

叔弼云履常不飲故不作詩勸履常飲〔一〕

我本畏酒人，臨觴未嘗訴。平生坐詩窮，得句忍不吐。吐酒茹好詩，肝胃生滓污。用此較得喪，天豈不足付。吾儕非二物，歲月誰與度。悄然得長愁，爲計已大誤。二歐非無詩，恨子不飲故。强爲釂新刻本作「嚼」，訛一酌，將非作愁具。成言如皎日，援筆當自賦。他年五君咏，山王一時數。

〔一〕履常不飲：任淵《陳後山詩注》：「時後山以持律不飲酒。」

附陳履常次韻：

五十三不同，煩公以詩訴。强酒古所辭，妙語神其吐。自念每累人，舉扇毋我污。復使兩歐陽，束手不分付。平生西方社，努力須自度。不憂龜九頭，肯畏語一誤。頓悟而漸修，從此辭世故。公然萬金産，寧能一朝具。兩生文章家，夙記鳴蟬賦。請公堅城壘，兵來後無數。

臂痛謁告作三絶句示四君子

其　一

公退清閑如致仕，酒餘歡適似還鄉。不妨更有安心病，卧看縈簾一炷香。

其　二

心有何求遣病安，年來古井不生瀾〔一〕。祇愁戲瓦閑童子〔二〕，却作泠泠一水看。

〔一〕古井：孟郊詩：妾心古井水，波瀾誓不起。白居易詩：無波古井水，有節秋竹竿。

〔二〕戲瓦：月光童子事，詳見《楞嚴經》。

其　三

小閣低窗卧宴温，了然非默亦非言。維摩示病吾真病，誰識東坡不二門。

附陳履常次韻：

静中有業官成集，醉裏無何老是鄉。丈室向來無一物，却須天女與拈香。

竭澤迴波不作難，未應天地起風瀾。是身非有從何病，試下先生一着看。

紙帳熏爐作小温，狸奴白牯對忘言。更無人問維摩詰，始是東坡不二門。

到潁未幾公帑已竭齋厨索然戲作〔一〕

我昔在東武，吏方謹新書。齋空不知春，客至先愁予。采杞聊自誑，食菊不敢餘。歲月今幾何，齒髮日向疎。幸此一郡老，依然十年初。夢飲本來空，真飽竟亦虚。尚有赤脚婢，能烹赬尾魚。心知皆夢耳，慎勿歌歸歟。

〔一〕公帑：王明清《揮麈後録》：「太祖廢藩鎮，命士人典州，於是置公使庫，遇過客，必館（致）〔置〕供餽，人無旅寓之嘆。下至吏卒，批支口食，以濟其乏。而平時士大夫造朝，不齎糧，節用者猶有餘以還家。近世或以州郡餉厨傳爲非，未解祖宗命意矣。」○按，熙寧初行新法，減州郡公使庫錢，公在密州有《杞菊賦》，注見前。

景貺履常屢有詩督叔弼季默倡和已許諾矣復以此句挑之

君家文律冠西京，旋築詩壇按酒兵。袖手莫輕真將種，致師須得老門生〔一〕。明朝鄭伯降誰受，昨夜條侯壁已驚。從此醉翁天下樂，還應一舉百觴傾。公自注：文忠公贈蘇、梅詩云：我亦願助勇，鼓旗譟其旁。快哉天下樂，一釂宜百觴。

〔一〕門生：《摭言》：「李義山師令狐文公，呼小趙公爲郎君，於文公稱門生。」按，東坡爲醉翁門下士，故云。

附陳履常次韻：《後山集》題云「次韻蘇公督兩歐陽詩」。

吟聲正可候蟲鳴，酒面猶須作老兵。豈有文章妨要務，孰知詩律自前生。向來懷璧真成罪，未必含光不屢驚。血指汗顔終縮手，此懷端復向誰傾。

贈月長老

天形倚一笠〔一〕，地水轉兩輪。五伯之所運，毫端棲一塵。功名半幅紙，兒女浪苦辛。子有折足鐺，中容五合陳。十年此中過，却是英特人。延我地爐坐，語軟意甚真。白灰如積雪，中有紅麒麟一本作「騏驎」。勿觸紅麒麟，作灰維那瞋〔二〕。拱手但默坐，墻壁徒諄諄。今宵恨客多，汗子白氎巾。後夜當獨來，不須主與賓。蒲團坐紙帳，自要觀我身。

〔二〕天形倚笠：虞昺《穹天論》：「天形如笠，而冒地之表。」

〔三〕維那：《翻譯名義》：「『維』是綱維，華言也。『那』是梵語，譯爲〔事〕知（事），亦云悦衆。隋潤州刺史李海游命智琳爲斷事維那，爾後寺立三綱，（謂）上座、維那、典座也。」

次韻答錢穆父穆父以僕得汝陰用杭越酬唱韻作詩見寄

大耿疲勞已離群，小馮慈愛且當門。公自注：軾本以舍弟親嫌請郡。玉堂不着扶犁手，霜鬢偏宜畫鹿轓。豪傑雖無兩王繼〔一〕，公自注：謂子直、深父。風流猶有二歐存。公自注：謂叔弼、季默。清詩已入新歌舞，要使邦人識雅言。

〔一〕兩王：施氏原注：「王子直名向，弟深父名回，河南人。徙居福之侯官，歷三世。父兵部，葬潁之汝陰，遂爲汝陰人。皆第進士。文學行義，卓然一時，與王介甫、蘇子容爲友。二公集皆有《哭子直》詩。介甫志深父墓。仕爲忠武軍節度推官，知南頓縣。歐陽文忠公守潁，每從深父質疑問惑，後薦充館職，不及用而卒。」此段新刻删去，今補録。○又按，《宋史》：「王向，字子直。其兄名回，字深父。」王明清《揮麈後録》：「王平，仁宗朝侍御史。三子，回字深父，冏字子直，向字容季，俱列兩朝史《儒學傳》。」云云，據此，則子直名冏，不名向。深父乃子直之兄，亦非弟也。三説不同，並存俟考。

韓退之孟郊墓銘云以昌其詩舉此問王定國當昌其身耶抑昌其詩也來詩下語未契作此答之

昌身如飽腹，飽盡還當一作「復」飢。昌詩如膏面，爲人作容姿。不如昌其氣，鬱鬱老不衰。雖云老不衰，劫壞安所之。不如昌其志，志一當作「壹」氣自隨。養之塞天地，孟軻不吾欺。人言魏勃勇，股栗向小兒。何如魯連子，談笑却秦師。慎一作「謹」勿怨謗讒，乃我得道資。淤泥生蓮花，糞壤出菌芝。賴此善知識，使我枯生荑。吾言豈須多，冷煖子自知〔一〕。

〔一〕冷煖自知：《傳燈録》：「蒙山道明曰：『如人飲水，冷煖自知。』」

送歐陽推官〔一〕赴華州監酒〔二〕

我觀文忠公，四子皆超越〔三〕。仲也珠徑寸，照夜光如月。好詩真脱兔，下筆先落鶻。知音如周郎，議論亦英發。文章乃餘事，學道探玄窟。死爲長白主，名字書絳闕。公自注：熙寧之末，仲純父見僕於京城之東，曰：吾夢道士，持告身授吾曰：「上帝命汝爲長白山主。」此何祥也？明年，仲純父歿。傷心清潁尾〔四〕，已伴白鷗没。喜見三少年，俱有千里骨。千里不難到，莫遺歷塊蹶。臨分出苦語，願子書之笏。

〔一〕歐陽推官：名恕。按，施氏原注：「文忠公之孫，仲純父名奕之子。仲純官光禄丞，早卒。」又，按《欒城集·薛夫人墓志》：「孫男六人，恕，雄州防禦推官。」即其人也。

〔二〕華州監：《九域志》：「陝西永興軍路華陰郡鎮潼軍節度，所轄監〔一〕〔二〕。熙寧四年置鑄（鐵）〔銅〕錢，〔八年置鑄鐵錢〕。」據此，華州有錢監，無酒監。《志》蓋失載也。

〔三〕四子：按歐陽文忠公四子，長名發，字伯和，進士出身，官至權少府監丞，張文潛爲作墓志；次奕，字仲純；次棐；次辯。注見本卷。

〔四〕潁尾：《左傳》：「楚子狩於州來，次於潁尾。」注云：「潁水之尾，在下蔡西。」

十月十四日以病在告獨酌

翠柏不知秋，空庭失摇落。幽人得嘉蔭，露坐方獨酌。月華稍澄穆〔一〕，霧氣尤清薄。小兒亦何知，相語翁正樂。銅爐燒柏子，石鼎煮山藥。一杯賞月露，萬象紛酬酢。此生獨何幸，風纜欣初泊。誓一作「逝」逃顔跖網，行赴松喬約。莫嫌風有待，漫欲戲寥廓。泠然心境空，彷彿來笙鶴。

〔一〕澄穆：陶潛《斜川詩序》：「正月五日，天氣澄（穆）〔和〕。」

附陳履常次韻：

雲月酒下明，風露衣上落。是中有何好，草草成獨酌。使君顧謂客，老子興不薄。飲以全吾真，醉則忘所樂。未解飲中趣，中之如狂藥。起舞屢跳踉，罵坐失疇酢。終能厭多事，超然趨澹泊。功名無前期，山林有成約。身將歲華晚，意與天宇廓。醉醒各有適，短長聽鳧鶴。

獨酌試藥玉滑盞有懷諸君子明日望夜月庭佳景不可失作詩招之

鎔鉛煮白石，作玉真自欺。琢削爲酒杯，規摹定州瓷。荷心雖淺狹，鏡面良渺瀰。持此壽佳客，到手不容辭。曹侯天下平〔一〕，定國豈其師。一飲至數石，温克頗似之。風流越王孫〔二〕，詩酒屢出奇。喜我有此客，玉杯不徒施。請君詰歐陳，問疾來何遲。呼兒掃月榭，扶病良及時。

〔一〕曹侯：未詳。

〔二〕越王孫：指趙景貺。本集《趙德麟字説》云：「余自禁林出守汝南，始與越王之孫華原公之子簽書君令時遊。」

附陳履常次韻：

仙人棄餘糧，玉色已可欺。小試換骨方，價重十冰瓷。灌以長白虹，渺若江海瀰。浮之端不惡，舉者亦何辭。但愧聞道晚，早從雁門師。律部無明文，可復時中之。汝陽佳少年，三斗亦出奇。家有持杯手，兩好當一施。風吹酒面灰，月度杯心遲。百年容有命，一笑當須時。

歐陽季默以油烟墨二丸見餉各長寸許戲作小詩〔一〕

書窗拾輕煤〔二〕，拂別本作「佛」帳掃餘馥。辛勤破千夜，收此一寸玉。癡人畏老死，腐朽同草木。欲將東山松〔三〕，涅盡南山竹。墨堅人苦脆，未用嘆不足。且當注蟲魚，莫草三千牘。

〔一〕墨丸：晁以道《墨經》：「凡丸劑，不可不熱，又病於熱，急手爲光劑，緩手爲皴劑，一丸即成，不利於再。」葉夢得云：「兩漢間稱墨多言丸，魏、晉以後稱螺。」

〔二〕拾輕煤：《墨經》：「凡墨，膠爲大。有上等煤而膠不如法，墨亦不佳。如得膠法，雖次煤能成善墨。古用立（煤）〔窑〕，高丈餘。其竈，寬腹，小口，不出突。於竈面覆以五斗甕，又蓋以五甕，每層塗泥密，約甕中煤厚，住火，以雞羽掃之。」

〔三〕東山松：《墨經》：「兖、沂、登、密之間，總謂之東山。自昔東山之松，色澤肥膩，性質沉重，品推上上。」

明日復以大魚爲饋重二十斤且求詩故復戲之

漢廷九尺人，誰似老方朔。那將一寸金，令足三冬學。餉魚欲自洗，鱗尾生卓犖。我是騎鯨手，聊堪充鹿角。

慎按：此詩上四句從前一首生來，合觀二章，乃見作者之意，所謂以文滑稽也。

和趙景貺栽檜

汝陰多老檜，處處屯蒼雲。地連丹砂井，物化青牛君。時有再生枝，公自注：潁之靈壇觀，有再生檜。還作左紐紋〔一〕。王孫有古意，書室延清芬。應憐四孺子，不墮凡木群。體備松柏姿，氣含芝朮薰。初扶鶴立骨，未出龍纏筋。巢根白蟻亂，網葉秋蟲紛。乃知蔽芾初，甚要封殖勤。他年皮三寸，狐鼠了不聞。

〔一〕左紐紋：〔史容《山谷外集詩注》云〕：「《（太平）寰宇記》：『譙縣太清宮有（左紐）檜〔樹〕。』范文正《太清宮九咏序》：『左紐檜，其一也。』石曼卿詩注引《太清記》云：『老子手植此檜，根株枝幹皆左紐。』」

附陳履常作：《後山集》題「和德麟植檜」。

種木待成材，聊爲十年事。日中趨百里，寧問萬牛費。植檜三尺强，已有凌雲氣。生世能幾何，擬作千歲計。衆人笑拍手，君子用其意。蕭蕭孤竹君，忘言理相契。名以金石交，椿楊豈奴婢。緬懷萬仞顛，千丈鬱蒼翠。蟠根泉石底，用意霜雪外。寧須大厦材，坐待斤斧至。散爲風雨聲，密作牛馬蔽。

葉待制求先墳永慕亭詩〔一〕

靈區有異産，化國無潛珍。承平百年間，簪纓半齊民。建溪富奇偉，葉氏初隱淪。森然見別本作「下」，訛喬木，其下維德人。佳哉鬱葱葱，氣若鳳與麟。聯翩出儒將，豈惟十朱輪。新松無鹿觸，舊柏有烏馴。待公歸上冢，泪葉乃肯春。

〔一〕葉待制：名康直，字景温。擢進士，知秦州，自直龍圖閣進待制，注詳施氏原本。

與趙陳同過歐陽叔弼新治小齋戲作〔一〕

江湖渺故國，風雨傾舊廬。東來三十年，愧此一束書。尺椽亦何有，而我常客居。羡君開此室，容膝真有餘。拊牀琴動摇，弄筆窗明虚。後夜龍作雨，天明雪填渠。公自注：時方禱雨龍祠。作此句時，星斗燦然。四更，風雨大至，明日，乃雪。夢回聞剥啄，誰乎一作「呼」趙陳予。添丁走沽酒，通德起挽蔬。主孟當啗我〔二〕，玉鱗金尾魚。一醉忘其家，此身自籧篨。

〔一〕小齋：名息齋，見《後山集》。

〔二〕主孟：《國語》注云：「『孟』（一）〔或〕作『盍』。」《史記・吕后本紀》注引此句，作「主盍」，《索隱》曰：「（盍）〔孟〕者，且也，言且啗我物。」

附陳履常次韻：《後山集》題「和蘇公題歐陽叔弼息齋」。

行者悲故里，居者愛吾廬。生須着錐地，何賴汗牛書。丈室八尺牀，稱子閉門居。百爲會有還，一足不願餘。紛紛幼老間，失得了懸虛。客在醉則眠，聽我莫問渠。論勝已絶倒，句妙方愁予。竹几無留塵，霜畦有餘蔬。相從十五年，不爲食有魚。時須一俯仰，君可貸籧篨。

聚星堂雪〔一〕并引

元祐六年十一月一日，禱雨張龍公，得小雪，與客會飲聚星堂。忽憶歐陽文忠公作守時，雪中約客賦詩，禁體物語，於艱難中特出奇麗。爾來四十餘年，莫有繼者。僕以老門生繼公後，雖不足追配先生，而賓客之美，殆不減當時。公之二子，又適在郡，故輒舉前令，各賦一篇。

窗前暗響鳴枯葉，龍公試手初行一本作「行初」雪。映空先集疑有無，作態斜飛正愁絶。衆賓起舞風竹亂，老守先醉霜松折。恨無翠袖點横斜，祇有微燈照明滅。歸來尚喜更鼓永一作「暗」，晨起不待鈴索掣。未嫌長夜作衣稜，却怕初陽生眼纈〔二〕。欲浮大白追餘賞，幸有回飈驚落屑。模糊檜頂獨多時，歷亂瓦溝裁一瞥。汝南先賢有故事，醉翁詩話誰續説。當時號令君聽取，白戰不許持寸鐵。

〔一〕聚星堂：《名勝志》：「歐陽文忠公（守穎時）於州治起聚星堂，與侯官王回深父、臨江劉攽貢父、州人常秩夷甫、六安焦千之伯强，爲日夕燕游之所。」

〔二〕眼纈：庾信《擣衣》詩：「花鬟醉眼纈。」李賀詩：「龜甲屏風醉眼纈。」《苕溪漁隱叢話》：「東坡詩『却怕初陽生眼纈』，不獨醉眼可言也。」按，《説文》：纈，結也。《增韻》：文繒也。

附歐陽文忠公原作： 皇祐二年在潁州作，玉、月、梨、梅、練、絮、白、舞、鵞、鶴、銀等字皆請勿用。

新陽力微初破萼，客陰用壯猶相薄。朝寒稜稜風莫犯，暮雪緌緌止還作。驅馳風雲初慘淡，炫晃山川漸開廓。光芒可愛初日照，潤澤終爲和氣爍。美人高堂晨起驚，幽士虚牕静聞落。酒爐成徑集缾罌，獵騎尋蹤得狐貉。龍蛇掃處斷復續，猊虎團成呀且攫。共貪終歲飽麰麥，豈恤空林飢鳥雀。沙墀朝賀迷象笏，桑野行歌没芒屩。乃知一雪萬人喜，顧我不飲胡爲樂。坐看天地絶氛埃，使我胸襟如洗瀹。脱遺前言笑塵雜，搜索萬象窺冥漠。潁雖陋邦文士衆，巨筆人人把矛槊。自非我爲發其端，凍口何由開一噱。

歐陽叔弼見訪誦陶淵明事嘆其絶識既去感慨不已而賦此詩

淵明求縣令，本緣食不足。束帶向督郵，小屈未爲辱。翻然賦歸去，豈不念窮獨。重以五斗米，折腰營口腹。云何元相國，萬鍾不滿欲。胡椒銖兩多，安用八百斛。以此殺其身，何啻鵠抵玉。往者不可悔，吾其反自燭。

按：何薳《春渚紀聞》云：「薳嘗得東坡先生詩藁，其和叔弼詩云：『淵明爲小邑。』繼圈去『爲』字，改作『求』字，又連塗『小邑』二字，作『縣令』字，凡二改，乃成今句。至『胡椒銖兩多，安用八百斛』。初云『胡椒亦安用，乃貯八百斛』，若如初語，未免後人訾議。又知雖大手筆，不以一時筆快爲定而憚於屢改也。」又按，黄山谷跋云：「東坡在潁州，因歐陽叔弼讀《元載傳》，嘆淵明之智，遂作此詩。淵明隱約栗里、柴桑之間，或飯不足也，顔延年送錢二十萬，即日盡送酒家。與蓄積不知紀極，至藏胡椒八百斛者，相去遠近，豈直睢陽蘇合丸與蜣蜋糞丸比哉。」

喜劉景文至

天明小兒更平傳呼，髯劉已到城南隅。尺書真是髯手迹，起坐熨眼知有無。今人不作古人事，今世有此古丈夫。我聞其來喜欲舞，病自能起不用扶。江淮旱久塵土惡，朝來清雨濯鬢鬚。相看握手兩一作「乃」，訛無事，千里一笑毋乃迂。平生所樂在吴會，老死欲葬杭與蘇。過江西來二百日，冷落山水愁吴一作「吾」姝。新隄舊井各無恙，參寥六一豈念吾。别後新詩巧摹寫，袖中知有錢塘湖。

禱雨張龍公既應劉景文有詩次韻〔一〕

張公晚爲龍，抑自龍中來。伊昔風雲會，咄嗟潭洞開。精誠苟可貫，賓主真相陪。洞簫振羽舞，白酒浮雲罍。言從闞州妃，遠去焦氏臺〔二〕。傾倒缾中雨，一洗麥上埃。破旱不論功，乘雲却空回。嗟龍與我輩，用意豈遠哉。使君今子義，英氣冠東萊。笑説龍爲友〔三〕，幽明莫相猜。

〔一〕張龍公：《揮麈後録》：「東坡撰《昭靈侯廟碑》：『南陽張公諱路斯，潁上人也。』云云。米元章作《辨名志》，刻於後，云：『張名路，當是句讀，斯潁上人也。唐人文贅多如此。』明清比仕寧國，因民訟度地四至，有宣城令張路斯祠堂基。坡碑言侯嘗仕宣城令，則名路斯無疑，元章訛矣。」

〔二〕焦氏臺：《集古録》：「自景龍以來，潁人世祠之於焦氏臺。乾寧中，刺史王敬蕘始大其廟。熙寧中，司封郎中張徽奏乞爵號，詔封昭靈侯。妻石氏柔應夫人。」本集《昭靈廟碑》略云：「廟有五穴，往往見變異，出雲雨。元祐六年秋旱，郡守蘇軾迎致其骨於西湖之行祠，禱焉，其應如響。」

〔三〕龍爲友：《漢書·禮樂志》：「《天馬歌》：『今安匹，龍爲友。』」

劉景文家藏樂天身心問答三首戲書一絶其後

淵明形神自我，樂天身心相物。而今月下三人，他日當成幾佛〔一〕。

〔一〕成幾佛：《楞嚴經》：「身眼兩覺，應有二知，即汝一身，應成兩佛。」舊注引《謝靈運傳》中語，恐非作者本意。

按，周公謹〔《齊東野語》〕曰：「淵明詩，不以死生禍福動其心，泰然委順，乃得神之自然，釋氏所謂斷常見者也。樂天詩，則以心爲吾身之君，而身乃心之役也。坡翁從而賦六言。云云。然二公之説雖不同，皆祖《列子·力命篇》之論，力謂命曰：『若之功奚(似)〔若〕我？』命曰：『汝(何)〔奚〕功於物而欲比朕？』力曰：『壽夭、窮達、貴賤、貧富，我力之所能也。』命遂歷陳彭祖、顔淵、仲尼、殷紂、季札、田恒、夷齊、季氏，『若是汝力之所能，奈何壽彼而夭此，窮聖而達逆，賤賢而貴愚，貧善而富惡耶？』力曰：『此則若之所制耶？』命曰：『既謂之命，奈何有制之者？朕直而推之，曲而任之，自壽自夭，自窮自達，自貴自賤，自貧自富，朕豈能識之哉？』此即淵明《神釋》所(云)〔謂〕『大鈞無私力』之論也。」

西湖戲作

一士千金未易償，我從陳趙兩歐陽。舉鞭拍手笑山簡，祇有并州一葛强。

附陳履常次韻：《後山集》題云「次韻蘇公竹間亭絶句」。

竹裏高亭燈燭光，今年復得杜襄陽。倏看老蓋千年後，更想霜林百尺强。

送歐陽季默赴闕

先生豈止一懷祖〔一〕，郎君不減王文度。膝上幾日今白鬚，令我眼中見此父。汝南相從三晦朔，君去苦早我來暮。霜風淒緊正脱木，潁水清淺可立鷺。莫辭白酒瀉香泉，已覺扁舟掠新渡。坐看士衡執别手〔二〕，更遣夢得出奇句〔三〕。郎君可是筦庫人〔四〕，乃使騄驥隨蹇步。置之行矣無足道，賢愚豈在遇不遇。

〔一〕先生：謂醉翁。

〔二〕士衡：謂季默之兄叔弼。

〔三〕夢得：謂劉景文。

〔四〕筦庫：《禮記》：「所舉於晉國筦庫之士，七十有餘家。」施氏注改竄經文，今駁正。時季默以宣德郎監澶州酒税，故云。

用前韻作雪詩留景文

萬松嶺上黄千葉，載酒年年踏松雪。劉郎去後誰復來，花下有人心斷絶。東齋夜坐搜雪句，兩手龜拆霜須折。無情豈亦畏嘲弄，穿簾入户吹燈滅。紛紛兒女争所似，碧海長鯨君未掣。朝來雲漢接天流，顧我小詩如點纈。歐陽趙陳在户外，急掃中庭鋪木屑。交游雖似雪柏堅，聚散行作風花瞥。晴光融作一尺泥，歸有何事真無説。泥乾路穩放君去，莫倚馬蹄如踣鐵。

按：《長公外紀》：元祐五年，東坡守錢塘。景文爲東南將領，佐公開西湖，日由萬松嶺以至新堤，故在潁州和詩云云。

和劉景文見贈

元龍本志陋曹吴，豪氣峥嶸老不除。失路今爲噲等伍，作詩猶似建安初。西來爲我風黧面，獨卧無人雪縞廬。留子非爲十日飲，要令安世誦亡書。

和劉景文雪

占雨又得雪，龜寧欺我哉。似知我輩喜，故及醉中來。童子愁冰硯，佳人苦膠去聲杯。那堪李常侍，入蔡夜銜枚。

次前韻送劉景文

白雲在天不可呼，明月豈肯留庭隅。怪君西行八百里，清坐十日一事無。路人不識呼尚書，但見凜凜雄千夫。公自注：君一馬兩僕，卒然相訪，逆旅多呼尚書，意謂君都頭也。豈知入骨愛詩酒，醉倒正欲蛾眉扶。一篇向人寫肝肺，四海知我霜鬢鬚。公自注：君前有詩見寄，云：四海共知霜鬢滿，重陽能插菊花無。歐陽趙陳皆我有，豈謂夫子駕復迂。爾來又見三黜柳，共此煖熱飱一作「餐」饘蘇。酒肴酸薄紅粉暗，祇有潁水清而姝。一朝寂莫風雨散，對影誰念月與吾。公自注：郡中，日與歐陽叔弼、趙景貺、陳履常相從，而景文復至，不數日，柳戒之亦見過。賓客之盛，頃所未有。然又數日，叔弼、景文、戒之皆去矣。何時歸帆泝江水，春酒一變甘棠湖〔一〕。公自注：景文近卜居九江，近甘棠湖。

〔一〕甘棠湖：《九江志》：甘棠湖，唐長慶二年，刺史李渤徑湖心爲隄，長七百步，以利行旅，立斗門以蓄水勢，人以比甘棠。李翺爲作銘。太白詩：「此江若變作春酒，壘麴便築糟邱臺。」

慎按：公自注中柳戒之，周益公《詩話》作「成之」，筆畫相似，未詳孰是。

以屏山贈歐陽叔弼

漫郎天骨清〔一〕，生與世俗異。學道新有得，爲貧聊復仕。每於紅塵中，嘗起青霞志。屏山輟贈子，莫遣污簪珥。寓目紫翠間，安眠本非睡。夢中化爲鶴，飛入長松寺。

〔一〕漫郎：《〔新〕唐書·元結傳》：「人以爲浪者，亦漫爲官乎？呼爲漫郎。」

新渡寺席上次趙景貺陳履常韻送歐陽叔弼比來諸君唱和叔弼但袖手旁觀而已臨别忽出一篇頗有淵明風致別本作「製」，訛坐皆驚嘆

神屠不目全，妙額惟粧半。更刀乃族庖，倚市必醜悍。平生魏公籌，忽斲郢人墁。詩書亦何用，適道須此館。多言雖數窮，微中或排難。子詩如清風，翏翏發將旦。胡爲久閉匿，綺語真自患。許時笑我癡，隔屋相詠嘆。竟識彦道不？絶叫呼百萬。清朝固多士，人門子皆冠。莫言清潁水，從此隔河漢。異時我獨來，得魚楊柳貫。持歸不忍食，尺素解凄斷。中有清圓句，銅丸飛柘彈。春愁結淩澌，正待一笑泮。百篇儻寄我，呻吟鄭人緩。

按：陳《後山集》中失去此題原作，無從采録。

次韻趙景貺春思且懷吴越山水

歲華來無窮，老眼久矣静。春風如繫馬，未動意先騁。西湖忽破碎，鳥落魚動鏡。縈城理

枯瀆，放閘起膠艇。願君營此樂，官事何時竟。公自注：清河西湖三閘，督君成之。思吴信偶然，出處付前定。飄然不繫舟，乘此無盡興。醉翁行樂處，草木皆可敬。明朝游北渚，急掃黄葉徑。白酒真到齊，紅裙已放鄭。公自注：酒尚有香泉一壺，爲樂全先生服，不作樂也。

附陳履常次韻：

吴山那可説，已覺心耳静。忍事如忍欲，可遏不可騁。人生如此耳，黄白滿朝鏡。寧懷升斗禄，不理東南艇。君從湖上歸，頗説寒事竟。沙草柔動色，溪喧魚不定。煩君金玉句，無作江湖興。君詩如静女，妙絶人所敬。不受風雨秋，下有桃李徑。試寫孤竹君，名成三絶鄭。

次韻陳履常張公龍潭〔一〕

明經一本作「經明」宣城宰，家此百尺瀾。鄭公一作「翁」不量力，敢以非意干。玄黄雜兩戰，絳青表雙幡。烈氣斃强敵，仁心惻飢寒。精誠禱必赴，苟簡求亦難。蕭條麥黠枯，浩蕩日月寬。念子無吏責，十日勤一作「勒」征鞍。春蔬得雨雪，少助先生槃。龍不憚往來，而我獨宴安。閉閤默自責，神交清夜闌。

〔一〕龍潭：《潁州志》：張路斯蜕骨處，名龍池，在潁上縣治西南四十里淮潤鄉。本集《昭靈廟碑》云：「廟有五穴，往往見變異，出雲氣。或投器穴中，則見於池。近歲有得蜕骨於池，金聲玉質，輕重不常。」

慎按：施氏原注：「先生嘗自書此詩，後題云：元祐六年十一月某日，蘇軾書。墨蹟今藏吳興向氏。」此段新刻本删去，今依原本補録。

附陳履常原作：

清淵下無際，落日迴風瀾。凜然毛髮直，敢以笑語干。陂陀百尺臺，葱翠萬木蟠。驚飈振積葉，清霜作朝寒。水旱或有差，精禱神其難。魚龍同一波，信有水府寬。向來三日雨，賴子一據鞍。何以報嘉惠？寒瓜薦金盤。萬口待一飽，歸卧神亦安。猶須雪三尺，盛意莫得闌。

小飲西湖懷歐陽叔弼兄弟贈趙德麟陳履常 一本「竹間亭小酌懷叔弼季默兼呈景貺履常」。

歲暮自急景，我閒方緩觴〔一〕。歡飲一作「餘」西湖晚，步轉北渚長〔二〕。地坐略少長，意行無澗岡。久知薺麥青，稍喜榆柳黃。盎盎春欲動，瀲瀲夜未央。水天鷗鷺靜，月露一作「霧」松檜香。撫景方晼晚一作「婉娩」，懷人重凄涼。豈無一老兵，坐念兩歐陽。我意正麋鹿，君材亦珪璋。此會不可再，此歡不可忘。

〔一〕緩觴：杜甫詩：「急觴爲緩憂心擣。」

〔二〕北渚：《宋名臣言行録》：晏元獻守潁州，築室北渚，以臨西溪，名清漣閣。

慎按：施氏原注：「(潼)〔臨〕川黄揆，以公真迹刻於婺倅聽事，集本『歡飲西湖晚』作『醉飲西湖晚』，『此會不可再』作『此會恐難久』，皆以真迹爲是。」此段新刻删去，今補録以存其舊。

附陳履常次韻：

至音有遺韻，小飲不盡觴。坐待竹間月，奈此雲影長。起行林下路，散策踰平岡。破眼一枝春，着意千葉黄。暄寒會有分，蜂蝶來無央。鳥語帶餘寒，竹風回妙香。緬想兩公子，以下《後山集》脱十三字。朝陽，斯人班馬後。如圭復如璋，相逢了無得，佳處每難忘。

蠟梅一首贈趙景貺〔一〕

天工一作「公」點酥作梅花，此有蠟梅禪老家。蜜蜂采花作黄蠟，取蠟爲花亦其物。天工變化誰得知，我亦兒戲作小詩。君不見萬松嶺上黄千葉，玉蕊檀心兩奇絶〔二〕。醉中不覺度千山，夜聞梅香失醉眠。歸來却夢尋花去，夢裏花仙覓奇句。此間風物屬詩人，我老不飲當付君。君行適吴我適越，笑指西湖作衣鉢。

〔一〕蠟梅：方回《瀛奎律髓》注云：「(先是)未有蠟梅之號，元祐中，蘇、黄在朝，始定名。」山谷有《蠟梅》詩，自書詩後云：「京洛間有一種花，香氣似梅，亦五出，類女工撚蠟所成。京洛人因謂蠟梅。木身與葉，乃類蒴藋。」《本草》：蠟梅花有三種，以檀香梅爲第一，花密而香濃，色深黃，宋時皆稱黃梅花。

〔二〕檀心：《（冷齋夜話）〔西湖遊覽志餘〕》：「蠟梅色黃白，酷似蜜脾，檀心爲上，磬口次之，以子種出不經接者又次之。」

附陳履常次韻：

化人乃作《後山集》脱二字花，何年落子空王家。羽衣霓裳涴香蠟，從此人間識尤物。青瑣諸郎却未知，天公下取仙翁詩。烏丸雞距寫玉葉，却怪寒花未清絶。北風驅雪度關山，把燭看花夜不眠。明朝詩成公亦去，長使詩仙誦佳句。湖山洵美更負人，已覺西湖屬此君。坐想明年吴與越，行酒賦詩聽擊鉢。

送王竦朝散赴闕〔一〕

我家衡山公〔二〕，公自注：伯父爲衡山日，與君相知，有送行詩。清而畏人知。臧否不出口，默識如蓍龜。擢子拱把中，云有驥騄姿。胡爲三十載，尚作窮苦詞。丈一作「文」非人不妄語，未效此何疑。揭來清潁上，淚濕中郎詩。怪我一年長，而作十年衰。同時幾人在，豈敢怨白髭。願君一作「言」指松柏，永與霜雪期。

〔一〕朝散：《職官分紀》：寄禄文散官，有朝散大夫、朝散郎。《梁溪漫志》：「六曹郎中中行爲朝散大夫。員外郎中行及起居舍人爲朝散郎。」

〔二〕衡山公：本集《廷評行狀》：「公諱序，生三子，長曰澹，次曰渙，次曰洵。澹不仕，早卒。渙以進士得官。」《欒城集·伯父墓表》：公（名）〔諱〕渙，舉進士，從祥符縣移知衡州耒陽。

次韻致政張朝奉仍招晚飲一本作「食」。

掃白非黄精，輕身豈胡麻。怪君仁而壽，未覺生有涯。曾經丹化米，親授棗如瓜。雲蒸作霧楷，火滅噀雨巴。自此養鉛鼎，無窮走河車。至今許玉斧，猶事蕚緑華。公自注：君曾見永州何仙姑，得藥餌之，人疑其以此壽也，故有「丹化米」、「蕚緑華」之句，皆女仙事。我本三生人，疇昔一念差。前生一作「身」或草聖，習氣餘驚蛇。儒臞謝赤松，佛縛慚丹霞。時時一篇出，擾擾四座譁。清詩得可驚，信美辭多夸。回車入官府，治具隨貧家。萍虀與豆粥，亦可成咄嗟。

閻立本〔一〕職貢圖〔二〕

貞觀之德來一作「表」萬邦，浩如滄海吞河江，音容傖一作「獊」獰服奇厖。横絶嶺海逾濤瀧，珍禽瑰産争牽扛，名王解辮却蓋幢。粉本遺墨開明窗，我喟而作心未降，魏徵封倫恨不雙。

〔一〕閻立本：《唐朝名畫録》：「閻立本，太宗朝位居宰相，與兄立德齊名。（一日）太宗幸玄武（湖）〔池〕，見鸂鶒，召立本圖之。左右誤云宣畫師，立本大恥之，遂絶筆戒子弟，勿令學畫。」

〔二〕職貢圖：洪景盧云：「《汲冢周書》七十篇，所載事物（爲）〔亦多〕過實。《王會篇》，皆大會諸侯及四夷事，所紀四夷國名，頗古奥，獸畜亦奇崛。唐太宗時，遠方諸國來朝貢者甚衆，服裝詭異。顏師古請圖以示後。」《韻語陽秋》云：「世傳《職貢圖》，立本所畫。東坡作詩亦云云。」按，朱景元《畫録》謂《職貢圖》乃其兄立德所作，立本所畫，諸國王粉本爾。又按，施氏原注引《譚賓録》亦云「命尚書閻立德畫爲《職貢圖》」，新刻本改作立本，今爲考正。

次韻王滁州見寄〔一〕

斯人何似似春雨，歌舞農夫怨行路。君看永叔與元之，坎軻一生遭口語。兩翁當年鬢未絲〔二〕，玉堂揮翰手如飛。教得滁人解吟咏〔三〕，至今里巷嘲輕肥。君家聯翩盡卿相〔四〕，獨來坐嘯溪山上。笑捐浮利一雞肋，多取清名幾熊掌。丈夫自重貴難售，兩翁今與青山久。後來太守更風流，要伴前人作詩瘦。我倦承明苦求出，到處遺蹤尋六一。憑君試與問琅邪〔五〕，許我來游莫難色。

〔一〕王滁州：名詔，字景猷。本集《跋醉翁亭記後》云：《醉翁亭記》初刻，「〔畫〕字褊淺，恐不能〔傳〕遠，滁人欲（大之）〔改刻大字〕。元祐六年，軾爲潁州，（因）滁守王君詔（之）請〔以滁人之意〕，（遂）不（能）〔可以〕辭。」云云。《困學紀聞》：「吴築涂塘，晉兵出涂中。涂，音除，即六合瓦梁堰。水曰滁河。南唐於滁水上，立清流關。《元和郡縣志》：『滁州即涂中。』」《太平寰宇記》：「淮南道滁州（因水爲名），滁河在清流縣東三里，源自廬州來，東南流至六合縣入江。」

〔二〕兩翁：按《宋史》，慶曆中，歐陽修落龍圖閣，以右正言出知滁州。王禹偁，字元之，鉅野人。第進士，以左司諫知制誥，後爲翰林學士。孝章皇后崩，禹偁言后嘗母儀天下，當用舊典。坐訕謗落職，知滁州。後移守黄州，卒年四十六。

〔三〕解吟咏：劉禹錫詩：「化得邦人解吟咏，如今縣令亦風流。」

〔四〕聯翩卿相：施氏原注：「景猷祖化基、伯舉正，再世參知政事；父舉元，天章閣待制，故有『聯翩盡卿相』之句。」舊注在題下，新刻删去，今補録。

〔五〕琅邪：《元和郡縣志》：晉平吴，琅邪王伷出涂中，孫皓送璽至此，因以名之。山下有琅邪溪。《太平寰宇記》：「琅邪山在清流縣西南十二里。」

趙景貺以詩求東齋榜銘昨日聞都下寄酒來戲和其韻分一壺作潤筆也

王孫天麒麟，眸子奥而澈。囊空學逾富，屋陋人更傑。我老書益放，筆落座争掣。欲求東齋銘，要飲西湖雪。長鉼分未到，小硯乾欲裂。不似淳于髠，一石要燭滅。

洞庭春色并引

安定郡王以黄甘釀酒〔一〕，謂之洞庭春色，色香味三絶。以餉其猶子德麟，德麟以飲余，爲作此詩。醉後信筆，頗有沓拖風氣。

二年洞庭秋，香霧長噀手。今年洞庭春，玉色疑非酒。賢王文字飲，醉筆蛟一作「龍」蛇走。既醉念君醒，遠餉爲我壽。鉼開香浮座，盞凸光照牖。方傾安仁醽，莫遣公遠嗅。公自注：明皇食柑，凡千餘枚，皆闕一瓣。問進柑使者，云：中途嘗有道士嗅之，蓋羅公遠也。要當立名字，未用問升斗。應呼釣詩鈎，亦號掃愁帚。君知蒲萄惡，正是嫫母黝。須君灩海杯，澆我談天口。

〔一〕安定郡王：岳珂《愧郯録》：「神宗嘗念開創之烈，於藝祖燕、秦二王之後，詔推一人裂（土）〔地〕王之，從祀郊廟。韓琦以爲疑天下心，不可，（乃）〔遂〕用近屬封郡王之制以應詔，（以宗室世準）〔是〕爲安定（郡王）。」又按，施氏原注：「安定郡王名世準，字君平。（衹）〔兢〕畏端恪，内恕外嚴。自燕王以來子孫數百人，君平爲之長，無敢少越繩檢，一時翕然稱之。間與學官講繹經書，時以保静軍留後爲安定郡王。元祐八年，薨。詩中所云『賢王』，（指）〔謂〕世準也。」

附陳履常次韻：

洞庭木奴秋，寸絲不挂手。來輸步兵厨，釀作青田酒。王家玉東西，未覺歲華走。方從羅浮山，已作南陽壽。還將甕頭春，慰予雪入牖。我方縛禪律，一舉煩屢嗅。東坡酒中仙，醉墨燦星斗。詩成以示我，千金須敝帚。何曾尊俎間，着客面黧黝。定須笑美人，醮甲不濡口。

送路都曹〔一〕并引

乖崖公在蜀，有録曹參軍，老病廢事。公責之，曰：「胡不歸？」明日，參軍求去，且以詩留别。其略曰：「秋光都似宦情薄，山色不如歸意濃。」公驚謝之，曰：「吾過矣，同僚有詩人而我不知。」因留而慰薦之。予幼時聞父老言，恨不問其姓名。今都曹路公，以小疾求致仕，予誦此詩留之，不可。乃采前人意，作詩送之，并邀趙德麟、陳履常同賦一篇。

積雪困桃李，春心誰爲容。淮光釀山色，先作歸意濃。我亦倦游者，君恩繫疎慵。欲留耿介士，伴我衰遲蹤。吏課升斗積，崎嶇等鉛舂。那將露電身，坐待收千鍾。結髮空百戰，市人看先封別本作「鋒」，訛。誰能搔白首，抱關望夕烽。子意諒已成，我言寧復從。恨無乖崖老，一洗芥蔕胸。我田荆溪上，伏臘亦麤供。懷哉江南路，會作林下逢。

〔一〕路都曹：名紘，丹陽人。見《陳後山集》。又，《宋史·職官志》：軍、州諸曹官，録事參軍居首，稱都曹。

附陳履常作：

身退不待年，意足不願餘。寧聞有餘論，但問我何如。才名四十載，盛氣蓋諸儒。獨無出水力，竟與黿鼉俱。晚爲府中掾，直前不趦趄。何曾愧俯仰，頗亦困囁嚅。有粟尚可餬，有酒尚可娱。一朝脱章綬，用意不躊躇。富貴亦何有，惜君寧挽裾。人生一世間，僅得還其軀。謝公江海人，此計竟亦疎。千金一大錢，二子雙明珠。妙語發幽光，東坡爲欷歔。不知兩疏去，能亦有此無。聊爲三徑資，從此並門居。

次韻陳履常雪中 一本無「雪中」二字。

可憐擾擾雪中人，飢飽終同寓一塵。老檜作花真强項，凍鳶儲肉巧謀身。忍寒吟咏君堪笑，得暖讙呼我未貧。坐聽屐聲知有路，擁裘來看玉梅春。

按：趙德麟《侯鯖録》云：「元祐六年冬，汝陰久雪（人飢）。一日，天未明，東坡（先生簡）（來）召議事，曰：『某一夕不寐，念潁人之飢，欲出百餘千造炊餅救之。老妻謂某曰：「子昨過陳，見傅欽之，言簽判在陳賑濟有功，（何）不問其賑濟之法。」某遂相招。』（令畤面議）（余笑謝）曰：『已備之矣。今細民之困，不過食與火耳，義倉之積穀數千石，便可支散，以救下民。作院有炭數萬稱，酒務有柴數十萬稱，依元價賣之，可濟中民。』（先生）（坡）曰：『吾事濟矣。』遂草放積欠賑濟奏。陳履常有詩，（先生）（坡）次韻，有『可憐擾擾雪中人』之句。（爲是故也。）」

附陳履常原作：《後山集》題云「連日大雪以疾作不出聞蘇公與德麟同登女郎臺」。

掠地衝風敵萬人，蔽天密雪幾微塵。漫山塞壑疑無地，投隙穿帷巧致身。暎積讀書今已老，閉門高卧不緣貧。遥知更上湖邊寺，一笑潛回萬室春。自注：是日賜柴米。

附趙德麟次韻：此詩從《侯鯖録》采出。

坎壈中年坐愛人，老來貂鼎視埃塵。鐵霜帶面惟憂國，機穽當前不爲身。發廩已康諸縣命，蠲逋一洗幾年貧。歸來又捧寬民詔，不愧毫端爾許春。

慎按：趙德麟在潁州與先生唱酬之什，不減履常，惜多不傳。舊從《侯鯖録》得此詩，録置篋笥。後撿施氏原本，陳、趙二篇並載注中，多被新刻删去，今補録。

二鮮于君以詩文見寄作詩爲謝〔一〕

我懷元祐初，圭璋滿清班。維時南隆老〔二〕，奉使獨未還〔三〕。迂叟向我言，青齊歲方艱。斯人乃德星，遣出虚危間〔四〕。公自注：温公謂余曰："子駿，福星也。京東人困甚，且令往彼。"召用既晚矣〔五〕，天命良復慳。一朝失老驥，寂寞空帝閑。至今清夜夢，枕衾一作"簟"有餘潸一作"清"。喜聞二三子，結髮師閔顔。高論邈河漢，清詩鳴珮環。遥知三日雪，積玉埋崧山〔六〕。誰念此幽桂，坐蒙榛與菅。故人在潁尾，投詩清泠灣。

〔一〕二鮮于君：《淮海集·鮮于子駿行狀》："男五人，一早卒；綽，僵師縣尉；群，鳳州司法參軍；綽，承務郎；一未仕。皆有學行，而頡尤自立，士大夫稱之。"云云。二君，未詳孰是。

〔二〕南隆：《方輿勝覽》：「唐（時）魯、滕二王皆鎮閬州，以衙宇卑陋，遂修飾宏大之，擬於宮苑，謂之隆苑。」

〔三〕奉使：《東都事略·鮮于侁傳》：「神宗朝侁爲利州路轉（運使）〔判官〕，又爲京東轉運使，所代吴居厚以掊斂虐下，侁繼之，務爲寬大。司馬光云『子駿一路福星』云云。」

〔四〕虚危間：《漢書·地理志》：「齊地，虚、危之分野，東有淄川、東萊、琅邪、高密、膠東，南有泰山、城陽，北有千乘、清河，西有濟南、平原，皆齊分也。」《清類天文分野之書》：「女虚、危，齊分野。」

〔五〕召用：《鮮于子駿行狀》：「二聖臨御，召還，爲太常少卿。《東都事略》本傳云：元祐中，召爲太常少卿，拜左諫議大夫，除集賢修撰，出知陳州。卒年六十九。」

〔六〕崧山：《行狀》：「子駿葬潁昌府陽翟縣。按，嵩山在陽翟縣界，其諸子必家於此。」

次韻趙德麟雪中惜梅且餉柑酒三首

其一

千花未分出梅餘，遣雪摧殘計已疎。卧聞點滴如秋雨，知是東風爲掃除。

其　二

閬苑千葩暎玉宸，人間只有此花新。飛霙要欲一本作「欲要」先桃李，散作千林火迫春。

其　三

蹀躞嬌黄不受鞿，東風暗與色香歸。偶逢白墮争春手一作「酒」，遣入王孫玉斝飛。

和陳傳道雪中觀燈〔一〕

新年樂事嘆何曾，閉閤燒香一病僧。未忍便傾澆别酒，且來同看照愁燈。潁魚躍處新亭近，湖雪消時畫舫升。衹恐尊前無此客，清詩還有士龍能〔二〕。

〔一〕陳傳道：施氏原注：「名師仲，履常之兄，家居彭城。履常在潁，傳道來訪。」

〔二〕士龍：指履常也。

閱世堂一作「亭」詩贈任仲微〔一〕

任公鎮西南，嘗贈繞朝策。當時若盡用，善陣無赫赫。凄凉十年後，邪正久已白。却留封德彝〔二〕，天意眇難測。象賢真驥種〔三〕，號訴甘百謫。豈云報私仇一本作「仇讐」，禍福指絡脉。高才食舊德，但恐里門窄。傷心千騎歸，贈印黄壤隔。惟有亭一作「庭」前檜，閲世不改色。千年與井在，記此王粲宅。

〔一〕任仲微：《淮海集·任師中墓表》：子二人，大節、大防，仲微，大防字也。

〔二〕却留封德彝：按，《墓表》：師中在瀘州，爲納溪砦互市毆殺夷人事，「公意主招撫，而轉運判官意與公異，專爲攻討之計。公争之，勿能得。嘆曰：邊患自此始矣。其後，乞弟果反，如公所料。」云云。愚按，師中久已下世，而轉運判官，此時想尚無恙，故詩用封德彝事，反言以譏之。墓表不載運判姓名，俟再考。

〔三〕象賢：《漢書·王嘉傳》注：「象賢者，象其先祖父之賢耳。」

附子由作：《欒城集》題云「蔡州任氏閲世堂」。

朱君長桐鄉，死食桐鄉社。吏民安君德，君亦愛其下。遺言於斯葬，存殁勿相捨。自知得民深，千載誰似者。任君治新息，寬惠洽鰥寡。强梁順教詔，桴鼓不鳴野。二年去復還，園木裁拱把。居人敬閭巷，禽鳥依屋瓦。蒼然百尺檜，直幹任大廈。相要勿翦伐，令尹昔所舍。

按：子由集中，又有《閲世亭前古檜》詩，云：「人言此樹三百年，未知昔是何人植。君家大夫老不遇，一生使氣未嘗屈。没身不復歸故里，遺愛自知懷舊邑。此翁此檜兩相似，相與閲世何終極。」云云。詩長不具録，因兩公詩尾俱及檜事，聊摘數語，以資援證。

新渡寺送任仲微

春陰欲落雪，野氣方升雲。我游清潁尾，想見翠被君。古來聚散地，與子復言分。倦游安稅駕，瘦田失歸耘。獨宿古寺中，荒雞亂鳴群。送子以曉角，幽幽醒時聞。

送運判朱朝奉入蜀〔一〕一本「送朱世昌使蜀」。

靄靄青城雲，娟娟峨眉月。隨我西北來，照我光不滅。我在塵土中，白雲呼我歸。我游江湖上，明月濕我衣。岷峨天一方，雲月在我側。謂是山中人，相望了不隔。夢尋西南路，默數長短亭。似聞嘉陵江，跳波吹枕一作「錦」屏。送君無一物，清江飲君馬。路穿慈竹林〔二〕，父老拜馬下。不用驚走藏，使者我友生。聽訟如家人，細說爲汝評。若逢山中友，問我歸何日。爲話腰脚輕，猶堪踏泉石。

〔一〕朱朝奉：名世昌，字康叔。注詳前。

〔二〕慈竹林：《雲笈七籤》：眉州彭山縣有「本竹觀，在彭山治北。相傳以爲竹林黄帝所手植者」，詩中所云「路穿慈竹林」，當指其地。施注舊引《筍譜》云云，似無干涉。

慎按：以上五古，别本分作五言絶句七首，今從施氏原本，合成一首。

病中夜讀朱博士詩〔一〕

病眼亂燈火，細書數塵沙。君詩如秋露，净我空中花。古語多妙寄，可識不可誇。巧笑在頩頰，哀音餘摻撾。曾坑一掬春〔二〕，紫餅供千家。懸知貴公子，醉眼無真茶。崎嶇爛石上，得此一寸芽。緘封勿浪出，湯老客未嘉〔三〕。

〔一〕朱博士：名失考，疑即朱遜之，見本卷。

〔二〕曾坑：《蔡忠惠集》引《東溪試茶録》云：「北苑鳳凰山，連屬諸焙所産者味嘉。慶曆中，歲貢有曾坑上品一斤，叢出於此，氣味殊薄。」

〔三〕湯老：《茶經》：「其沸如魚目，微有聲爲一沸；緣邊如湧泉，連珠爲二沸；騰波鼓浪爲三沸；已上，水老，不可食。」孟蜀人毛文錫《茶譜》：「騰波鼓浪，水氣全消，謂之老湯。」《太平清話》：「蔡君謨湯，取嫩不取老，蓋爲團餅茶發耳。」

趙德麟餞飲湖上舟中對月

老守惜春意，主人留客情。官餘閒日月，湖上好清明。新火發茶乳，温風散粥餳。酒闌紅杏闇，日落大隄平。清夜除燈坐，孤舟擘岸撐。逮君幘未墮，對此月猶横。

按：《周益公題跋》云：「東坡以元祐六年秋到潁州，明年春赴維揚。此詩題曰『西湖月夜泛舟』。公在潁僅半年，集中自《放魚》長韻而下，凡六十餘詩。歷考先生所至歲月，惟潁爲少，而留詩獨多。」以《年譜》考之，先生自潁移揚，在元祐七年二月。

和趙德麟送陳傳道

二陳既妙士，兩歐惟德人。王孫乃龍種，世有簫雲麟。五君從我游〔一〕，傾寫出怪珍。俗物敗人意，兹游施氏原本作「得」，訛實清醇。那知有聚散，佳夢失欠伸。我舟下清淮，沙水吹玉塵。君行踏曉月，疎木挂寸銀。尚寄别後詩，翦刻淮南春。

〔一〕五君：任淵《陳後山詩注》云：「東坡守潁時，趙德麟作簽判，後山爲學官。其兄傳道來過，而歐陽叔弼、季默家居於潁。東坡送傳道詩所謂『五君從我游』是也。」

【校記】

一、《復次放魚韻答趙承議陳教授》注四引《泰山記》「登太山凡五十餘盤，經小天門、大天門」云云，實轉引自宋佚名《錦繡萬花谷·前集》卷五《山嶽》「天門」條。「又云」云云，亦轉引自《錦繡萬花谷·前集》卷五《山嶽》「日觀」條。原文「日觀」條在「天門」條之前。

二、《贈朱遜之》注一引《困學紀聞》云云，原文見卷十八「評詩」，引文「按夏小正九月榮鞠」一句，於原文乃在「東坡詩」之前。

三、《贈月長老》注一引虞昺《穹天論》「天形如笠而冒地之表」，實轉引自《錦繡萬花谷·後集》卷一《天門》「如笠」條。

四、《歐陽季默以油烟墨二丸見餉各長寸許戲作小詩》注一引葉夢得「兩漢間稱墨多言丸，魏晉以後稱螺」云云，實轉引自元陸友《墨史》卷上「張遇」條。○注二引《墨經》云云，引文自始句「凡墨膠爲大」至「雖次煤能成善墨」，乃出原文「膠」條。引文後半部分自「古用立煤」至末句「以雞羽掃之」，於原文出自「煤」條，且位於「膠」條之前。

五、《和趙景貺栽檜》注一引《太平寰宇記》、范文正《太清宫九咏序》、石曼卿詩注引《太清記》，均轉引自宋史容《山谷外集詩注》卷一《何造誠作浩然堂陳義甚高然頗喜度世飛昇之説築屋飯方士願乘六氣遊天地間故作浩然詞二章贈之·其一》「霜檜左紐空白鹿」句下注。

六、《禱雨張龍公既應劉景文有詩次韻》注二引《集古録》云云。按，今本《集古録》卷十有《張龍公碑》一文，然無此段引文。此引文實轉引自蘇軾《昭陵侯廟碑》，蘇文明言「歐陽文忠公《集古録》云」，下接此段引文。

七、《蠟梅一首贈趙景貺》注一引山谷自書云云，誤。此引文實引自任淵《山谷内集詩注》卷三十四《戲詠蠟梅二首》題下注，非山谷自書也。○注二引《冷齋夜話》云云，誤。今本《冷齋夜話》無此引文，實引自田汝成《西湖遊覽志餘》卷二十四《委巷叢談》「孤山梅花以和靖著名」條。

八、《閻立本職貢圖》注二引洪景盧語一段，不著書名，實引自《容齋續筆》卷十三「汲冢周書」條。

九、《二鮮于君以詩文見寄作詩爲謝》注二引《方輿勝覽》云云，今本《方輿勝覽》無此引文，實轉引自曹學佺《名勝志·四川名勝志》卷十一《川北道·保寧府閬中縣》「閬苑」條。

十、《送運判朱朝奉入蜀》注二引《雲笈七籤》云云，今本《雲笈七籤》無此引文，實轉引自《名勝志·四川名勝志》卷二十四《上川南道·眉州彭山縣》「本竹觀」條。

十一、《病中夜讀朱博士詩》注三引《太平清話》云云，實轉引自陳元龍《格致鏡原》卷二十一《飲食類·茶》「烹點」。

東坡先生編年詩卷三十五

古今體詩五十三首 起元祐七年壬申三月自潁移知揚州，其年九月以兵部尚書召還途中作。

上巳日與二子迨過遊塗山〔一〕荆山記所見〔二〕

此生終安歸，還一作「旋」軫天下半。朅來乘樏廟，復作微禹嘆。公自注：昔自南河赴杭州過此，蓋二十二年矣。從祠及彼呱，公自注：山有啓廟。像設偶此粲。公自注：謂塗山氏。秦祖當侑坐，公自注：廟有柏翳。夏郊亦薦祼。公自注：有鯀廟。可憐淮海人，尚記弧矢旦。公自注：淮南人謂禹以六月六日生，是日數萬人會山上。雖傳記不載，然相傳如此。荆山碧相照，楚水清可亂。刖人有餘坑，美石肖温瓚。公自注：荆山下有卞氏采玉坑，石色如玉，不受鑱刻。取出山下，輒變色不復温瑩。龜泉木杪出〔三〕，牛乳石池漫。公自注：龜泉在荆山下，色白而甘，真陸羽所謂石池漫流者。有石記云：唐貞元中，隨白龜流出。小兒强好古，侍史笑流汗。歸時蝙蝠飛，炬火記遠岸。

〔一〕塗山：注詳第六卷。

〔二〕荆山：《名勝志》：「荆山在懷遠縣西南，山(之)西北有(采)玉坑，一名抱璞巖。宋景濂《(遊)記》

云：『自塗山麓北經縣治，折而西行約三里，至荆山。』」

〔三〕龜泉：《名勝志》：「（白龜泉在）荆山東南〔有白龜泉〕。」

淮上早發

澹月傾雲曉角哀，小風吹水碧鱗開。此生定向江湖老，默數淮中十往來〔一〕。

〔一〕十往來：按，《年譜》：公以熙寧四年赴杭州通判，七年由杭赴密州，元豐二年三月自徐州移湖州，其年七月逮赴臺獄，三年謫黄州，七年量移汝州，八年春赴南京，隨放歸陽羡，五月起知登州，是冬除起居舍人，赴闕，元祐四年，出守杭州，六年再召還朝，今自潁移知揚州，往來皆經淮上，故云。

次韻徐仲車公自注：仲車耳聾。

惡衣惡食詩愈好，恰是石刻作「似」霜松囀春鳥。蒼蠅莫亂遠雞聲，世上誰如一作「知」公覺早。八年看我走三州，公自注：元豐八年，予赴登州。元祐四年，赴杭州，今赴揚州，皆見仲車。月自當空水自流。人間擾擾真螻蟻，應笑人呼作鬬牛。

慎按：《節孝先生集》載東坡此詩，題云「昨日見仲車先生耳疾雖未甚痊而神氣已一真得道者蒙惠佳篇輒次韻奉答」云云，今考《節孝集》，失去原作。

附徐仲車作：《節孝集》原題云「贈子瞻」。

昔者益州牧，意欲見杜微。不能以身往，使以轝致之。雖用爲諫議，待士禮已非。而况君房輩，端坐呼子陵。子陵胸中氣，直與青雲平。豈肯爲人屈，彼亦徒驕矜。孰如揚州牧，自處遜與恭。德不矜其盛，事不矜其功。南郭已三顧，迂身爲衰翁。以手書所問，視面嘆厥容。移時能立語，避乘乃鞠躬。不知古之人，幾人能如公。

慎按：《節孝集》與東坡贈答詩凡三首，此篇乃在東坡自潁移揚所作，故附録於此。

次韻林子中春日新隄書事見寄

東都一作「來」寄食似浮一作「孤」雲，襆被真成一宿賓。收得玉堂揮翰手，却爲淮月弄舟人。羨君湖上齋摇碧，笑我花時甑有塵〔一〕。爲報年來殺風景，連江夢雨不知春。公自注：來詩有「芍藥春」之句，揚州近歲率爲此會，用花十萬餘枝，吏緣爲奸，民極病之，故罷此會。

〔一〕花時：《志林》云：「揚州芍藥爲天下冠，蔡繁卿爲守，始作萬花會，（歲聚絶品）〔用花〕十萬餘枝，（於聽事燕賞旬日）〔諸園〕既殘，（乃歸於各圃）〔又吏因緣爲奸，民大病之〕。」

慎按：施氏原注云：「公所與子中帖真迹，藏玉山汪端明家。」此段新刻本删去，今録存。

送陳伯修察院赴闕〔一〕

裕陵固天縱，筆有雲漢姿。嘗重《連山》象，不數《秋風辭》。龍騰與虎變，貍豹復何施？我窮真有數，文字乃見知〔二〕。聞君射策日，妙語發疇咨。一日喧萬口，驚倒同舍兒。豈知二十年，道路猶遲遲。苦言如藥石，瞑眩終見思。屈伸反覆手，獨於君可疑。四門方穆穆，行矣及此時。

〔一〕陳伯修：施氏原注：「伯修名師錫，建安人。遊太學，有文名，神宗知之。登第，奏名在欠一字間。帝得其文，屢讀屢嘆，顧侍臣曰：『此必陳師錫文也。』啓封，果然。擢爲第三人。故云『聞君射策日，妙語發疇咨』。知臨安縣，拜監察御史。進言：『宋興以來號稱太平者，莫如仁祖，不過延直言、進善退邪而已。明道中，親覽萬幾，自吕夷簡、張耆、夏竦、陳堯佐、范雍、晏殊等，一日罷去。寶元初，因諫官韓琦之言，王隨、陳堯佐、韓億、石中立同時見絀，其後不次擢用杜衍、范仲淹、富弼、韓琦，以成慶曆、嘉祐之治。願稽皇祖納諫御臣之意，以興治功。』帝善其言，有意超用。時詔進士習律。伯修言：『方用經術迪士，不應以刑名之學亂之，望追寢其制。』用事者以其倡爲詖説，出知宿遷縣。元祐間，東坡三上章，薦其學術淵源，行己絜素，議論剛正，器識靖深，德行追蹤於古人，文章冠絶於當世。伯修以言事被斥。至元祐間，政令一新，向之不合者，率皆召用矣。故云『苦言如藥石，瞑眩終見思』云云。及入爲校書郎，遷工部郎。徽宗用爲殿中侍御史，坐黨論，削官，徙郴州，卒。」以下尚有十三行，脱落不全，新刻一概删去，今録存其可辨者。又按，李之儀《姑溪集》云：「伯修爲湖州掌書記，表見於東坡老人赴獄之際，天下識與不識，想見其人。」云云。伯修在湖州事無可考，附録於此。

〔三〕文字見知：《宋史》蘇軾本傳：「嘗鎖宿禁中，入對便殿，宣仁后問曰：『卿前年爲何官？』曰：『黄州團練副使。』曰：『今爲何官？』曰：『今待罪翰林學士。』曰：『何以遽至此？』曰：『遭逢太皇太后、皇帝陛下。』曰：『非也。先帝每誦卿文章，必嘆曰：「奇才，奇才！」但未及進用卿耳。』軾不覺哭失聲，左右皆感涕。」

送張嘉父長官

都城昔傾蓋，駿馬初服輈。再見江湖間〔一〕，秋鷹已離韝。於今三會合，每進不少留。豫章既可識，瑚璉誰當收。微官有民社，妙割無雞牛。歸來我益敬，器博用自周。百年子初筵，我已迫旅酬。但當寄一作「記」苦語，高節貫白頭。

〔一〕張嘉父再見：按，元豐十年，公赴登州，時有《泗上張嘉父三絶句》，載本集二十六卷。

在潁州與德麟同治西湖未成改揚州三月十六日湖成德麟有詩見懷次其韻

太山秋毫兩無窮，鉅細本出相形中。大千起滅一塵裏，未覺杭潁誰雌雄〔一〕。公自注：來詩云：與杭争雄。我在錢塘拓湖淥，大隄士女争昌丰。六橋横絶天漢上〔二〕，北山始與南屏通。忽驚二十五萬丈〔三〕，老葑席卷蒼雲空。朅來潁尾弄秋色，一水縈帶昭靈宫〔四〕。坐思吴越不可到，借君月斧修曈曨。二十四橋亦何有〔五〕，换此十頃玻瓈風。雷塘水乾禾黍滿，寶釵耕出餘鸞龍。明年詩客來弔古，伴我霜夜號秋蟲。公自注：德麟見約來揚寄居，亦有意求揚倅。

〔一〕杭潁：《王直方詩話》：「杭、潁皆有西湖。東坡連守二州，有潁人在座云：内翰只消遊西湖中，便可了郡事。秦少游詩云：『欲將公事湖中了，見説官閒事亦無。』」

〔二〕六橋：《（咸淳臨安志）〔夢粱録〕》：「蘇隄南來，第一橋曰映波，第二橋曰鎖瀾，第三橋曰望山，第四橋曰壓隄，第五橋曰東浦，第六橋曰跨虹。」

〔三〕二十五萬丈：本集《請開西湖狀》云：「差官打量湖上葑田計二十五萬餘丈，（合）〔度〕用人夫二十餘萬工。」

〔四〕昭靈宫：即張龍公廟，注見先生碑記中。

〔五〕二十四橋：《輿地紀勝》：「隋（於揚州）置二十四橋，並以城門坊市（署）〔爲〕名。後韓令坤（改）

〔省〕築州城，分布阡陌，别立橋梁，所謂二十四橋者，或存或廢，不可得而〔知〕〔考〕也。」

次韻德麟西湖新成見懷絶句

壺中春色飲中僊，公自注：謂洞庭春色也。騎鶴東來獨惘然。猶有趙陳同李郭，不妨同泛過湖船。

再次韻德麟新開西湖

使君不用山鞠窮，飢民自逃泥水中。欲將百瀆起凶歲，公自注：予以潁人苦飢，奏乞留黄河夫萬人修境内溝洫，詔許之。因以餘力浚治此湖。免使甑石愁揚雄。西湖雖小亦西子，縈流作態清而丰。千夫餘力起三閘，焦陂下與長淮通〔一〕。十年憔悴塵土窟，清瀾一洗啼痕空。王孫本自有僊骨，平生宿衛明光宫。一行作吏人不識，正似雲月初朦朧。時臨此水照冰雪，莫遣白髮生秋風。定須却致兩黄鵠，新與上帝開濯龍。湖成君歸侍帝側，燈花已綴釵頭蟲。

〔一〕焦陂：《潁州志》：焦陂在州南四十里。唐永徽中，刺史柳積實所開。歐陽公詩：焦陂八月新酒熟，秋水魚肥膾如玉。清河兩岸柳鳴蟬，直到焦陂不下船。

到官病倦未嘗會客毛正仲〔一〕惠茶乃以端午小集石塔戲作一詩爲謝〔二〕

我生亦何須，一飽萬想滅。胡爲設方丈，養此膚寸舌。爾來又衰病，過午食一作「飯」輒噎。繆爲淮海帥，每愧厨傳闕〔三〕。爨無欲清人，奉使免内熱。空煩赤泥印，遠致紫玉玦。爲君伐羔豚，歌舞菰黍節。禪窗麗午景，蜀井出冰雪。坐客皆可人，鼎器手自潔。金釵候湯眼，魚蟹亦應訣。遂令色香味，一日備三絶。報君不虚受，知我非輕啜。

〔一〕毛正仲：《宋史》：「毛漸，字正仲，第進士。哲宗朝歷江東、兩浙轉運副使，浙部水溢，起長安堰至鹽官，徹清水浦入海。累遷秘閣校理，進龍圖閣（學士）。」

〔二〕石塔：《維揚志》：石塔寺，即唐之木蘭院。

〔三〕厨傳闕：本集《申明揚州公使錢狀》云：「揚於東南，實爲都會，八路舟車，無不由此。使客雜沓，餽送相望，將迎之費，相繼不絶。每年公使額錢只與真、泗等列郡一般，比之楚州，少七百貫。兼復累年接送知州，實爲頻數，用度不貲。」又云：「本州與杭州事體一般，杭州公使錢七千貫，而本州止有五千貫，顯是支使不足。」

《苕溪叢話》云：「六一居士《嘗新茶》詩云：『泉甘器潔天色好，坐中揀擇客亦嘉。』東坡守維揚，於石塔試茶詩：『禪窗麗午景，蜀井出冰雪。坐客皆可人，鼎器手自潔。』正謂諺云『三不點』也。」

附晁无咎次韻：從《雞肋集》采出。

唐來木蘭寺，遺跡今未滅。僧鐘嘲飯後，語出饞客舌。公今食方丈，玉茗攄噫噎。當年卧江湖，不泣逐臣玦。中和似此茗，受水不易節。輕塵散羅麴，亂乳發甌雪。佳辰雜蘭艾，共弔楚纍潔。老謙三昧手，心得非口訣。誰知此間妙，我欲希超絶。持誇淮北士，湯餅共朝啜。

慎按：《雞肋集》「當年卧江湖」之上，脱去「闕」、「熱」二韻，須覓善本補入。

雙　石并引

至揚州，獲二石。其一緑色，岡巒迤邐，有穴達於背；其一正一作「玉」白可鑒。漬以盆水，置几案間。忽憶在潁州日，夢人請住一官府，榜曰「仇池」。覺而誦杜子美詩，曰：「萬古仇池穴，潛通小有天。」乃戲作小詩，爲僚友一笑。

夢時良是覺時非，汲井埋盆故一作「固」自癡。但見玉峰横太白，便從鳥道絶峨眉。秋風與作烟雲意，曉日令涵草木姿。一點空明是何處？老人真欲住仇池〔一〕。

〔一〕仇池：《九域志》：「成州同谷郡有仇池山。」

飲酒詩二十首并引

吾飲酒至少，常以把盞一作「杯」爲樂。往往頹然坐睡，人見其醉，而吾中了然，蓋莫能名其爲醉爲醒也。在揚州時，飲酒過午輒罷，客去解衣，盤礴終日，歡不足而適有餘。因和淵明《飲酒》二十首，庶以髣髴其不可名者，示舍弟子由、晁无咎學士。

其一

我不如陶生一本作「我生不如陶」，世事纏綿之。云何得一適，亦有如生時。寸田無荊棘〔一〕，佳處正在茲。縱心與事往，所遇無復疑。偶得酒中趣〔二〕，空杯亦常持。

〔一〕寸田：《黄庭經》「寸田尺宅（好）〔可〕治生」注云：「寸田謂三丹田，各方一寸也。」

〔二〕酒中趣：李白詩：「但得醉中趣，勿爲醒者傳。」

慎按：先生和陶詩始於揚州官舍。後在嶺南，盡和陶韻，子由有叙，别成二卷。諸刻皆同。今按年分編，義詳《例略》中。

附子由次韻：

我性本疎懶，父母強教之。逡巡就科選，逮此年少時。幽憂二十年，懶性祇如茲。偶然踐黄闥，俯仰空自疑。乞身未敢言，常愧外物持。

附晁无咎次韻：

少賤足可喜，險阻更嘗之。爲親謀斗粟，無意出競時。緬焉效一官，報國方在兹。寧當不恤緯，對酒懷憂疑。學道恨力淺，中遭世網持。

其　二

二豪詆醉客，氣湧胸中山。灌然似冰釋，亦復在一言。嗇氣寔其腹，云當享長年。少飲得徑醉，此秘君勿傳。

附子由次韻：

人言性本静，不必林與山。世雖有此理，知誰非妄言。自我作歸計，於今十餘年。低回軒冕中，此語愧虚傳。

附晁无咎次韻：

沉飲非荒宴，凛然忽頽山。或人欲問事，已醉不能言。古來亦如此，名字垂千年。但問酒中適，豈計飲者傳。

其　三

道喪士失已，出語輒不情〔一〕。江左風流人，醉中亦求名。淵明獨清真，談笑得此生。身如受風竹，掩冉衆葉驚。俯仰各有態，得酒詩自成。

〔一〕不情：《漢書・地理志》：齊士「言與行繆，虚詐不情。」

附子由次韻：

世人豈知我，兄弟得我情。少年喜文章，中年慕功名。自從落江湖，一意事養生。富貴非所求，寵辱未免驚。平生不解飲，欲醉何由成。

附晁无咎次韻：

陶公群於人，而無人之情。詩豈世外語，世語不可名。東坡憐此翁，同調但隔生。形光來户屨，真處人不驚。得酒自醒醉，放意無虧成。

其　四

蠢蠕食葉蟲，仰空慕高飛。一朝傅兩翅，乃得黏網悲。啁啾同一作「厭」巢雀，沮澤宜可依。赴水生兩殼，遭閉何時歸？二蟲竟誰是，一笑百念衰。幸此未化間，有酒君莫違。

附子由次韻：

秋鴻一何樂，空際乘風飛。秋蟲一何憂，壁間終夜悲。憂樂本何有，力盡兩無依。物生逐所遇，行久不知歸。少年氣難回，老者百事衰。聊復沃以酒，永與狂心違。

附晁无咎次韻：

園林日夕好，花繁時鳥飛。少年玩芳物，不飲坐成悲。只今未白髮，念昔已依依。紛華戰吾道，決勝當有歸。挫鋭培其根，外槁中匪衰。念方終日行，輜重安得違。

其五

小舟真一葉，下有暗浪喧。夜棹醉中發，不知枕几偏。天明問前路，已度千金一作「重」山。嗟我亦何爲，此道常往還。未來寧早計，既往復何言。

附子由次韻：

昔在建城市，鹽酒晝夜喧。夏潦恐天漏，冬雷知地偏。妻孥日告我，胡不返故山。一來朝廷上，七年不知還。有寓均建城，且志昔日言。

附晁无咎次韻：

一眼異青白，口語來啾喧。酌一不酌一，用意何其偏。誰似子孫子，高棲蘇門山。時隨嶺雲出，又與林鳥還。平生但長嘯，獨爲嵇生言。

其六

百年六十化〔一〕，念念竟非是。是身如虚空，誰受譽與毁。得酒未舉杯，喪我固忘爾。倒床自甘寢〔二〕，不擇菅與綺。

〔一〕六十化：《莊子》：「蘧伯玉行年六十而六十化，未嘗不始於是之，而卒詘之以非也。」

〔二〕甘寢：《莊子》：「孫叔敖甘寢秉羽而郢人投兵。」韓愈詩：「倒身甘寢百疾愈。」

附子由次韻：

夢中見百怪，一一皆謂是。醉中身已忘，萬事隨亦毁。此心不應然，外物妄挾爾。安心十年後，此語知非綺。

附晁无咎次韻：

高賢衆所懷，衆理應取是。如何濟衆事，難成復易毁。功成身無與，天運亦復爾。軒裳役群愚，兒曹眩文綺。

其七

頃者大雪年，海派一作「波」翻玉英一作「霙」。有士常痛飲，飢寒見真情。牀頭有敗榼，孤坐時一傾。未能平體粟，且復澆腸鳴。脱衣裹涷酒，每醉念此生。

附子由次韻：

開卷觀古人，誰非一世英。骨肉委黄壚，泯滅俱無情。憧憧來無盡，擾擾相奪傾。驚雷震朱夏，鮮能及秋鳴。得酒且酣飲，問誰逃死生。

附晁无咎次韻：

庭前兩古柏，凌霄燦其英。問此誰榮枯，霜雪見其情。榮枯何足計，有酒還自傾。熟寐暫展轉，覺來一蟬鳴。歸休但如此，便足了平生。

其八

我坐華堂上，不改麋鹿姿。時來蜀岡頭，喜見霜松枝。心知百尺底，已結千歲奇〔一〕。煌煌凌霄花〔二〕，纏繞復何爲？舉觴酹其根，無事莫相羈。

〔一〕千歲：《史記·龜策傳》：「（茯苓）〔伏靈〕者，千歲松根。」

〔二〕凌霄花：《爾雅》：苕，一名凌苕。郭璞注：又名凌霄。孔穎達《詩疏》：「一名（凌）〔陵〕時。」《本草》：「紫葳，凌霄花也。蔓生，依大木，久延至顛，其花（黄）〔蒬〕赤。」

附子由次韻：

明月生東墻，萬物含餘姿。孤蟬庇繁陰，衆鳥栖高枝。解衣適少事，捫腹知無奇。朝與群動作，暮復何所爲。此時不自有，日出還受羈。

附晁无咎次韻：

功名有天命，美好無定姿。雲夢未足吞，聊可巢一枝。同時金門士，文學多瑰奇。襆被向淮海，酣放遽爾爲。車蓋豈不榮，野馬不受羈。

其九

芙蓉在秋水，時節自闔開。清風亦何意，入我芝蘭懷。一隨采擇去，永與江湖乖。斷絲不復續，斗水何足棲。不如玉井蓮，結根天池泥〔一〕。感此每自慰，吾事幸不諧。醉中有歸路〔二〕，了了初不迷。乘流且復逝，抵曲吾當回。

〔一〕天池蓮：《山海經》：「太華山削成而四方，高五千仞，廣十里。山頂有池，生千葉蓮花。」

〔二〕醉中歸路：白居易《效陶潛體》詩：「處處去不得，却歸酒中來。」

附子由次韻：

尺書千里至，輟食手自開。將卜東南居，故鄉非所懷。勿羨湖山美，永與平生乖。鴻雁秋南來，及春思故棲。蛟龍乘風雲，既雨反其泥。兄弟通四海，叩門事難諧。直道竟三黜，去國終恐迷。何如自衛反，闕里從參回。

附晁无咎次韻：

城東故鹽渠，自昔誰所開。似説全盛時，邈焉一長懷。穿渠引江水，此計未爲乖。千帆競暮入，集浦如鳥棲。萬疇分白浪，嘉稻擢新泥。恐此太多事，且當寄嬉諧。疏通養魚鳥，花柳共低迷。時時載酒往，江上亦忘回。

其　十

籃輿兀醉守，路轉古城隅。酒力如過雨，清風消半途。前山正可數，後騎且勿一作「莫」驅。我緣在東南，往寄白髮餘。遥知萬松嶺，下有三畝居。

《庚溪詩話》：「韓退之《和裴晉公》詩云：『秋臺風日迥，正好看前山。』東坡《和陶》云：『前山正可數，後騎且莫驅。』語雖不同，而寄情物外，夷曠優游之意則同。」

附子由次韻：

羌虜忘君恩，戰鼓驚四隅。邊候失晨夜，驛騎馳中途。詔書止窮征，諸將守來驅。敵微勢可料，師競力無餘。防邊未云失，憂懷愧安居。

附晁无咎次韻：

大明唐來寺，廢苑東南隅。青松拱高阜，崎嶇有微途。肩輿病我早，一馬良可驅。衆木媚深壑，氣黑時雨餘。此焉可數醉，何用葺吾居。

其十一

民勞吏無德，歲美天有道。暑雨避麥秋，温風送蠶老〔一〕。三咽初有聞，一溉未濡槁。詔書寬積欠〔二〕，父老顔色好。再拜賀吾君，獲此不貪寶。頹然笑阮籍，醉几書謝表。

〔一〕温風：蔡邕《月令章句》：温風，暑氣之在風者也。

〔二〕詔書寬積欠：按，《宋史》：元祐七年，有詔寬免積欠。公在揚州《論積欠狀》云：「諸路連年水旱，上下共知，而轉運司不肯放税，所以逐縣例皆拖欠兩税。較其所欠，與依實檢放無異，於官了無所益，而民有追擾鞭撻之苦。近日詔旨，凡積欠皆分爲十料催納，通計五年而足。聖恩隆厚，何以加此？」

附子由次韻：

修己以安人，嗟古有此道。平生妄謂得，忽忽恨衰老。年來亦見用，何益世枯槁。逡巡事朝謁，出入自媚好。報君要得人，被褐信懷寶。斯人何時見，即上歸耕表。

附晁无咎次韻：

蘇公士冠冕，復似郭有道。知士未達間，趣操保耆老。精鋼試九火，勞倦容不槁。爲州第飲酒，況此年歲好。藏鋒避世故，輕敵喪吾寶。時來用毫末，勳業自世表。

其十二

我夢入小學，自謂總角時。不記一作「謂」有白髮，猶誦《論語》辭。人間本兒戲，顛倒略似兹。惟有醉時真，空洞了無疑。墜車終無傷，莊叟不吾欺。呼兒具紙筆，醉語輒録之。

附子由次韻：

春早麥半死，夏雨欣及時。出郊視禾田，父老有好辭。秋陰結愁霖，似欲真敗兹。冥冥人天際，影響良不疑。精誠發中禁，愍默非有欺。雞號日東出，乃令民信之。

附晁无咎次韻：

東漢有兩士，才智炫一時。三公往訪事，卧痾亦見辭。偉明獨不然，小道安取兹。斯人似水鏡，與世破昏疑。憂國不爲身，百世那可欺。舉杯相歡屬，是事亦置之。

其十三

醉中雖可樂，猶是生滅境〔一〕。云何得此身，不醉亦不醒。癡如景升牛，莫保尻與領。黠如東郭㕙，束縛作毛穎。乃知嵇叔夜，非坐虎文炳〔二〕。

〔一〕生滅境：《楞嚴經》：「我今示汝，不生（不）滅〔性〕。」

〔二〕虎文炳：《易》：「大人虎變，其文炳也。」

附子由次韻：

天厨釀冰池，摇蕩畏出境。年衰雜羸疾，一醑百不醒。鸞臺異諸曹，有政非簿領。頹然雖無謫，固一作「因」謝出囊穎。回首愧周行，群英粲彪炳。

附晁无咎次韻：

高居忽若遺，不識身與境。頗疑酣中似，奈爾輒復醒。東坡自云然，挈世一裘領。是事吾有師，安敢囊出穎。指窮火已傳，豈待得薪炳。

其十四

我家小馮君，天性頗醇一作「純」，訛至。清坐不飲酒，而能容我醉。歸休要相依，謝病當以次。豈知山林士，骯髒乃爾貴。乞身當念早，過此恐少味〔一〕。

〔一〕少味：《後漢書》：「馬援與楊廣書曰：『及今成計，殊尚善也，過是，欲少味。』」

附子由次韻：

淮海老使君，受詔行當至。當官不避事，無事輒徑醉。平生自相許，兄先弟亦次。東南豈徒往，多難嫌暴貴。白首六卿中，嚼蠟那復味。

附晁无咎次韻：

安昌漢耆儒，樂飲侈亦至。東坡儉不固，少飲得徑醉。愚敢效戴崇，正復思其次。旁通獲親愛，公亦安所貴。便坐時一巵，彭宣寧寡味。

其十五

去鄉三十年，風雨荒舊宅。惟存一束書，寄食無定迹。每用愧淵明，尚取禾三百。頎然六男子〔一〕，粗可傳清白。於吾豈不多，何事復嘆息？

〔一〕六男子：子瞻三子：邁、迨、過，子由三子：遲、适、遠。

附子由次韻：

去年旅都城，三月不求宅。彼哉安知我，争掃習禮迹。三已竟無怨，心伏鷙鳥百。無私心如丹，經患髪先白。功名已不求，餘事復何惜。

附晁无咎次韻：

幼聞錦江春，欲訪子雲宅。叩門問奇字，便掃四方迹。青雲看一鶚，凡毛愧累百。勞公諭伯業，齒堅頭未白。何當擺俗累，歲月可惋惜。

其十六

嘵嘵六男子，絃誦各一經。復生五丈夫，戢戢丁欲成。歸田了門户，與國充踐更。普兒初學語，玉骨開天庭。淮老如鶴雛〔一〕，破殼已長鳴。舉酒屬千里，一歡愧凡情。

〔一〕普兒、淮老：先生二孫名。

附子由次韻：

家居簡餘事，猶讀内景經。浮塵掃欲盡，火棗行當成。清晨委群動，永夜依寒更。低幃閟重屋，微月流中庭。依松白露上，歷坎幽泉鳴。功從猛士得，不取兒女情。

附晁无咎次韻：

王道無偏黨，此語聞諸經。高賢如大海，亦以衆流成。文饒嘆維州，刀鋸人所更。相如復私怨，出語驚秦庭。小人慮事疎，妄意躐車鳴。安得如江海，洗我塵垢情。

其十七

淮海雖故楚〔一〕，無復輕揚風。齋厨聖賢雜，無事時一中。誰言大道遠〔二〕，正賴三杯通。使君不夕坐，衙門散刀弓。

〔一〕淮海：《禹貢》：「淮海惟揚州。」注：「揚州之域，北據淮，東南至於海。」洪邁《平山堂記》：「揚爲州最古，南傳海，北鍵淮。」

〔二〕大道：李白詩：三杯通大道。

附子由次韻：

南方有貧士，狂怪如病風。垢面髮如葆，自污屠酒中。導我引河水，上與崑崙通。長箭挽不盡，不中毋尤弓。

附晁无咎次韻：

淮南夏早收，晚秧亦含風。連艫似雍絳，千斛輸吴中。使君飲酒樂，歲美關梁通。安得天下人，俱忘楚人弓。

其十八

何人築東臺，一郡坐可得。亭亭古浮圖，獨立表衆惑。蕪城閲興廢，雷塘幾開塞。明年起華堂，置酒弔亡國。無令竹西路，歌吹久寂默。

附子由次韻：

清秋九日近，菊酒皆可得。永愧陶翁饑，雖饑心不惑。懷忠受正命，賦命本通塞。斯人今苟在，可與同事國。惜哉委荆榛，忍饑長默默。

附晁无咎次韻：

十年一麥禾，比歲亦難得。寄語吾州人，不飲良大惑。經時無死市，吏責亦可塞。先生門弟子，佐守同一國。舉杯日相屬，有句安得默。

其十九

晁子天麒麟，結交及未仕。高才固難及，雅志或類己。各懷伯業能，共有丘明耻。歌呼時就君，指我醉鄉里。吴公別本作「國」，訛門下客〔一〕，賈誼獨見紀。請作《鵩鳥賦》，我亦得坎止。行樂當及時，緑髮不可恃。

〔一〕吴公門下：《漢書·賈誼傳》：「河南守吴公聞其秀才，召置門下，文帝徵吴公爲廷尉，乃言賈誼，召爲博士。」

附子由次韻：

我友二三子，兼有仕未仕。青松出林秀，豈獨私與己。歙然不求人，而我自罍耻。臨風忽長鳴，誰信日千里。江行視漁父，但自正綱紀。持綱起萬目，魴鱒皆可止。老成日就衰，所餘殆難恃。

附晁无咎次韻：

堂堂門下公，英發自初仕。卷舒固以時，出處不爲己。朝廷登儒輔，德被民有耻。岷峨更峥嶸，清風在閭里。獨醒固不惡，既醉又可紀。成王訪落時，百室就盈止。吾儕爲國謀，私愛不足恃。

其二十

蓋公偶談道，齊相獨識真。頽然不事事，客至先飲醇。當時劉項罷，四海瘡痍新。三杯洗戰國，一斗消强秦。寂寥一作「寞」千載後，陽公嗣前塵。醉卧客懷中，言笑徒多勤。我時閲舊史，獨與三人親。未暇餐脱粟，苦心學平津。草書亦何用，醉墨淋衣巾。一揮三十幅，持去聽坐人。

按：元裕之《跋東坡飲酒詩後》云：「東坡《和陶》，氣象衹是東坡。如云『三杯洗戰國，一斗消强秦』，淵明决不能辨此。獨恨『空杯亦嘗持』之句與『論無絃琴者』自相矛盾。别一詩云：『二子真我客，不醉亦陶然』，此爲佳。」

附子由次韻：

諸妄不可賴，所賴惟一真。内欲求性命，油然反清淳。外將應物化，致一常日新。商於四父老，攜手初逃秦。翻然感漢德，投足復踐塵。出處蓋有道，豈爲諸吕勤。嗟哉千載後，澹然與之親。還將山林姿，俛首要路津。囊中舊時物，布衣白綸巾。功成不歸去，愧此同心人。

附晁无咎次韻：

黄子似淵明，城市亦復真。陳君有道舉，化行閭井淳。張侯公瑾流，英思春泉新。高才更難及，淮海一髯秦。嗟余競何爲，十駕晞後塵。文章不急事，用意斯已勤。平生不共飲，嘆息無與親。問道伯昏室，何人獨知津。各在天一方，淚落衣上巾。歸休可共隱，山中復何人。

次韻晁无咎學士相迎〔一〕

少年獨識晁新城〔二〕，閉門却掃卷旆旌。胸中自有談天口，坐却秦軍發墨守。有子不爲謀置錐，虹霓吞吐忘寒飢。端如太史牛馬走，嚴徐不敢連尻脽。裴回未用疑相待，枉尺知君有家戒。避人聊復去瀛洲，伴我真能老淮海。夢中仇池千仞巖，便欲攬我青霞幨。且須還家與婦計，我本歸路連西南。老來一作「人」飲酒無人佐，獨看紅藥傾白墮。每到平山憶醉翁，懸知他日君思我。路旁小兒笑相逢，齊歌萬事轉頭空。賴有風流賢别駕，猶堪十里卷春風。

〔一〕晁无咎：《東都事略》：「晁補之，字无咎。舉進士，爲澶州司户參軍，召試爲秘閣校理，出通判揚州，後知泗州。」施氏原注：「无咎年十七，從父官新城，後通判揚州。東坡來爲守，无咎以詩相迎，坡和靖節《飲酒》詩，其一篇爲无咎作，有『晁子天麒麟，結交及未仕』之句。章子厚當國，由著作郎出守齊。徽宗立，還爲郎。黨論再起，出守泗州，忘情仕進，葺歸來園，自號歸來子。卒年五十八。」

〔二〕晁新城：《咸淳臨安志》：「晁端友，熙寧中爲新城令，子補之，年十七，隨侍官所。東坡行縣，以文章來謁。」葉石林《詩話》：〔外祖〕晁（端友）字君誠。本集《晁君誠詩序》云：「余官於杭，新城令晁〔君，君誠，諱〕端友者，君子人也。與之游三年，而不知其能爲文與詩。從仕二十三年，而後改官以殁。」〇又按，黄山谷所作《晁君誠墓誌》：「二十五歲舉進士，從仕二十〔三〕年，然後得著作佐郎。四十七以殁。」中間止序爲上虞令，而不及新城。又稱其詩時出奇以自見。在京師，病卧昭德坊，其子補之榻前抄得四十篇。

附晁无咎原作：《雞肋集》題云「東坡先生移守廣陵以詩往迎先生以淮南旱書中教虎頭祈雨法始走諸祠即得甘澤因爲賀」。

去年使君道廣陵，吾州空市看雙旌。今年吾州歡一口，使君來爲廣陵守。麥如櫛髮稻立錐，使君憂民如己飢。似聞維舟禱靈塔，如絲氣上淮西脽。隨軒膏雨人所待，風伯何知亦前戒。虎頭未用沉滄江，龍尾先看掛青海。爲霖功業在傅巖，如何白首擁彤幨。世上讒夫亂紅紫，天教仁政滿東南。青袍門人老州佐，於世無成志消墮。封章去國人恨公，醉笑從公神許我。瓊花芍藥豈易逢，如淮之酒良不空。一釂孤鴻烟雨曲，平山堂上快哉風。

次韻范淳一作「純」父送秦少章〔一〕

宿緣在江海，世綱如予何〔二〕？西來庾公塵，已濯長淮波。十年淮海人，初見一麥禾。但欣争訟少，未覺舟車多。秦郎忽過我，賦詩如《卷阿》。句法本黄子，公自注：謂魯直也。二豪與揩磨。公自注：謂其兄少游與張文潛也。嗟我久離群，逝將老西河。後生多名士，欲薦空悲歌。

小范真可人，獨肯勤收羅。瘦馬識騄耳，枯桐得雲和。近聞館李生，公自注：謂李廌方叔。病鶴借一柯。贈行苦説我，妙語慰蹉跎。西羌已解仇，烽火連朝那。坐籌付公等，吾將寄潛沱。

〔一〕范淳父：《宋史》：「范祖禹，字夢得。哲宗朝由秘書正字遷著作郎，兼侍講。蘇軾稱爲講官第一。」《復齋漫録》：「范淳父乃范百禄之子。百禄夫人〔將〕生子，夢鄧太傅曰：『我鄧禹也，來爲爾子。』故生而名曰祖禹，字夢得。元豐末，司馬公易之以淳父。」

〔二〕世綱：陸士衡詩：「借問子何之，世綱嬰我身。」

按：《范内翰集》中，失原作，俟再考。

附晁无咎次韻：

高詞自班馬，短句亦陰何。輸寫無窮已，懷山赴壑波。深耕待銍艾，療饑乃嘉禾。機雲共一時，未信來者多。老病愧群豪，魚山臨東阿。蘇公門下客，事業皆不磨。孫寶暫主簿，靈槎會窮河。他年九功叙，當使睦者歌。業虛置牙羽，筦籥復森羅。鏞鐘欠一鐸，未害大樂和。分欲從浮海，珊瑚爛紅柯。龍門雖箭駛，此志未蹉跎。丹砂還黑髮，流景爾則那。仇池出一派，分江定有沱。

附朱長文次韻：《學圃餘藁》原題云「少章過吴門寵示淳夫子瞻倡和并惠山寄少游之什俾余繼作輒次二公韻以寄之」。

懷友對華月，身如匏繫何。遥聆金玉音，悵望江湖波。憂來誦三百，調饑餉嘉禾。蘇范天下賢，閱士歲月多。憐君如蘭芷，長育瑶山阿。良工得寶璧，韞櫝加琢磨。發爲驚人語，九曲傾洪河。蟠蜿寄短章，浩蕩寫長歌。一官得武陵，萬景盡包羅。又如彈響泉，餘韻清且和。籍湜師韓文，其則在伐柯。俯視枳棘間，翔鸞豈蹉跎。聖朝頌聲作，周雖與商那。一公且大用，豈得歸岷沱？

聞林夫當徙靈隱寺寓居戲作靈隱前一首

靈隱前，天竺後〔一〕，兩澗春淙一靈鷲。不知水從何處來，跳波赴壑如奔雷。無情有意兩莫測，肯向冷泉亭下相縈回〔二〕。我在錢塘六百日，山中暫來不暖席。今君欲作靈隱居，葛衣草屨隨僧蔬。能與冷泉作主一百日，不用二十四考書中書。

〔一〕靈隱、天竺：《咸淳臨安志》：「靈隱、天竺，兩山由一門而入。陸羽記云：『南天竺，北靈隱。』」宋樓杕云：《靈鷲興聖寺記》云：「靈隱前，天竺後，名與天壤齊。介兩山間一蘭若，曰靈鷲，竇石澗泉，中分而兼有之。」《釋氏稽古略》云：西天竺〔國〕惠理法師，於晉咸和中至杭州，見山巖秀麗，曰：『吾國中天竺靈鷲山之小嶺，不知何年飛來？』有洞，舊有白猿，呼之，應聲而出。人始信之，師即其地建兩剎，先靈鷲，後靈隱。」

〔二〕冷泉亭：白居易《冷泉亭記》：「先時領郡者有相里君，造虚白亭。韓皋作候仙亭，裴棠棣作觀風亭，盧元輔作見山亭，及右司郎中河南元藇最後作此亭，於是五亭相望，如指之列，佳境殫矣。」

滕達道輓辭二首〔一〕

其一

先帝知公早〔二〕，虚懷第一人。至今詩禮將，獨一作「惟」數武宣臣。材大雖難用，時來亦少信。高平風烈在〔三〕，威敏典刑新〔四〕。空試乘邊策，寧留相漢身。凄凉舊部曲，淚濕冢前麟。

〔一〕滕達道：按，達道歷官始末，施注殘缺不全。今據本集《墓志》補之：「公諱甫，字元發，後避高魯王諱，以字爲名，而字達道。東陽人也。嘗舉進士，試於廷。宋子京奇其文，擢爲第三人，而以聲韻不中法，罷之。後八年，復中第三。通判湖州，時孫元規守錢塘，一見公，曰：『名臣也，後當爲賢將。』召試學士院，同修起居注，不遷者十年。神宗朝，爲（御史中丞）〔諫官〕。地震，上疏指陳致災之由，大臣不悦，出知秦州。除翰林學士，（知）〔除〕鄆州，移定州。作堂，以『安邊』名之。留守南都，徙齊、鄧二州。妻黨有犯法者，小人因是擠公，落職，知池州。徙蔡，改安州。復貶筠州，上書自明。帝覽之，即以爲湖州。今上即位，徙蘇、揚二州，除龍圖直學士，復爲鄆州，徙真定、河東，治邊凜然，威行西北，號稱名將。年七十一，力求淮南，乃以龍圖閣學士出知揚州。未至而薨，（時）〔蓋〕元祐五年十月二十四日也。」

〔二〕先帝知公早：王明清《揮麈後録》：「熙寧初，滕元發與楊元素俱受上知，居臺諫。偶上殿，陳於上曰：『曾公亮久在相位，有妨賢路。』上曰：『然。卿等何故都未有文字來？』明日，相約再對。草疏已畢，元發之弟申見之，持以告（曾），（曾先向上前辨析）上怒其爲耳目之官，不慎密乃爾，言遂不行。二人由此失眷。東坡先生挽詩『先帝知公早』二句，謂受裕陵眷留最先也。」

〔三〕高平：《宋史》：「范仲淹，其先邠人也。」《滕元發墓志》：「范希文，皇考舅也。見公而奇之，教以爲文。」《揮麈後録》：「（元發）〔滕，蓋〕范文正之外孫也。」

〔四〕威敏：《東都事略》：「孫沔，字元規，會稽人。爲人明敏果毅，仕終觀文殿學士，謚威敏。」徐自明《宰輔編年録》：「仁宗皇祐四年，孫沔自樞密直學士除樞密副使，以嘗副狄青宣撫賊平，故有是命。明年三月罷，在樞府不及一年。」

其二

雲夢連江雨，樊山落木秋。公方占賈鵩，我正買龔牛。共有江湖樂，俱一作「空」懷畎畝憂。荆溪欲歸老，浮玉偶同遊。骯髒儀刑在，驚呼歲月遒。回頭雜歌哭，挽語不成謳。

按：東坡謫黄州，與元發往還尺牘甚多，正元發落職守池州時也，故起四句云然。

附子由作：

才適邦家用，學非章句儒。相逢初莫測，流落一長吁。大節輕多難，深言究遠圖。收功太原守，談笑視羌胡。

南竄逢公弄水亭，公時守池。北歸留我闔閭城。壯年不見日千里，餘論猶驚敵萬兵。簡册何人知造膝，邊防逐處聳先聲。傷心繫舸城東地，目斷安知有死生。

次韻蘇伯固〔一〕遊蜀岡〔二〕送李孝博〔三〕奉使嶺表

新苗未没鶴，老葉方翳蟬。緑渠浸麻水，白板燒松烟。笑窺有紅頰，醉卧皆華顛。家家機杼鳴，樹樹梨棗懸。野無佩犢子，府有騎鶴仙。觀風嶠南使，出相山東賢。渡江弔狠石，過嶺酌貪泉。與君步徙倚〔四〕，望彼修連娟。願及南枝謝，早隨北雁翩。歸來春酒熟，共看山櫻然。

〔一〕蘇伯固：名堅，注見前。

〔二〕蜀岡：盛儀《維揚志》：蜀岡在江都縣，西接儀真界。《志》云：禪智寺側爲崑邱臺，即蜀岡也。

〔三〕李孝博：字叔升，時自山陽守，以治行高第，即拜廣東提點刑獄。詳見徐仲車《節孝集》中。仲車亦有送行詩，不具録。

〔四〕步徙倚：《楚詞·遠游章》：「步徙倚以遥思。」

太夫人以无咎生日置酒書壁一絶

壽樽餘瀝到朋簪，要與郎君夜語深。敢問阿婆開後閣，井中車轄任浮沉。

慎按：太夫人謂晁无咎之母也。此詩施氏原本不載，今從新刻《續補》下卷移編揚州卷中。

石塔寺并引

世傳王播《飯後鐘》詩〔一〕，蓋揚州石塔寺〔二〕事也。相傳如此，戲作此詩。

饑眼眩一作「望」東西，詩腸忘早晏。雖知燈是火〔三〕，不悟鐘非飯。山僧異漂母，但可供一莞。何爲二十年，記憶作此訕。齋厨養若人，無益祇貽患。乃知飯後鐘，闍黎蓋具眼〔四〕。

〔一〕王播：《〔新〕唐書・王播傳》：「播字明敭，其先太原人。父恕爲揚州倉曹參軍，（因）〔遂〕家（於揚）〔焉〕。與弟（揆）〔炎〕並舉元和進士，官至同中書門下平章事，出爲淮南節度使。」

〔二〕石塔寺：即木蘭院。

〔三〕燈是火：施氏原注：俗諺云：早知燈是火，飯熟已多時。

〔四〕闍黎：《（翻譯名義集）〔楞嚴經箋〕》：「梵（云）〔語〕阿闍黎，（此云）〔華言〕軌範師，又云悦衆。」

送晁美叔發運右司年兄赴闕

我年二十無朋儔，當時四海一子由。君來扣門如有求，頎然鶴骨清而修。醉翁遣我從子遊，翁如退之蹈軻丘。尚欲放子出一頭，公自注：嘉祐初，與子由寓興國浴室，美叔忽見訪，云：「吾從歐陽公游久矣，令我來與子定交，謂子必名世，老夫亦須放他出一頭地。」酒醒夢斷四十秋。病鶴不病骨愈虯，惟有我顏老可羞。醉翁賓客散九州，幾人白髮還相收。我如懷祖拙自謀，正作尚書已過優。君求會稽實良籌，往看萬壑争交流。公自注：美叔方乞越。

慎按：先生受知於歐陽，在嘉祐丁酉，晁美叔與公同年，定交即在此時。時先生年二十二，而詩云「我年二十無朋儔」者，乃大槩約略之詞。王宗稷《年譜》云：「至和二年乙未，先生年二十，遊成都，謁張安道，有晁美叔者，求（友）〔交〕於先生。」與本詩公自注一段相戾，特傅會起句而失之耳。今駁正。

王文玉挽詞〔一〕

才名誰似廣文寒〔二〕，月斧雲斤琢肺肝。玄晏一生多卧病，子雲三世不遷官。幽蘭空覺香風在，宿草何曾淚葉乾。猶喜諸郎有曹植一作「志」，文章還復富波瀾。

〔一〕王文玉：爵里未詳。

〔二〕廣文寒：杜甫《贈鄭廣文》詩：「才名三十年，坐客寒無氊。」

山光寺〔一〕送客回和芝上人韻〔二〕

鬧裏清遊借隙光，醉時真境發天藏。夢回拾得吹來句，十里南風草木香。

〔一〕山光寺：程沙隨《古易占》云：「隋煬帝來江都，筮《易》，遇《離》之《賁》，乃以離宮爲寺，名曰山火，取卦象也。後改曰『山光』，在揚州北十五里，地名灣頭。」盛儀《維揚志》：山光寺，隋大業中建。

〔二〕芝上人：名曇秀。

慎按：本集《雜記》一條云：「予在廣陵，與晁无咎、曇秀道人同舟送客山光寺。客去，予醉卧舟中，秀作詩云云。予和之。昔予對歐陽公誦文與可詩，云：『美人却扇坐，羞落庭下花。』公曰：『此非與可詩，世間原有此句，與可拾得耳。』」又按，此詩施氏原本不載，今從《全集》采出，據《外集》，題云「揚州同晁无咎芝上人遊山光寺和芝韻」，故移編於此。

附曇秀原作：

扁舟乘興到山光，古寺臨池勝氣藏。慚愧南風知我意，吹將草木作天香。

送芝上人遊廬山

二年閱三州，我老不自惜。團團如磨牛，步步踏陳跡。豈知世外人，長與魚鳥逸。老芝如雲月，炯炯時一出。比年三見之，常苦一作「若」有所適。逝將走廬阜，計闊道逾密。吾生如寄耳，出處誰能必。江南千萬峰，何處訪子室。

送程德林〔一〕赴真州〔二〕

君爲縣令元豐中，吏貪功利以病農。君欲言之路無從，移書諫臣以自通，公自注：諫臣，蹇受之也。元豐天子爲改容。我時匹馬江西東，問之逆旅言頗同。老人愛君如劉寵，小兒敬君如魯恭。爾來明目達四聰，收拾騆駿冀北空。君爲赤令有古風〔三〕，政聲直入明光宫。天厩如海養群龍，并收其子豈不公，公自注：君之子祁舉制策，文學行義爲人所稱。白沙何必煩此翁？

〔一〕程德林：名筠，與先生同年，見本集二十三卷中。

〔二〕真州：《元豐九域志》：「淮南東路真州，軍事。乾德二年，以揚州永真縣迎鑾鎮爲建安軍。祥符六年，升爲州，治揚子縣。」

〔三〕赤令：赤縣令也。

古別離送蘇伯固《外集》作《送蘇伯固效韋蘇州》。

三度別君來，此別真遲暮。白盡老髭鬚，明日淮南去。酒罷月隨人，淚濕花如霧。後夜逐君還，夢繞湖邊一作「江南」路。

慎按：此詩施氏原本不載，今從新刻《續補》上卷移編於此。

谷林堂〔一〕

深谷下窈窕，高林合扶疎。美哉新堂成，及此秋風初。我來適過雨，物至如娛予。穉竹真可人，霜節已專車。老槐苦無賴，風花欲填渠〔二〕。山鴉争呼號，谿蟬獨清虚。寄懷勞生外，得句幽夢餘。古今正自同，歲月何必書。

〔一〕谷林堂：《名勝志》：「谷林堂在蜀岡大明寺内。」○慎按，《石林避暑録》云：「歐陽公在揚州作平山堂，壯麗爲淮南第一。據蜀岡左右，老木參天，後有竹千竿，大如椽，不見日色。子瞻詩所云『穉竹真可人，霜節已專車』者，是也。」

〔二〕填渠：《漢書》：「華容夫人歌曰：髮紛紛兮寘渠。」注云：「寘，徒千反。」按，與「填」同。○《砦溪詩話》：「東坡《谷林堂》云：『古今正自同，歲月何必書。』（他日）《游香積寺》又云：

『幽尋恐不繼，書版記歲月。』自知者觀之，則爲游戲篇章，得大自在。俗士拘泥，(疑)〔則〕前後不相應也。」

附孫覿作：《蘭陵先生集》題云「揚州谷林堂」。

楚山多異材，翠竹滿崖谷。蕭蕭斤斧餘，斬伐同一束。蕪城帶流水，萬畝淇園緑。遺葩駁雲錦，老節抱金玉。歲晚虎穴鄰，舐掌方擇肉。此君無恙否？應坐白眼俗。

雲師無著自金陵來見予廣陵且遺予支遁鷹馬圖將歸以詩送之且還其畫

道人自嫌三世將，棄家十年今始壯。玉骨猶寒富貴餘，漆瞳已照人天上。去年相見古長干，衆中矯矯如翔鸞。今年過我江西寺，病瘦已作霜松寒。朱顔不辨供歲月，風中蒿火湯中雪。好問君家黄面翁，乞得摩尼照生滅。莫學王郎與支遁，臂鷹走馬憐神駿。還君畫圖君自收，不如木人騎土牛。

慎按：此詩施氏原本不載，新刻載《續補》上卷，題目止「贈僧」二字，今據《外集》采録，編入揚州卷中。

予少年頗知種松手植數萬株皆中梁杜矣都梁山〔一〕中見杜輿秀才求學其法戲贈二首〔二〕

其一

露宿泥行草棘中，十年春雨養髯龍。如今尺五城南杜，欲問東坡學種松〔三〕。

〔一〕都梁山：《太平寰宇記》：「都梁山在泗州盱眙縣南十六里，〔生〕都梁香草，（兹山所産）故（得）〔以爲〕名。」

〔二〕杜輿：字子師，盱眙人。晁无咎《雞肋集》有《杜子師字序》。

〔三〕種松法：本集《雜記·種松法》：「十月以後，冬至以前，松結實熟而未落，折取，并萼收竹器中。至春初，取實入荒茅中，得雨自生。松性至堅悍，始生至脆弱，畏日與牛羊，故須荒茅地，以茅陰障日，須護以棘。五年後，乃可洗下枝。七年後，乃可去其細密者。」

其二

君方掃雪收松子，我已開榛得茯苓〔一〕。爲問何如插楊柳，明年飛絮作浮萍。

〔一〕茯苓：《史記·龜策傳》：「（茯苓）〔伏靈〕者，千歲松根也。」《抱朴子》：「（老松餘氣）〔松柏脂淪入地千歲」，化爲茯苓。」

慎按：晁无咎和詩凡三首，先生原作疑闕其一。

附晁无咎和韻三首：《雞肋集》題云「東坡公以種松法授都梁杜子師并爲作詩子師求余同賦」。

不學栽檟業種松，未慙履豨笑屠龍。許君盡得東坡術，已與先生一事同。

長錐散子巖巖徧，短竹扶條歲歲添。待得烹茶有松葉，不應更課木奴縑。

佩牛未敢邀君出，射虎何當許我從。要看堂堂冠珮處，蒼然十萬甲夫中。

行宿泗間〔一〕見徐州張天驥次舊韻〔二〕

二年三躡過淮舟，款段還逢馬少遊。無事不妨長好飲，著書自要見一作「且」窮愁。孤松早偃原非病，倦鳥雖還豈是休。更欲河邊幾來往，秖今霜雪已蒙頭。

〔一〕宿泗間：《九域志》：「淮南東路宿州保静軍節度，治符離縣，東界至泗州一百九十九里。泗州臨淮，軍事，治盱眙縣。」

〔二〕張天驥：注見前。

次韻劉景文贈傅羲秀才〔一〕

幼眇文章宜和寡〔二〕，峥嶸肝肺亦交難。未能飛瓦彈清角，肯便投泥戲潑寒。忽見秋風吹洛水，遥知霜葉滿長安。詩成送與劉夫子，莫遣孫郎帳下看。

〔二〕傅羲：一本作「曦」，未詳。

〔三〕幼眇：《漢書·元帝紀贊》：「元帝多材藝，善史書，自度曲，被歌聲，分刌節度，窮極幼眇。」顔師古曰：「幼眇，讀曰要妙。」

在彭城日與定國爲九日黄樓之會今復以是日相遇於宋凡十五年憂樂出處有不可勝言者而定國學道有得百念灰冷而顔益壯顧予衰病心形俱悴感之作詩

菊盞萸囊自古傳，長房寧復是癯仙。應從漢武横汾日，數到劉公戲馬年。對玉山人今老矣，見恒河性故依然〔一〕。王郎九日詩千首，今賦黄樓第二篇。公自注：徐州太守廳事，俗謂之霸王廳，相戒不敢坐，僕拆以蓋黄樓。

〔一〕見恒河性：《楞嚴經》：「佛言汝今自傷髮白面(皴)〔皺〕，其面必定皺於童年。則汝今時觀此恒河，與昔童時觀河之見，有童耄不？」

九日次定國韻

朝菌無晦朔，蟪蛄疑春秋。南柯已一世，我眠未轉頭。仙人視吾曹，何異蜂蟻稠。不知蠻觸氏，自有兩國憂。我觀去來今，未始一念留。奔馳竟何得，而起無窮羞。王郎誤涉世，屢獻久不讎。黄金散行樂，清詩出窮愁。俛仰四十年，始知此生浮。軒裳陳道路，往往兒童收。封侯起大第，或是君家騶。似聞負販人，中有第一流。炯然徑寸珠，藏此百結裘。意行無車馬，倏忽略九州。邂逅獨見之，天與非人謀。笑我方醉夢，衣冠戲沐猴。力盡病騏驥，伎窮老伶優。北山一作「方」有雲根，寸田自可耰。會當無何鄉，同作逍遥遊。歸來城郭是，空有纍纍邱。

【校記】

一、《在潁州與德麟同治西湖未成改揚州三月十六日湖成德麟有詩見懷次其韻》注二引《咸淳臨安志》云云，誤。《咸淳臨安志》無此引文，實引自宋吴自牧《夢粱録》卷七《杭州・倚郭城北道》篇。

二、《飲酒詩二十首・其十七》注一引洪邁《平山堂記》「揚爲州最古，南傳海，北鍵淮」云云，實轉引自宋祝穆《古今事文類聚・續集》卷九，此卷收録洪氏文，題云「揚州重修平山堂記」。

三、《次韻范淳父送秦少章》注一引《復齋漫録》云云，實轉引自胡仔《苕溪漁隱叢話・後集》卷二十《迂叟》篇。

四、《滕達道輓辭二首・其一》注一引蘇軾《滕公墓志銘》，引文後半自「留守南都」至末，於原文位於「公諱甫，字元發」之前。初白乃節引蘇文，爲文意順暢而顛倒之。

五、《石塔寺》注四引《翻譯名義》「梵云阿闍黎，此云軌範師，又云悅衆」云云，誤。《翻譯名義集》無此引文，實轉引自宋惟愨《楞嚴經箋》，「梵云」作「梵語」，「此云」作「華言」。

六、《谷林堂》注二引《碧溪詩話》，其中「自知者觀之」至末，於原文乃在首句「東坡《谷林堂》云」之前。

東坡先生編年詩卷三十六

古今體詩六十五首起元祐壬申秋杪，自揚州召還爲兵部尚書，尋遷禮部尚書，至明年癸酉九月出京以前作。

召還至都門先寄子由

老身倦馬河堤永，踏盡黄榆緑槐影。荒雞號月未三更，客夢還家時一頃。歸老江湖無歲月，未填溝壑猶朝請。黄門殿中奏別作「春」，誂事罷，詔許來迎先出省。已飛青蓋在河梁，定餉黄封兼賜茗。遠來無物可相贈，一味豐年説淮潁。

王暐《道山清話》云：「劉貢父一日問子瞻：『「踏盡黄榆緑槐影」，是日影耶？月影耶？』子瞻曰：『「竹影金鎖碎」，又何嘗説日月也。』」〇慎按，先生與貢父同朝在元祐初，集中多唱酬之什。自己巳出守杭州以後，絶無一語及貢父者，意此時貢父已殁。《道山清話》云云不足據也。

附子由次韻：

兄詩有味劇雋永，和者僅同如畫影。短篇泉冽不容挹，長韻風吹忽千頃。經年淮海定成集，走書道路未遑請。相思夜半發清唱，醉墨平明照東省。自注：詩到適在省中。南來應帶蜀岡泉，西信近得蒙山茗。出郊一飯歡有餘，去歲此時初到潁。

次韻定國見寄

還朝如夢中，雙闕眩金碧。復穿鴛鷺行，强寄麋鹿迹。勞生苦晝短，展轉不能夕。默坐數更鼓，流水夜自逆。故人爲我謀，此志何由畢。越吟知聽否？誰念病莊舄。公自注：時方請越。

次韻蔣潁叔〔一〕錢穆父〔二〕從駕景靈宮〔三〕二首

其一

歸來病鶴記城闉，舊踏松枝雨露新。半白不羞垂領髮，軟紅猶戀屬車塵。公自注：前輩戲語，有「西湖風月，不如東華軟紅香土」。雨收九陌豐登後〔四〕，日麗三元下降辰〔五〕。粗識君王爲民意，不才何以助精禋。

〔一〕蔣潁叔：名之奇，注見前。

〔二〕錢穆父：名勰，注見前。時爲户部尚書。

〔三〕景靈宮：《宋史・禮志》：東西景靈二宮，創於祥符五年，在端禮街之東西，置藝祖以下御容於内。《困學紀聞》：「景靈宮之爲原廟，自元豐五年始。前此帝后神御寓佛老之祠。」

〔四〕九陌：《太平寰宇記》引《三輔舊事》云：「長安城中，八街九陌。」

〔五〕三元：徐陵文：「三元肇慶，六吕司春。」

按：《藜藿野人詩話》云：「東坡自揚州召還，有《和韻從駕景靈宮》詩，王仲至和之，末云：『誰知第七車中客，天遣歸來助慶禋。』蓋張寬，四川人，自揚州守召，（東）坡亦（然）〔川人自揚州太守召來〕。漢武帝郊祀，回至渭橋，見婦人洗乳於水上，遣問之。婦人曰：『第七車中客知我也。』上使〔使〕問，〔是〕張寬，寬奏曰：『天上長乳星，祭祀不潔則見。』東坡時爲兵部尚書，亦乘車在駕前。」云云。按，蔣、錢原作，同時和者尚多。原作既不可得，仲至詩惜止傳末二句，附志於此。

其二

與君並直記初元〔一〕，白首還同入禁門。玉殿齊班容小語，霜廷稽首泣微温。公自注：適與穆父並拜庭中，地皆流濕，相與小語道之。病貪賜茗浮銅葉〔二〕，老怯秋一作「香」泉灔寶樽。回首鵷行有人傑〔三〕，坐知羌虜是遊魂。

〔一〕並直初元：按，元祐元年，穆父自鹽鐵判官召爲中書舍人。黄山谷《和穆父猩猩毛筆》詩自注云：「時蘇、錢二公，俱直紫微閣。」任淵《山谷詩注》：「時二公皆作中書舍人，〔東坡〕是年九月〔東坡〕方轉翰林學士。」

〔二〕銅葉：程大昌《演繁露》：「御前賜茶，皆不用建盞，用大湯甓，其製像銅葉湯甓耳。銅葉，褐色也。」

〔三〕人傑：指蔣穎叔，時穎叔新除熙河帥，故結句云然。注見本卷後。

憶江南寄純如五首〔一〕

其一

楚水別來十載，蜀山望斷千重。畢竟擬爲傖父，憑君説與吴儂。

〔一〕純如：姓名失考。

其二

湖目也堪供眼〔一〕，木奴自足爲生。若話三吴勝事，不惟千里蓴羹〔二〕。

〔一〕湖目：蓮子也。

〔二〕千里：《名勝志》：「溧陽有蓴湖，又名千里湖，在縣〔東〕南。」

其三

人在畫屏中住，客依明月邊遊。未卜柴桑舊宅，須乘五馬一作「湖」扁舟〔一〕。

〔一〕五湖扁舟：《後漢書·隗囂傳》：「方望以書辭囂曰：『范蠡收責句踐，乘扁舟於五湖。』」

其四

生計曾無聚沫，孤踪漫有清風。治産猶嫌范蠡，携孥頗笑梁鴻。

其五

弱累已償俗盡，老身將伴僧居。未許季鷹高潔，秋風直爲鱸魚。

慎按：以上五首，施氏原本不載。新刻本載《續補》卷末，據《外集》揚州還朝後作，今改編。

近以月石硯屏〔一〕獻子功中書〔二〕公復以涵星硯獻純父侍講〔三〕子功有詩純父未也復以月石風林屏贈之謹和子功詩并求純父數句

紫潭出玄雲，翳我潭中星。獨有潭上月，倒掛紫翠屏。我老不看書，默坐養此昏花睛。時時一開眼，見此雲月眼自明。久知世界一泡影，大小真僞何足評。笑彼三子歐梅蘇〔四〕，無事自作雪羽争。公自注：事見三人詩集。故將屏硯送兩范，要使珠璧栖窗櫺。大范忽長謡，語出月脇令人驚。公自注：皇甫湜《顧況集序》云：穿天心，出月脇，意外驚人，語非尋常。小范當繼之，説破星心如雞鳴。公自注：孟郊《聞雞》詩：似開孤月口，能説落星心。牀頭復一月，下有風林横。急送小范家，護此涵星泓。願從少陵博一句，山木盡與洪濤傾。

〔一〕月石屏：本集《雜記》一則云：「月石屏，捫之月微凸，乃僞也。真者必平，然多不圓，圓而平至難得，可寶也。」

〔二〕子功中書：《宋史》：「范百禄，字子功，鎮兄鍇之子。第進士，又舉才識兼茂科。」《東都事略》：范百禄中制科，元祐中知開封府，召入翰林，拜中書侍郎。「所著詩傳文集、内外制、奏議八十卷。後與黨籍。」

〔三〕純父侍講：《東都事略·范祖禹傳》：祖禹，初字夢得，又字純父。哲宗即位，由秘書省正字遷著作郎，兼侍講。蘇軾稱爲講官第一。《宋史》：「祖禹初擢右正言，拜翰林學士，以叔百禄在中書，改侍講學士。百禄去，乃復爲之。」〇慎按，《東都事略》云祖禹少孤，育於叔祖。景仁《復齋漫録》訛以祖禹爲百禄之子，不知純父乃子功之姪也。故稱爲小范。

〔四〕三子：歐陽永叔有《鵶石屏歌》，蘇子美有《月石硯歌》，梅聖俞有和詩，不具録。

慎按：「月脇」、「星心」下所引皇甫湜序、孟郊詩，宋刊本皆公自注，云云。今據此爲改正。

次韻范純父涵星硯月石風林屏詩〔一〕

月次於房歷三星，斗牛不神箕獨靈。簸摇桑榆盡西靡，影落蘇子硯與屏。天工與我兩厭事，孰居無事爲此形。與君持槖侍帷幄，同列温室觀蕘蓂。自憐太史牛馬走，伎等卜祝均倡伶。欲留衣冠掛神武，便擊雲水歸南溟。陶泓不稱管城沐，醉石可助平泉醒。故持二物與夫子，欲使妙質留天庭。但令滋液到枯槁，勿遣光景生晦冥。上書掛名豈待我〔二〕，獨立自可當雷霆。我時醉眠風林下，夜與漁火同青熒。撫物懷人應獨嘆，作詩寄子誰當聽。

〔一〕涵星硯：歐陽公《硯譜》：「龍尾溪石，以金星者爲貴。」

〔二〕上書掛名：晁以道《客語》云：「范純父元祐（中）〔末〕與東坡數上書論事，嘗約各草一疏，東坡訪純父，求所作疏先觀，遂書名於末，云軾不復自爲矣。純父再三求觀，竟不肯出，云無以易公者。」《和月石屏詩》云云，蓋紀實也。

附范純父原作：《范太史集》題云「子瞻尚書惠涵星硯月石風林屏賦十二韻以謝」。

端溪千仞涵明星，虢山太古藏陰靈。蘇公贈我此二寶，使我坐卧瞻雲屏。我觀天地間，有物皆流形。或從清空入幽谷，中夜隕石翻階蓂。《齊諧》志怪不能狀，欲説但恐同優伶。公遊浙江探禹穴，長嘯宇宙臨滄溟。手攀天河弄星月，醉落大筆還微醒。故分星月入我室，光照窗户風生庭。長林偃絶壁，晚色寒青冥。似聞洪濤卷萬木，直幹不折當風霆。玄雲欲落雪，夜久孤燈熒。報贈愧無青玉案，苦吟徒使神鬼聽。

次韻錢穆父會飲

彈冠恨不早，掛冠常苦遲。盛服每假寐，角闕時伏思。東門未祖道，西山空拄頤。誓將江海去，安此麋鹿姿。要當謀三徑，何暇擇一枝。與君幾合散，得酒忘醇醨。君談似落屑，我飲如奕碁。公自注：世有「作詩如奕碁，奕碁如飲酒，飲酒乃大戒」之語，僕於碁、酒二事，俱不能也。居官不任事，造物真見私。主人獨賢勞，金轂方流馳。行人亦結束，杕杜乃歸期。公卿雖少安，河流正東驪〔一〕。我得會稽去，方回良不癡。

〔一〕河流東驪：《宋史·河渠志》：「元祐初，河流雖北，而孫村低下，諸郡皆被灾。於是回河東流之議起，安燾深以東流爲是，蘇轍謂呂公著：『（不如）〔盍〕因舊而修其未備。』會范百禄行視東、西二河，亦言東流高仰，北流順下，决不可回。時吴安持與李偉力主回河，請置修河司。五年九月，轍又言『修河司不罷，河朔生靈終不得安居。』七年十月，以大河東流，賜吴安持三品服。李偉再任（都水使者）。王宗望言：『東、北兩流，頻年紛争不决。伏自奉詔，凡九月，上稟成算，盡障北流，使全河東還故道，望付史館紀績。』」○慎按，時文潞公、吕丞相力主回河之議，故云「公卿雖少安，河流正東釃」也。

次韻穆父尚書侍祠〔一〕郊丘瞻望天光退而相慶引滿醉吟〔二〕

千章杞梓蔭雲天，樗散誰收老鄭虔。喜氣到君浮白裏，豐年及我掛冠前。令嚴鐘鼓三更月，野宿貔貅萬竈烟。太息何人知帝力，歸來金帛看頳肩。

〔一〕侍祠：《春明退朝録》：「每南郊大禮，使宰相爲大禮使，學士爲禮儀使、鹵簿使，御史中丞爲儀仗使，開封府爲橋道頓遞使。真宗時，東封西祀侍祠，皆輔臣爲五使，南郊則用學士以下。」

〔二〕郊丘：《（汴京遺跡志）〔《明一統志》卷二十六〕》：「南郊壇在開封城南薰門外，其側又有南青城，即宋祭天之齋宫。北郊壇在府城北封邱門外，其北又有北青城，即宋祭地之齋宫。」

附秦少游次韻：

風馬雲車下九天，郊柴初告帝心虔。天如倚蓋臨壇上，星若聯珠繞御前。縹緲珮環參雅奏，岧嶢樓閣抱非烟。侍臣舉酒欣相屬，醉看參横左右肩。

郊祀〔一〕慶成詩〔二〕

帝出乘昌運，天心予太平。文章三代繼，制作七年成。大祀〔三〕乾坤合〔四〕，剛辰日月明〔五〕，泰壇朝掃地，魄寶夜垂精。仰御圓蒼蓋，環觀海岳城。北流吞朔易，西極落欃槍。升燎靈光答，回鑾瑞霧迎。需雲徧枯槁〔六〕，解雨達勾萌〔七〕。可頌非天德，因箴亦下情。民言知有酌，帝謂本無聲。富國由崇儉，祈年在好生。無心斯格物，克己自銷兵。化國安新政，孤臣返舊耕。還將清廟什，留與野人賡。

〔一〕郊祀：《宋史·哲宗本紀》：元祐七年十一月癸巳，合祭天地於圜丘，大赦天下。曾鞏《元豐類藁》：「太祖已尊四祖之廟，郊祀以宣祖配天，以翼祖配地。太宗繼統，禮官以王業自太祖始，故興國之初，再郊皆太祖配天，至淳化春，以宣祖、太祖同配，如永徽故事。皆禮儀使蘇易簡所定。」

〔二〕慶成：《漢書·封禪文》：「上帝垂恩，儲祉將以慶成。」

〔三〕大祀：張衡《東京賦》：「元祀惟稱，群望咸秩。」注：元祀，上祀也。

〔四〕乾坤合：《宋史·禮志》：「元豐六年冬至郊祀，以太祖配，不設皇地祇位。哲宗初立，未遑親祀，有司攝事如元豐儀。翰林學士顧臨等謂，祖宗皆合祭天地，其不合祭者，惟元豐六年一郊爾。（今）失〔今〕不定，後必悔之。范純禮等主北郊之議，彭汝礪、曾肇復上奏論合祭之非。而吕大防則言：『先帝祀地之禮，未經親行，今上臨御之始，正當親見天地，而獨不設地祇位，恐亦不安。』太皇太后以爲（然）〔是〕，遂合祭天地。」《東都事略》：「元祐七年，詔曰：『國家郊廟，三歲一親，冬至合祭天地於圜丘。元豐（六年）〔間〕，有司援周禮以合祭，不應古義。詔定親祀北郊之儀，未及行。是歲，南郊不設皇祇位，而宗廟之饗率如權制。朕方郊見天地之始，其冬至日南郊，宜依熙寧十年故事，設皇地祇位。』」

〔五〕剛辰：《禮記》：「外事用剛日，内事用柔日。」

〔六〕需雲：《易》：「雲上於天，需，君子以飲食宴樂。」

〔七〕解雨：《易》：「天地解而雷雨作，雷雨作而百果草木皆甲拆。」

附子由作：

盛禮彌三祀，初元正七年。祭兼天地報，儀自祖宗傳。講義金華久，自注：近有旨：講讀官訓釋祖宗齋祠故事十五條，日陳於前。齋心玉食鮮。秋成通四海，廪實到窮邊。自注：今秋諸道皆奏豐稔，而陝西、河東極邊尤甚。塵捲跳强寇，自注：西羌入寇環州，邊吏邀擊敗去。琛來渡海船。自注：高麗使前十日到闕，預觀大禮。人和神亦答，物備禮誠全。廟室開深靚，郊丘對廣圜。翠帷新秘殿，寶仗隘通廛。周冕裘繒儉，自注：《周禮》：大裘而冕以祀天。有司欲爲羔裘，度用百羔。上以其害物，以黑繒代之。唐車保介便。自注：五輅有正觀款志，進退安重，奕世所寳。導前多舊德，迎拜或華顛。薦潔求陰燧，馳誠寄燎烟。垂精粲星斗，望秩徧山川。降輅追前躅，回班戒弗虔。徹綑深屈體，屏蓋切承天。自注：上至太廟門降輅，步入齋殿，至郊壇止。百官回班，仍去黃道褥。三事皆循祖宗故事，而去繖，特出上意。嶰谷灰初應，自注：緹室吹灰，久廢不講，近太史考求遺書，復修其法。扶桑日欲躔。旌旗逐風轉，歌舞送天旋。簾啓瞻宸極，雞號識漏泉。矜愚開罪罟，釋欠靖民編。樂作波翻海，書行箭脱弦。東朝歸福祚，南極本高僊。有道知難犯，無私每得賢。劬勞就聖德，謙畏絶私權。治道初無象，神功竟莫宣。下臣叨進玉，隨見頌誠然。自注：臣於景靈郊邱，實進玉幣。

次韻王仲至喜雪御筵〔一〕

三軍喜氣鑠飛花，睡起空驚月在沙。未集驊騮金腰褭，故殘鳷鵲玉横斜。偶還仗内身如寄〔二〕，尚憶江南酒可賒。宣勸不多心自醉，强扶衰白拜君嘉。

〔一〕王仲至：《宋史》：「王欽臣，字仲至，用蔭入官。文彦博薦試學士院，賜進士及第。性嗜古，藏書數萬卷，手自讎正，世稱善本。」〇按，仲至時爲工部侍郎，本傳不載。

〔二〕還仗内：《春明退朝録》：「唐（制），日御宣政（殿），設殿中細仗於廷，明皇欲避正殿，遂御紫宸殿，喚仗入閤門。唐末常御殿，更無仗，遇朔望特設之。熙寧二年，始御文德殿，凡文武官百人，執仗四百人，皆立殿門之外。宰相至，陞朝官盡赴文德殿參假，謂之横行。」

慎按：《能改齋漫録》云：「東坡元祐末爲禮部尚書，夢人送《喜雪詩》，云是王仲至，覺後惟記一聯，仲至因足以成章。曰：『曉雪誰驚最後時，土膏方得助甘滋。歲功已覺三元近，春事何憂一覺遲。不着寒梅容觸冒，半留紅杏惜離披。神交彼此無勞辨，更爲公題入夢詩。』」三四乃夢中所得，今附録於此。

次韻奉和錢穆父蔣穎叔王仲至四首

見和西湖月下聽琴原作在三十四卷。

謖謖松下風，藹藹隴上雲。聊將竊比我，不堪持寄君。半生寓軒冕，一笑當琴尊。良辰飲文字，晤語無由醺。我有風鳴枝，背作蛇蚹紋。月明委静照，心清得奇聞。當呼玉澗手，公自注：家有雷琴，甚奇，古玉澗道人崔閑妙於雅聲，當呼使彈。一洗羯鼓昏。請歌南風曲，猶作虞書渾。

見和仇池原作在三十五卷。

上窮非想亦非非，下與風輪共一癡〔一〕。翠羽若知牛有角，空缾何必井之眉。還朝暫接鵷鸞翼，謝病行收麋鹿姿。記取和詩三益友，他年弭節過仇池。

〔一〕癡輪：《楞嚴經》：「由因世界愚鈍輪迴癡顛倒故，和合頑成八萬四千枯槁亂想，如是故有無想羯南流轉國土，精神化爲土水金石其類充塞。」

玉津園〔一〕

承平苑囿雜耕桑，六聖勤民計慮長。碧水東流還舊派，公自注：玉津分蔡河上流，復合於下。紫壇南峙表連岡〔三〕。不逢遲日鶯花亂一作「麗」，空想疎林雪月光。千畝〔四〕何時耕帝藉〔五〕，斜陽寂歷鎖雲莊。

〔一〕玉津園：《文獻通考》：「宋四園苑，東曰宜春，南曰玉津，西曰瓊林，北曰瑞勝。」《汴京遺跡志》：「玉津園在南薰門外。」

〔二〕雜耕桑：《（避暑）〔石林〕燕語》：「玉津園半以種麥，每仲夏，駕幸觀刈麥。自仁宗後，不復講矣。惟契丹賜射爲故事。」

〔三〕紫壇：《漢書・郊祀志》：「甘泉泰畤紫壇，八觚。」注：「如今社壇也。」《〔新〕唐書》：張九齡《請郊見疏》：「願以迎日之至，升紫壇，陳采席，定天位，則聖典無遺矣。」

〔四〕千畮：《國語》：「王耕一（畝）〔墢〕，庶人終於千畝。」《五經要義》：「天子耤田千畮，率公卿親耕，所以先百姓而致孝敬。」

〔五〕帝耤：《月令》：「孟春，天子乃以元日祈穀於上帝，乃擇元辰，天子親載耒耜，措之于參保介之御間，帥三公九卿諸侯大夫躬耕帝耤。」

耤田〔一〕

竊脂方紀瑞，布穀未催耕。魚沫依蘋渚，蝸涎上綵楹。江湖來夢寐，簑笠負平生。琴裏思歸曲，因君一再行。

〔一〕耤田：《皇宋事實類苑》：「元豐二年，詳定禮文所（上）言：自漢迄唐，皆有帝耤神倉，今久廢不設。乞於京城東南度地千畝置耤田，仍徙先農壇於其中，立神倉於東南。五穀之外，並植菜蔬，冬則藏冰，一歲祠祭之用取具焉。」

頃年楊康功使高麗〔一〕還奏乞立海神廟〔二〕於板橋〔三〕僕嫌其地湫隘移書使遷之文登〔四〕因古廟而新之楊竟不從不知定國何從見此書作詩稱道不已僕不能記其云何也次韻答之

退之仙人也，游戲於斯文。談笑出奇偉，鼓舞南海神。頃者三韓使，幾爲蛟鱷吞。歸來築祠宇，要使百賈奔。公自注：板橋，商賈所聚。我欲遷其廟，下數浮空群。公自注：謂登州海市。移書竟不從，信非磊落人。公胡爲拳拳，繫此空中雲。作詩頌其美，何異刻劍痕。我今已括囊，象在六四坤。

〔一〕楊康功使高麗：徐兢《高麗圖經》：元豐（七）〔六〕年，高麗王徽卒，「世子勳立百日，又卒，勳弟運立。上命左諫議大夫楊景略爲祭奠使，王舜封副之，右諫議大夫錢勰爲弔慰使，朱球副之。七年七月，自密之板橋，航海而往。」孫升《談圃》：「吕端奉使高麗，過洋，取金書《維摩經》沉之，聞絲竹之聲，起於舟下。比經沉，隱隱而去。崔伯易在禮部，求使高麗故實，得申公事，故楊康功、錢勰皆寫此經。往時豐稷爲楊掌箋表，云：東海洋龍宫之寶藏也，氣如厚霧，雖無風亦有巨浪。舟前大黿如屋，目如巨燭，光耀沙上。舟人以此卜之，見則無虞。」

〔二〕海神廟：《齊乘》：「東海淵聖廣德王廟，在萊州西北二十里。宋開寶六年（重）〔敕〕建，參知政事賈黄中作碑文。」又云：「登州北三里海濱，與田横寨相對，本海神廟基。宋治平中，郡守朱處約以其地太高峻，移廟西，置平地，於此建（蓬萊）閣。」伏琛《齊地記》云：「始皇造〔觀日〕橋，欲渡海（觀日出處），海神爲之驅石立柱。」

〔三〕板橋：《齊乘》：「膠西縣，古介葛盧國，隋置縣，唐省，入高密，以其地爲板橋鎮。」《文獻通考》：「密州膠西縣，本板橋鎮。」歐陽忞《輿地廣記》：板橋鎮即膠西地，宋元祐三年復置縣。

〔四〕文登：《太平寰宇記》：「文登縣在登州東南二百八十里。石橋在縣南。」《齊乘》云：「文登縣，本漢牟平不掖縣地。齊天統四年，分牟平，置文登縣。以地有文山，始皇召集文人登之，故號曰文登。」

沐浴啓聖僧舍[一]與趙德麟[二]邂逅

南山北闕兩非真，東潁西湖迹已陳。季子來歸初可喜，老聃新沐定非人。酒清不醉休休暖，睡穩如禪息息勻。自笑塵勞餘一念，明年同泛越溪春。

〔一〕啓聖僧舍：「宋敏求《東京記》：啓聖院，本晉護聖營。天福四年，宣祖典禁兵，太宗誕聖其地。」《春明退朝録》：「咸平初，真宗令供奉僧元藹寫太宗御容於啓聖院。」《汴京遺迹志》：「啓聖院在大梁門内街北，太平興國（二）〔六〕年建，雍熙二年成，賜名。」

〔二〕趙德麟：名令畤，注見前。從潁州幕府官滿入京，以東坡再薦擢光禄丞。

余舊在錢塘伯固開西湖今方請越戲謂伯固可復來開鏡湖伯固有詩因次韻[一]

已分江湖送此生，會稽行復得岑成。鏡湖席捲八百里，坐嘯因君又得名。

〔一〕伯固：蘇堅，字伯固。注見前。

慎按：此詩施氏原本不載，今從新刻《續補》下卷移編於此。

僕所藏仇池石希代之寶也王晉卿以小詩借觀意在於奪不敢不借然以此詩先之

海石來珠宮，秀色如蛾綠[一]。坡陀尺寸間，宛轉陵巒足。連娟二華頂，空洞三茅腹。初疑仇池化，又恐瀛洲蹙。殷勤嶠南使，餽餉揚州一本作「淮東」牧。公自注：僕在揚州，程德孺自嶺南解官還，以此石見遺。得之喜無寐，與汝交不瀆。盛以高麗盆，藉以文登玉。公自注：僕以高麗所餉大銅盆貯之，又以登州海石如碎玉者附其足。幽光先五夜，冷氣壓三伏。老人生如寄，茅舍久未卜。一夫幸可致，千里常相逐。風流貴公子，竄謫武當谷[二]。見山應已厭，何事奪所欲。欲留嗟趙弱，寧許負秦曲。傳觀慎勿許，聞道歸應一作「更」速。

[一] 蛾綠：顏師古《隋遺録》：「殿脚女争效爲長蛾眉，司宫吏日給螺子黛五斛，號爲蛾綠螺。」

[二] 武當谷：《太平寰宇記》：劉宋時，割武當縣隸始平郡，隋初改均州。〔《明一統志》卷六十〕：「太和山在〔均〕州南一百二十里，有（七十）二〔十七〕峰，三十六巖，二十四洞。初名仙室山，又名太嶽山，（玄）〔真〕武奉（紫虚）元君之（命）〔言〕，遊覽至此，改名太和，因棲止焉。」王晉卿竄逐事，注詳二十九卷。

附秦少游次韻：

天鑱海濱石，鬱若龜毛綠。信爲小仇池，氣象宛然足。連巖下空洞，鼎脹彭亨腹。雙峰照青漣，春眉鏡中蹙。疑經女媧煉，或入金華牧。熏爐充雲氣，硯滴當川瀆。尤物足移人，不必珠與玉。道旁初無異，漢將疑虎伏。支機亦何據，但出君平卜。奇礓入華林，傾都自追逐。我願作陳那，令吼震山谷。一拳既在夢，二駒空所欲。大士捨寶陀，仙人遺句曲。惟詩落人間，如置郵傳速。

次天字韻答岑巖起〔一〕

一聲清蹕霧開天，百辟心莊豈貌虔。回顧鷩君珠玉側，同升愧我粃糠前。徘徊月色留壇影，縹緲松香泛蠟烟。公自注：近制，以椽燭松明易燎盆。莫嘆郎潛生白髮，聖朝求舊鄙鳶肩。

〔一〕岑巖起：名象求，後入元祐黨籍。

按：公自注中「燎盆」，施氏原注作「粈盆」。考《歲時雜記》：「除夕作蕡燭，以麻粈濃油如庭燎，律有元日油粈之義。」《月令通考》：「除日送舊神，焚松柴，謂之粈盆。」

次韻蔣穎叔二首

扈從景靈宮

道人幽夢曉初還，已覺笙簫下月壇。風伯前驅清宿霧，祝融驂乘破朝寒。英姿連璧從多士，妙句鏘金和八鑾。已向詞臣得頗牧，公自注：時潁叔新除熙河帥。路人莫作老儒看。

凝祥池〔一〕

似知金馬客，時夢碧雞坊〔二〕。冰雪消殘臘，烟波寫故鄉。鳴鑾自容與，立馬久回翔。乞與三韓使〔三〕，新圖到樂浪〔四〕。公自注：時高麗使在都，每至勝境，輒圖畫以歸。

〔一〕凝祥池：《汴京遺迹志》：「《宋朝會要》云：大中祥符八年五月，詔會靈池以『凝祥』爲名。」《詩話總龜》：「京師芡實，盛於會靈觀之凝祥池，故歐陽文忠公詩云：『凝祥池鎖會靈園，僕射荒陂安可比。』」

〔二〕碧雞坊：按，《元和郡縣志》、《太平寰宇記》皆不載。《梁益〔州〕記》云：「成都之坊，百有二十，第四坊曰碧雞坊。」

〔三〕三韓：《後漢書·東夷傳》：「韓有三種：一曰馬韓，二曰辰韓，三曰弁韓。」（高麗圖經）〔《太平寰宇記》卷一百七十二〕：「三韓之地，大小共七十八國。馬韓在西，其北與樂浪接。辰韓在東，弁韓在辰韓之南。」

〔四〕樂浪：《史記》：元封三年，朝鮮人來降，遂定其地，立爲真番、臨屯、玄菟、樂浪四郡。

附孔武仲作：

平時念江國，此地愜幽情。楊柳繁無路，鳧鷖遠有聲。郊原斜日下，襟袂好風生。把酒須脱二字，還家下隔城。

慎按：《清江集》和詩只有《凝祥池》一首，失去《扈從景靈宫》一首。

和叔盎畫馬〔一〕

天驥德力備，馬外龍麟別本作「驎」，訛中。皇天不遺言，兀與圖畫一本作「畫圖」同。駑駘飽官粟，未受一洗空。十駕均一至，何事籋雲風。

〔一〕叔盎：鄧椿《畫繼》：「趙叔盎字伯充，善畫馬。」米海岳《畫史》亦載其姓名。按：《山谷集》有《同子瞻和伯充團練》七律一首，任淵注云：「伯充，宗室子。」即叔盎也。今坡集中亦無七律。

王晉卿示詩欲奪海石錢穆父王仲至蔣穎叔皆次韻穆至二公以爲不可許獨穎叔不然今日穎叔見訪親睹此石之妙遂悔前語僕以爲晉卿豈可終閉不予者若能以韓幹二散馬易之者蓋可許也復次前韻

相如有家山，縹緲在眉緑。誰云千里遠別本作「還」，訛，寄此一顰足。平生錦繡腸，蚤歲藜莧腹。從教四壁空，未遣兩峰蹙。吾今況衰病，義不忘樵牧。逝將仇池石，歸泝岷山瀆。守子不貪寶，完我無瑕玉。故人詩相戒，妙語予所伏。一篇獨異論，三占從兩卜。君家畫可數，天驥紛相逐。風鬉掠原野，電尾捎澗谷。君如許相易，是亦我所欲。今朝安西守〔一〕，來聽《陽關曲》。勸我留此峰，他日來不速。

〔一〕安西守：《全邊紀略》：「臨洮郡，宋爲鎮洮軍，熙寧中改熙州，唐安西都護地。時穎叔出守熙河，故稱之。」

軾欲以石易畫晉卿難之穆父欲兼取二物穎叔欲焚畫碎石乃復次前韻并解二詩之意

春冰無真堅，霜葉失故緑。鶡疑鵬萬里，蚿笑夔一足。二豪争攘袂，先生一捧腹。明鏡既無臺，净瓶何用蹙。盆山不可隱，畫馬無由牧。聊將置庭宇，何必棄溝瀆。焚寶真愛寶，碎玉未忘玉。久知公子賢，出語耆年伏。欲觀轉物妙，故以求馬卜。維摩既復捨，天女還相逐。授之無盡燈，照此久幽谷。定心無一物，法樂勝五欲。三峨吾鄉里〔一〕，萬馬君部曲。卧雲行歸休，破賊見神速。公自注：晉卿將種，常有此意。

〔一〕三峨：《名山記》：「峨眉山周匝千里，游大峨者，自峨眉縣勝峰門出，至華嚴院十五里，歷八十四盤，凡六十里，至峰頂，即普賢示現處。」《太平寰宇記》：「中峨山在縣南二十里，又名覆篷山。又十里，小峨山，一名鏵刃山。」鮮于繪《議道堂記》：「漢嘉背負三峨，襟帶二江。」

生日蒙一無「蒙」字劉景文以古畫松鶴爲壽且貺佳篇次韻爲謝

問子一室間，寧有千里廓。塵心洗長松，遠意發孤鶴。生朝得此壽，死籍疑可落。微言在參同，妙契藏九籥一作「龠」。故人有奇趣，逸想寄幽壑。霜枝謝寒暑，雲翮無前却。何須搆明堂，未羨巢阿閣。緬懷別時語，復作數日惡。詩腴固堪飡，字瘦還可愕。高標忽在眼，清夢了如昨〔一〕。君今噲等伍，志與湛輩各。豈待相顧一作「願」言，方爲不朽託。子雲老執戟，長孺終主爵。吾當追松喬，子亦鄙衛霍。

〔一〕昨夢：《圓覺經》：「如昨夢，故當知生死。涅槃，無起，無滅，〔無來，〕無去（來今）。」

程德孺惠海中柏石兼辱佳篇輒復和謝〔一〕

嵐薰瘴染却敷腴，笑飲貪泉獨繼吳。未欲連車收薏苡，肯教沉網取珊瑚。不知庾嶺三年別〔二〕，收得曹溪一滴無。但指庭前雙柏石，要予臨老識方壺。

〔一〕程德孺：名之元，注見前。

〔二〕庾嶺：《吴録》：「南埜縣有大庾山。〔《太康地理志》：〕其〔嶺〕路險（峻）〔阻〕，螺轉而上，踰九磴。」《南康記》：大庾嶺，漢名臺嶺，嶺有石，平如臺，形如廩庾。又曰：漢有庾勝者，梅鋗之將隸番君，使分兵守臺嶺，築城嶺下，因名庾嶺。張无垢《横浦集》云，初，嶺東廢路，人苦峻極。開元四載，張九齡相其山谷之宜，革其坂險之故。宋嘉祐間，蔡挺提刑江西，其弟抗漕廣東，乃商度工用陶土甃。境北路廣八尺，長一百九丈，南路廣一丈二尺，長三百十五丈。復夾道種松，以休行旅，遂成車馬之途。

次秦少游韻贈姚安世〔一〕

帝城如海欲尋難，肯捨漁舟到杏壇。剥啄扣君容膝户，巍峩笑我切雲冠。問羊獨怪初平在，牧豕應同德曜看。肯把參同較同異，小窗相對爲研丹。

〔一〕姚安世：疑即姚丹元，詳見後篇注。

按：《淮海集》中失去原作。

次丹元姚先生韻二首〔一〕

其一

浮生知幾何，僅熟一釜羹。那於俯仰間，用此委曲情。自憐無他腸，偶亦得此生。懸知當去客，中有不亡存。但恐宿緣重，每爲習氣昏。似聞梅子真，近在一作「至」吴市門。未能肩拍一作「拊」，訛洪，但欲目擊温。不敢叩門呼，恐作踰垣奔。且以介紹先，徐以方便論。

〔一〕姚丹元：《長公外紀》：子瞻喜神仙，晚因王鞏得姚丹元者，尤奇之，直以爲太白所化，待之甚嚴。姚本京師富人王氏子，不肖，爲其父所逐去。事建隆觀一道士，天資敏慧，因取《道藏》編讀，或能成誦。又多得丹術方藥，大抵有口好大言，作詩間有放蕩奇譎語，故能成其説。浮沉淮南，屢易姓名，子瞻初不能辨也。後復其姓名，曰王繹。崇寧中，用技術進爲醫官，出入蔡魯公門下，醫多奇中。余猶及見其與魯公言從子瞻事，且云海上神仙宫闕，皆能以術致之，可使空中立見。魯公亦微信之，坐事，編管楚州，梁師成薦其有術，宣和末，復爲道士，名元誠。力詆林靈素，爲林所毒，嘔血死。與施氏原注詳略不同，今備録之。

其二

不學劉更生，黄金鑄上方。不學房次律，身事問潁陽。王烈亦何人，叔夜未可量。獨見神山開，遽湌石髓香〔一〕。至道尚聽瑩，粗才終蹶張。先生喜而笑，幅巾登我堂。苦誓指黄壤，要言刻青琅。蓬萊在何許，弱水空相望。且當從嵇阮，聊復數山王。達人友四海，曲士守一疆。慎一作「謹」勿使形諜，兒童驚夜光。

〔一〕石髓：《仙經》云：「神仙五百歲，輒開其洞，中有石髓，取而食之，壽（可）齊天地。」

慎按：《欒城集》載《次韻姚道人二首》，前首止「論」字韻，後首起「方」字韻，先生詩亦應分二首，諸刻本俱訛，今改正。

附子由次韻二首：

西山學采薇，東坡學煮羹。昔在建城市，豈復衣冠情。朋友日已疎，止接盲趙生。啬智徇所安，元氣賴以存。時於星寂中，稍護亂與昏。河流發九地，欲挽升天門。枉用十年力，僅餘一燈温。老病竟未除，驚呼欲狂奔。何日新雨餘，得就季主論。

高人隱陋巷，至藥初無方。心知無生妙，運轉開陰陽。才如凌雲松，豈受尺寸量。氣如幽谷蘭，時送清風香。嗟我本病肺，寒暑隨翕張。丹砂苦落落，青春去堂堂。清詩墮雲霧，至音扣琳琅。山海洵多士，世俗非所望。遠遊居臨安，間出從諸王。他年解冠珮，共遊無邊疆。儀麟既委照，永謝過隙光。

次韻秦少游王仲至元日立春三首以下癸酉作。

其一

省事天公厭兩回，新年春日併相催。殷勤更下山陰雪，要與梅花作伴來。

其二

己卯嘉辰壽阿同，公自注：子由一字同叔，元日己卯，渠本命也。願渠無過亦無功。明年春日江湖上，回首觚稜一夢中。

其三

詞鋒雖一作「唯」作楚騷寒，德意還同漢詔寬〔一〕。好遣秦郎供帖子，盡驅春色入毫端。公自注：立春日，翰林學士供詩帖子。

〔一〕漢詔：施氏原注引《續漢書·禮儀志》云：「立春之日，下寬大詔書。」新刻删去，今補録。

附秦少游原作：

此度春非草草回，美人休着翦刀催。直須殘臘十分盡，始共新年一併來。

發春獻歲偶然同，新曆觀天最有功。頭上兩般幡勝影，一時看入酒杯中。

攝提東直斗杓寒，驟覺中原氣象寬。天爲兩間同號令，不教春歲各開端。

上元侍飲樓上三首呈同列〔一〕

其一

澹月疎星遶建章，僊風吹下御爐香。侍臣鵠立通明殿〔二〕一作「觀」，一朵紅雲捧玉皇。

〔一〕上元樓：《宋史・禮志》：「唐以後，正月望夜開坊市門然燈，宋因之。上元前後各一日，大内正門結綵，爲山樓，天子先幸寺觀行香，遂御樓，或御東華門及東西角樓，〔飲〕從臣（與宴）。四夷蕃客各依本國（朝）〔歌〕舞列樓下，亦賜酒食勞之。」乾德五年，詔更放十七、十八兩夜，遂爲例。《春明退朝録》：「本朝太宗時，三元不禁夜。上元御乾元門，中元、下元御東華門。後罷中元、下元二節，而初元遊觀之盛，冠於前代。」《夢粱録》：「正月十五，汴京大内前，縛山棚，對宣德樓，悉以綵結。文殊、普賢，跨獅子、白象。用轆轤絞水上燈棚高處放下，如瀑布。又，縛成雙龍，中置燈燭萬盞，望之蜿蜒，似飛走之狀。上御宣德樓觀燈，（令萬姓）〔與民〕同樂。」

〔二〕鵠立：《集異記》：「山玄卿《新宫銘》：『仙翁鵠（立）〔駕〕，道師冰潔。』」

其 二

薄雪初消野未耕，賣薪買酒看升平。吾君勤儉倡優拙，自是豐年有笑聲。

其 三

老病行穿萬馬群，九衢人散月紛紛。歸來一盞殘燈在，猶有傳柑遺細君。公自注：侍飲樓上，則貴戚争以黄柑遺近臣，謂之傳柑，聽携以歸，蓋故事也。

附子由次韻：《欒城集》題云「次韻子瞻上元扈從觀燈二首」。

虜去邊城少奏章，雪殘中禁罷焚香。都人知有新年喜，争看瑚輿金鳳凰。

春來有意乞歸耕，足痺三年久未平。自注：頃奉使契丹，墜馬傷足，已三年矣。忽記上元鑾輅出，起聽前殿曉鐘聲。

按：《欒城集》中失去次韻第三首。

附秦少游次韻：

赭黄繖底望龍章，不斷惟聞寶炬香。一片韶音歸複道，重瞳左右列英皇。

端門魏闕鬱峥嶸，燈火如山輦路平。不待上林鶯百囀，教坊先已進春聲。

仗下蕃夷各一群，機泉如雨自繽紛。諦觀香案旁邊吏，却是茅家大小君。

按：《黄山谷集》亦載此三詩，細繹語氣，與黄不似，故斷爲秦作。

戲答王都尉傳柑

侍史傳柑玉座旁，人間草木盡天漿。寄與維摩三十顆，不知薝蔔是餘香。公自注：舉輕明重，維摩猶三十顆。

慎按：此詩施氏原本不載，今從新刻《續補》下卷，附編於此。

送蔣潁叔〔一〕帥熙河〔二〕并引

潁叔出使臨洮，與穆父、仲至同餞之，各賦詩一篇，以「今我來思」爲韻，致遄歸之意，得「我」字。

西方猶宿師，論將不及我。苟無深入計，緩帶我亦可。承明正須君，文字粲藻火。自薦雖云數，留行終不果。正坐喜論兵，臨老付邊鎖〔三〕一作「瑣」。新詩出談笑，僚友困掀簸。我欲歌《杕杜》，楊柳方婀娜。邊風事首虜，所得蓋么麽。願爲魯連書，一射聊城笴。陰功在不殺，結草酬魏顆。

〔一〕蔣之奇：施氏原注：「蔣穎叔，名之奇。時由户部侍郎知熙州，以下四行字多缺益務修守備，謹斥堠，常若寇至，終穎叔去，不敢犯。紹聖間，章子厚秉政，召爲中書舍人，知開封，除翰林學士，出守汝、慶。徽宗擢爲知樞密院，除觀文殿學士，知杭州，以與議棄河湟，奪官職。既卒，以嘗陳紹述之言，盡復之。」此段新刻删去，今補録。

〔二〕熙河：《九域志》：「秦鳳路熙州臨洮郡，鎮洮軍節度。唐（寶應元年）陷於（西）〔吐〕蕃，熙寧五年收復。治狄道縣，西界至河州一百里。河州安鄉郡，軍事，唐河州，後廢，熙寧六年收復，仍置。南至洮州一百九十五里（東至長安一千五百里）。」

〔三〕付邊鎖：猶云寄北門鎖鑰也。施氏原注引《漢書·丙吉傳》「虜入雲中、代郡，吉召東曹案邊長吏，瑣科條其人」者，誂，今駁正。

再送二首

其一

使君九萬擊鵬鯤，肯爲陽關一斷魂。不用寬心九千里〔一〕，安西都護國西門〔二〕。

〔一〕九千里：白居易《西凉伎歌》：「平時安西萬里疆，今日邊防在鳳翔。」自注云：「平時開遠門外立堠，云去安西九千九百里，以示戍人，不爲萬里之行，其實就盈數也。」

〔二〕安西都護：杜佑《通典》：「永徽中，於邊方置安東、安西、安南、安北四大都護。」《唐會要》：「貞觀十四年，侯君集平高昌，於西州置安西都護府，治交河城。二十二年，突厥内附，置於庭州。」《太平寰宇記》：「唐龍朔元年，西域諸國求内屬，乃分置十六都督統府，州八十，縣一百十，軍府一百二十六，（隸）〔皆屬〕安西（大）都護〔府〕，仍於吐火羅立碑紀之。」

其　二

餘刃西屠横海鯤，應余詩讖是游魂。公自注：潁叔未有洮帥之命，作《扈駕》詩，僕和之，有「游魂」之句，遂成詩讖。歸來趁别陶弘景，看掛衣冠神武門。

次韻潁叔觀燈

安西老守是禪僧，到處應然無盡燈。永夜出游從萬騎，諸羌入看擁千層。便因行樂令投甲，不用防秋更打冰。振旅歸來還侍宴，十分宣勸恐難勝。

次韻王晉卿奉詔押高麗宴射〔一〕

北苑傳呼陛楯郎，東夷初識令君香。天山自可三箭取，海國何勞一葦杭。宣勸不辭金盌側，醉歸争看玉鞭長。錦囊詩草勤收拾，莫遣雞林得夜光。

〔一〕押高麗宴：《東京夢華録》：「高麗使人在大梁門外安州巷同文館，元旦朝見訖，（後二）〔翌〕日，詣南御苑（試）射〔弓〕，朝廷旋選能射武臣伴射，（射畢）〔就彼〕賜宴。」

慎按：南御苑，即玉津園也。葉石林《燕語》云：玉津園爲契丹賜射之地。考，《汴京遺跡志》：「園在南薰門外。」今先生起句云「北苑傳呼陛楯郎」，《范純父集》亦云在北苑，未詳孰是。

附純父次韻：

天上星弧日射狼，副車衣袂得餘香。朝雲曾落雙雕羽，遼海將歸萬里航。酒灩堯尊賓已醉，春回漢苑漏初長。何郎拜舞恩波渥，花簇金鞍道路光。

次韻錢穆父王仲至同賞田曹梅花〔一〕

寒廳不知春〔二〕，獨立耿玉雪。閉門愁永夜，置酒及明發。忽驚庭户曉，未受烟雨没。浮光風宛轉，照影水方折。鬢霜未易掃，眉斧真一作「親」自伐。惟當此花前，醉卧黄昏月。

〔一〕田曹：《宋史》：工部所屬有屯田，掌天下屯田及文武職田、公廨田。

〔二〕寒廳：韓愈詩：「勤來得晤語，勿憚宿寒廳。」

送襄陽從事李友諒歸錢塘〔一〕

居杭積五歲，自意本杭人。故山歸無家，欲卜西湖鄰。良田不難買，静士誰當親。髯張既超然〔二〕，老潛亦絶倫。李子冰玉姿，文行兩清淳。歸從三人游，便足了此身。公隄不改作〔三〕，姥嶺行開新〔四〕。幽夢隨子去，松花落衣巾。

〔一〕從事李友諒：《職官分紀》：諸州掾屬，統謂之從事。趙德麟《侯鯖録》云：「（在）襄陽（日）〔時〕，同官李友諒仲益贈張子齊〔思仲〕家歌人團茶，余（作詩）〔題其詩〕云云。」仲益，施注作「叔益」，未詳孰是。

〔二〕髯張：名璹，字秉道，吴興六客之一。本集《相視新堤和秉道》詩云「髯張乃我結襪生」，即其人也。施注新刻本引王注云：「髯張，不知爲誰」，蓋失於細考耳。

〔三〕公隄：《咸淳臨安志》：「元祐中，東坡既開濬湖水，因以所積葑草築爲長隄，綿亘數里，夾道雜植花柳，行者便之。嗣守林希榜曰『蘇公隄』，邦人祠公於隄上。」

〔四〕姥嶺：《咸淳臨安志》：龍山有姥嶺。《長公外紀》云：公在杭州，請開石門河，已得請而林子中爲代，諛者言今鑿龍山姥嶺，正犯太守身，故寢其議。今詩中云云。慎按，公意謂若得再至杭，當復開此嶺也。施注以爲天姥山者，訛。又按，《臨安志》仁和肇元鄉别有石姥嶺，亦非此姥嶺也。

次韻吴傳正枯木歌〔一〕

天公水墨自奇絶，瘦竹枯松寫殘月。夢回疎影在東窗，驚怪霜枝連夜發。生成變壞一彈指，乃知造物初無物。古來畫師非俗士，妙想實與詩同出。龍眠居士本詩人，能使龍池飛霹靂。君雖不作丹青手，詩眼亦自工識拔。龍眠胸中有千駟，不獨畫肉兼畫骨。但當與作少陵詩，或自與君拈秃筆。東南山水相招呼，萬象入我摩尼珠〔二〕。盡將書畫散朋友，獨與長鋏歸來乎。

〔一〕吴傳正：名安詩，詳見施氏原注。

〔二〕摩尼珠：《翻譯名義集》：「摩尼，或云踰摩，（或）〔正〕云末尼，珠之總名也。此名離垢。《大品》云：如摩尼寶（珠），若在水中，隨作一色。《天台》云：摩尼者，如意也。」《草堂禪師箋要》云：「心體靈知不昧，如一摩尼珠，圓照空净，都無差别。以體明，故對物時，能現一切色相。」

送黄師是赴兩浙憲〔一〕

世久無此士，我晚得王孫。寧非叔度家，豈出次公門。白首沉下吏，緑衣有公言〔二〕。哀哉吴越人，久爲江湖吞。官自倒帑廪，飽不及黎元。近聞海上港，漸出水底村。願君五袴手，招此半菽魂。一見刺史天，稍忘獄吏尊。會稽入吾手，鏡湖小於盆。比我東來時，無復一作「憂」瘡痍存。

〔一〕黄師是：名寔，注詳二十四卷《泗州除夜送酥酒》詩下。

〔二〕緑衣公言：《竹坡老人詩話》：「黄師是赴浙憲，東坡與之姻家，置酒餞其行，使朝雲侍飲。坐間賦詩，有『緑衣有公言』之句。後人乃謂緑衣小官，猶惜其不留也。時朝雲語師是曰：『他人皆進用，而君補外，何也？』是謂『公言』，而『緑衣』則指朝雲也。」

附張文潛次韻：

昔見君納婦，今見君抱孫。先公自種德，子合大其門。何爲亦如我，有抱不得言。峥嶸胸中氣，默默自吐吞。誰如東坡老，感激論元元。欲將洛陽裘，盡蓋江湖村。既引海若頸，又鞭江胥魂。以下脱二句。意令仰天民，不隔頂上盆。我獨乞禪床，一氣中夜存。

按：文潛此詩，《内史集》中失載，今從《宛丘集》采出，附録於此。

送范中濟〔一〕經略〔二〕侍郎分韻賦詩得先字且贈以魚枕杯四馬箠一以元戎十乘以先啓行爲韻

梁李久樂禍〔三〕，自焚豈非天。兩鼠鬬穴中，一勝亦偶然。謀初要百慮，善後乃萬全。廟堂選世將〔四〕，范氏真多賢。仁風被宿麥，緑浪摇晴川。號令聳毛羽，先聲落虛弦。我家天一方，去路城西偏。投竿困障日〔五〕，賣劍行歸田。贈君荆魚杯〔六〕，副以蜀馬鞭。一醉可以起，毋令祖生先。

〔一〕范中濟：施氏原注：「中濟，字子奇。五世祖仁恕，相蜀，因葬成都。祖雍字伯純，始家河南。中濟以蔭（歷官。以下數行，字多殘缺。）〔簽書并州判官事，唐質肅公介薦諸朝。神宗賜對，遂進用，爲户部判官轉運湖南。〕建言山蠻恃險爲邊患，宜郡縣之。其後章子厚開五溪，議由此起。歸判將作監，使契丹，虜欲撓之，不屈。歷四路漕，左司司農卿，由河陽守，召權户部侍郎。元祐八年二月，爲集賢殿修撰，知慶州。中濟在慶，進寶文閣待制，廣儲蓄，繕城栅，嚴守備，羈黠羌，推誠待下，人樂爲用。入爲吏部侍郎，以待制致仕。子坦，字伯履。事徽宗，知開封府，再使遼。時邊議萌芽，故非時遣使以覘釁。坦言不宜始禍，力辭行。帝怒，責團練副使，後爲户部侍郎。」此段新刻本大半删改，今録存，其舊缺者仍存疑。

〔二〕經略：《宋史》：「經略安撫使掌一路兵民之事，（於）〔即干〕機速、邊防及士卒抵罪，聽以便

〔宜〕裁斷。帥臣任河東、陝西、嶺南路，職在撫綏戎夷，則爲經略安撫使兼都總管，以統制軍旅。」所以重帥權、服羌夷也。

〔三〕梁李：《宋史》：趙秉常立時，年七歲，國母梁氏稱太后，攝政。「元豐四年，有李清者，本秦人，説秉常以河南地歸宋。國母知之，遂誅清而奪秉常政。鄜延總管种諤乃疏夏國有亂，宜興〔師〕問罪（之師）。詔李憲等大舉征夏，〔於無定川大〕破之（於無定川）。循水北行，地皆沙濕，軍無所得，遂班師。」此詩起四句，正指元豐中事。

〔四〕世將：施氏原注：「伯純在仁宗朝，爲副樞。李元昊叛，拜鎮武節度使，知延州，又知永興軍，故云：『廟堂選世將，范氏真多賢。』」

〔五〕投竿障日：杜牧詩：「惆悵江湖釣竿手，却遮西日向長安。」

〔六〕荆魚杯：注見第二卷荆州詩下。

附孔武仲詩：《清江集》題「送范中濟知慶州得以字」。

平時廣朝中，相見輒歡喜。昂藏八尺身，所負必奇偉。四方欲善敗，軍事盈虛計。叩之如川流，滚滚不知已。天子曰汝能，吾臣鮮其比。而況所設施，粲粲在邊鄙。西戎未純一，汝可三軍帥。擒之或縱之，高枕惟爾恃。公拜稽首歸，眉目凛生氣。頑童玩天恩，豢養若驕子。欲痛以鞭箠，而畏啼不止。二者不兩全，節制視所以。又如畜狂犬，繫頸不繫尾。收其要害處，進退隨所指。重城撤關鎖，沙漠凈如水。辭别不躊躕，安邊從此始。

書晁説之[一]考牧圖後[二]

我昔在田間，但知羊與牛。川平牛背穩，如駕百斛舟。舟行無人岸自移，我卧讀書牛不知。前有百尾羊，聽我鞭聲如鼓鼙。我鞭不妄發，視其後者而鞭之。澤中草木長，草長病牛羊。尋山跨坑谷，騰趠筋骨强。烟簑雨笠長林下，老去而今空見畫。世間馬耳射東風，悔不長作多牛翁。

〔一〕晁説之：《〈宋史〉〈畫繼〉》：「晁説之，字以道，少慕司馬温公之爲人，自號景迂。年未三十，蘇軾以著述科薦之。靖康初，召爲著作郎兼東宮詹事，以待制侍讀終。」《晁氏世譜》：以道，一字伯以，元豐五年進士，所著有《嵩山集》。

〔二〕考牧：《詩·小序》：「無羊，宣王考牧之什也。」

慎按：《宋史》本傳及《晁氏世譜》皆不言以道工繪事。見於同時諸公題咏，東坡而外，山谷有《題説之雪雁》詩，无咎亦有《題以道四弟横軸畫》詩。

吕與叔學士挽詞[一]

言中謀猷行中經，關西人物數清英。欲過叔度留終日，未識魯山空此生。議論凋零三益友，功名分付二難兄〔二〕。老來尚有憂時嘆，此涕無從何處傾〔三〕。

〔一〕呂與叔：《東都事略》：「呂大臨通六經，尤深於《禮》。元祐中爲太學博士，遷秘書正字。卒，君子惜之。」

〔二〕二難兄：大忠，字進伯。大防，字微仲。《東都事略》皆有傳。

〔三〕此涕無從：《禮記》：「孔子之衛，遇舊館人之喪，入而哭之，哀。出，使子貢説驂而賻之。子貢曰：『於門人之喪，未有所説驂，説驂於舊館，毋乃已重乎？』夫子曰：『予鄉者入而哭之，遇於一哀而出涕。予惡夫涕之無從也，小子行之。』」施氏原注引此段，顛倒原文，殊爲繆誤，今改正。

丹元子示詩飄飄然有謫仙風氣吴傳正繼作復次其韻〔一〕

飛仙亦偶然，脱命瞬息中。惟詩不可擬，如寫天日容。夢中哦七言，玉丹已入懷。一語遭綽虐，失身墮蓬萊。蓬萊至今空，護短不養才。上界足官府〔二〕，謫仙應退休。可憐吴與蘇，骯髒雪滿頭。雪滿頭一本無叠用三字，終當却與丹元子，笑指東海乘桴浮。

〔一〕丹元子：即前詩題所云丹元姚先生也。王氏注訛認丹元子爲書名，今駁正。

〔二〕上界官府：《五源訣》云：「番陽仙人王遥琴子高言：『下界功滿方超上界，上界多官府，不如地仙快活。』」見顧況《高祖受命造唐賦》注中。

次韻王定國書丹元子寧極齋

仙人與吾輩，寓迹同一塵。何曾五漿饋，但有争席人。寧極無常居，此齋自隨身。人那識郗鑒，天不留封倫。誤落世綱中，俗物愁我神。先生忽扣户，夜呼祁孔賓。便欲隨子去，著書未絶麟。願掛神虎一作「武」冠，往卜飲馬鄰〔一〕。王郎濯紈綺，意與陋巷親。南游苦不蚤，倘及蓴鱸新。

〔一〕飲馬鄰：未詳。王氏注云：「蘇州有飲馬橋，丹元子蓋蘇州人也。」此種注脚穿鑿附會，吾所不取。

王仲至侍郎見惠稚栝種之禮曹北垣下今百餘日矣蔚然有生意喜而作詩〔一〕

翠栝東南美〔二〕，近生神嶽陰。惜哉不可致，霜根絡雲岑。仙風振高標，香實隕平林。偶隨樗櫟生，不爲樵牧侵。忽驚黄茅嶺，稍出青玉鍼。好事雖力取，王城少知音。豈無換鵝手，但知覓來禽〔三〕。高懷獨夫子，一見捐橐金。得之喜不寐，贈我意殊深。公堂開後閤，凡木愧華簪。栽培一寸根，寄子百年心。常恐一作「思」樊籠中，摧我鸞鶴襟一作「衿」。誰知積雨後，寒芒曉森森。恨我迫歸老，不見汝十尋。蒼皮護玉骨，旦莫視古今。何人風雨夜，卧聽飢龍吟。

〔一〕栝：《本草》：柏葉松身曰栝，即檜也，與柏同。

〔二〕東南美：《爾雅》：「東南之美者，會稽之竹箭。」

〔三〕覓來禽：施氏原注引《尚書故實》云：「王内史帖中有與蜀郡守書求來禽帖。」新刻删去，補録。

附范純父次韻：

蘇公滄洲趣，日夕懷山陰。公堂種珍木，寄夢天姥岑。亭亭碧玉幹，氣象俯喬林。雷霆已難拔，霜雪何敢侵。蒼皮卷鱗甲，細葉抽鋒鍼。稍出珊瑚枝，中含笙磬音。鸞凰待棲息，詎肯容凡禽。西風蕩積雨，畏日方流金。潭潭宗伯府，窈窕巖谷深。北窗卧羲皇，笑語盍朋簪。蒼生望安石，出處本無心。萬象入毫端，四溟納胸襟。文房俎豆列，武庫矛戟森。甘棠愛召伯，勿使螻蟻尋。世俗名貴遠，豈知古猶今。他年老東山，應記梁父吟。

次韻錢穆父馬上寄蔣穎叔二首

其一

玉關不用一丸泥，自有長城鳥鼠西。剩與故人尋土物，臘糟紅麴〔一〕寄駝蹄〔二〕。

〔二〕紅麴：《本草》：「(造)〔紅〕麴，法出近世，亦奇術也。入酒及鮓醢中，鮮紅可愛。」

〔三〕駞蹄：杜甫詩：「勸客駞蹄羹。」

其　二

多買黄封作洗泥，使君來自隴山西〔一〕。高才一本作「才高」得兔人人羨，争欲尋蹤覓舊蹄。

〔一〕隴山：《説文》：「隴(山)，天水大坂也。」泉流四注，登者七日乃越，有大、小二隴。《鳳翔志》：隴山在隴川西北六十里。

附錢穆父原作二首：

春雪京城一尺泥，並鞍還憶蔣征西。碧幢紅旆出關去，一路東風送馬蹄。

不論埃壒與塗泥，封印還家日正西。豈比元戎碧油下，貔貅繞帳馬千蹄。

按：《穆父集》世不傳，右二首附見《淮海集》注中，今采出。

附秦少游次韻：

新淬魚腸玉似泥，將軍唾手取河西。偏裨萬户封龍額，部曲千金賜褭蹄。

制詔行聞降紫泥，簪花且醉玉東西。羌人誰謂多籌策，止有黔驢技一蹄。

表弟程德孺生日

杖下千官散紫庭，微聞偶語説蘇程。長身自昔傳甥舅，壽骨遥知是弟兄。公自注：予與君皆壽骨貫耳，班列中多指予二人，不問而知其爲中表也。曾活萬人寧望報，公自注：君在楚州，予在杭州，皆遇饑歲，活數萬人。祇求五畝却歸耕。四朝遺老凋零盡，鶴髮他年幾箇迎。

七年九月自廣陵召還復館於浴室〔一〕東堂八年六月乞會稽將去汶公〔二〕乞詩乃復用前韻三首

其　一

乞郡三章字半斜〔三〕，廟堂傳笑眼昏花。上人問我遲留意，待賜頭綱〔四〕八餅茶〔五〕。公自注：尚書學士得賜頭綱龍茶一斤八餅，今年綱到最遲。

〔一〕浴室：在興國寺中，注詳三十三卷「自杭州召還」詩下。又，《東京夢華録》：「浴室院，在開封城内第三條甜水巷。」

〔二〕汶公：名慧汶，號法真，注見前。

〔三〕乞郡三章：本集《自兵部召還有乞外郡劄子》、《辭兩職并乞郡劄子》，又有《乞越州劄子》，凡三章。

〔四〕頭綱：熊蕃《北苑茶録》：「每歲分十餘綱，惟白茶自驚蟄前興役，浹日乃成，飛騎疾馳，不出仲春，已至京師，號爲頭綱。」

〔五〕八餅：《苕溪漁隱叢話》：「北苑細色茶五綱，凡四十三品，共七千餘餅。其間貢新試龍團、勝雪、白茶、御苑、玉芽，此五品乃水揀，爲第一。餘乃生揀，次之。又有粗色茶七綱，凡五品，大小龍團餅并揀芽，悉入龍腦，和膏爲團餅，共四萬餘餅。東坡《趙汶公》詩卷『待賜頭綱八餅茶』，即今粗色紅綾袋餅八者是也。」

其　二

夢繞吴山却月廊，白梅盧橘覺猶香。公自注：杭州梵天寺有月廊數百間，寺中多白楊梅、盧橘。會稽且作須臾意，從此歸田策最良。

其　三

東南一本作「南來」此去幾時歸，倦鳥孤飛一作「雲」豈有期。斷送一生消底物，三年光景六篇詩。

吴子野將出家贈以扇山枕屏〔一〕

峨峨扇中山，絶壁信天剖。誰知一作「施」大圓鏡，衡霍入户牖。得之老月師，畫者一醉叟。常疑若人胸，自有雲夢藪。千巖在掌握，用舍彈指久。低昂不自知，恨寄兒女手。短屏雖曲折，高枕謝奔走。出家非今日，法水洗無垢。浮游雲釋嶠，宴坐柳生肘。忘懷紫翠間，相以下脱三字首。

〔一〕吴子野：名復古，又號麻田山人，南海人，所居名「遠游菴」。先生南遷時爲作《遠游菴銘》，見本集。

慎按：諸刻本皆以「宴坐柳生肘」爲結句，惟施氏原本有「忘懷紫翠間」二語，末句止存「相首」二字，中間「與到白」三字，好事者所補也。今仍闕疑，以俟考。

聞潮陽吴子野出家〔一〕

予昔少年日，氣蓋里閭俠。自言似劇孟，叩門知緩急。千金已散盡，白首空四壁。烈士歎暮年，老驥悲伏櫪。妻孥真敝屣，脱棄何足惜。四大猶幻座，衣冠矧外物。一朝發無上，願老靈山宅。世事子如何，禪心久空寂。世間出世間，此道無兩得。故應入枯槁，習氣要除拂。丈夫生豈易，趣捨志匪石。當爲獅子吼，佛法無南北〔二〕。

〔一〕潮陽：《九域志》：「廣南東路潮州潮陽郡，軍事，治海陽縣，南至海一百七十里。」

〔二〕南北：慎按，《傳燈録》：達摩西來，爲禪宗初祖，遞傳至弘忍，爲五祖。自此而下分南北二宗，南宗以慧能爲六祖，北宗以神秀爲六祖。獨孤及《三祖碑》云：能公退老於曹溪，其嗣無聞。秀公傳普寂，所謂大照禪師也，門徒萬人，升堂者六十三，其弟子遂尊普寂爲七祖。蓋其初，頓門衰而漸門盛。至唐開元末，菏澤會公出，而南宗大振。貞元十二年，定禪門宗，旨敕立菏澤爲七祖，宗門之統系乃定。

附參寥子作：原題云「贈吴子野先生」。

慎按：此詩施氏原本不載，今從新刻《續補》上卷因人附編於此。

麻田老仙心炯炯，少有高風慕箕潁。枕流漱石三十年，眸子瞭焉神更静。忽然杖策海上來，至人道妙同塵埃。達官貴侯競招致，往無所欲誰嫌猜。邇來一志從吾黨，跡與孤雲共天壤。曹溪有路更攀躋，徑躡毘盧高頂上。自注：子野出家事，見東坡詩中。

贈王覿

何人生得寧馨子，今夜初逢掣筆郎。莫怪圍碁忘瓜葛，已能作賦繼《靈光》。

慎按：本集有《元祐癸酉八月二十七日於建隆章浄館書贈王覿》七言絶句一首，「海上東風犯雪來」云云。考,《會昌一品集》乃李文饒《懷京國》詩也,蓋先生偶書李詩以贈覯,後人遂訛編集中,今已移置《他集互見》卷矣。此詩必是時所作,故從新刻,改編於此。

【校記】

一、《次韻蔣穎叔錢穆父從駕景靈宮二首》按語引《藜藿野人詩話》一段,實轉引自宋魏慶之《詩人玉屑》卷七《用事》「用事的當」條。

二、《次韻穆父尚書侍祠郊邱瞻望天光退而相慶引滿醉吟》注二引《汴京遺跡志》「南郊壇」「北郊壇」云云,誤,《汴京遺跡志》無此引文,實乃引自李賢《明一統志》卷二十六《河南布政司·古蹟》「南郊壇」、「北郊壇」條。

三、《次韻奉和錢穆父蔣穎叔王仲至四首·玉津園》注四引《五經要義》云云,實轉引自歐陽詢《藝文類聚》卷三十九《禮部·籍田》第七條。

四、《頃年楊康功使高麗還奏乞立海神廟於板橋僕嫌其地湫隘移書使遷之文登因古廟而新之楊竟不從不知定國何從見此書作詩稱道不已僕不能記其云何也次韻答之》引伏琛《齊地記》云云,見於明陳耀文《天中記》卷九《海》「渡海」條,然《天中記》不見於初白《采輯書目》,初白當别有所引,而《淵鑑類函》卷三十六《地部十四·海二》第三條亦有載,初白當轉引是書也。

五、《沐浴啓聖僧舍與趙德麟邂逅》注一引宋敏求《東京記》云云,按,《東京記》已佚(《四庫全書總目》卷七十七《汴京遺跡志提要》），此引文見於宋高承《事物紀原》卷七《庫務職局部三十四》「啓聖院」條，明李濂《汴京遺跡志》卷十一《祠廟菴院》「啓聖院」條亦有載，前者不見於《采輯書目》，當轉引自《汴京遺跡志》。

六、《所藏仇池石希代之寶也王晉卿以小詩借觀意在於奪不敢不借然以此詩先之》注二引《太平寰宇記》云云，此段引文不見於今本《太平寰宇記》，而引文後段自「太和山在州南一百二十里」至末句「因棲止焉」，實引自李賢《明一統志》卷十六《襄陽府·山川》「太嶽太和山」條，「七十二峰」作「二十七峰」，「玄武」作「真武」，「紫虚元君」作「元君」，「命」作「言」。

七、《次天字韻答岑巖起》按語引《歲時雜記》云云，實轉引自明方以智《通雅》卷十二「除日焚柴」條。○同注引《月令通考》云云，亦轉引自上述《通雅》同條。

八、《次韻蔣穎叔二首·凝祥池》注二引《梁益記》云云，實轉引自《佩文韻府》卷二十二之九《下平聲·七陽韻九》「坊·碧雞坊」條，「梁益」作「益州」。○注三引《高麗圖經》云云，誤。《高麗圖經》無此引文，實引自樂史《太平寰宇記》卷一百七十二下《四夷一·東夷一》「三韓國」。

九、《軾欲以石易畫晉卿難之穆父欲兼取二物穎叔欲焚畫碎石乃復次前韻并解二詩之意》注一引《名山記》云云，實轉引自曹學佺《名勝志·四川名勝志》卷二十四《上川南道·嘉定州·峨眉縣》「謹按」下引。○同注引《太平寰宇記》云云，今本《太平寰宇記》無此引文，亦轉引自《名勝志·峨眉縣》「中峨山」條。○同注引鮮于繪《議道堂記》云云，亦轉引自《名勝志·嘉定州》「嘉州十五景」條。

十、《程德孺惠海中柏石兼辱佳篇輒復和謝》注二引《吴録》云云，實轉引自樂史《太平寰宇記》卷一百八《江南西道・大庾縣》「大庾嶺」條。而「其路險峻，螺轉而上，踰九磴」三句，亦轉引自《太平寰宇記》同條引《太康地理志》，初白誤漏《太康地理志》而置於《吴録》之下。〇同注又引張无垢《横浦集》云云，今本《横浦集》無此引文，而另見於倪濤《六藝之一録》卷一百三《石刻文字七十九》「開鑿大庾嶺路碑」條。未知倪氏所據與初白同，抑或初白轉引自倪氏之書。俟再考。

十一、《次丹元姚先生韻二首・其二》注一引《仙經》云云，實轉引自葉庭珪《海録碎事》卷十三上《鬼神道釋》「石髓」條。

十二、《書晁説之考牧圖後》注一引《宋史》云云，誤。《宋史》無此引文，實轉引自宋鄧椿《畫繼》卷三《軒冕才賢》「晁説之」條。

東坡先生編年詩卷三十七

古今體詩五十二首 起元祐八年癸酉九月出知定州，明年甲戌紹聖改元，四月謫惠州，南行過金陵作。

東府雨中别子由〔一〕

庭下梧桐樹，三年三見汝。前年適汝陰，見汝鳴秋雨。去年秋雨時，我自廣陵歸。今年中山去〔二〕，白首歸無期。客去莫歎息，主人亦是客。對牀定悠悠，夜雨空蕭瑟。起折梧桐枝，贈汝千里行。歸一作「重」來知健否，莫忘此時情。

〔一〕東府：《魏鶴山集》：宋初置三省，與樞密院各分班奏事，謂之二府。神宗時，立東、西二府。陳繹《東府記》略云：「國朝以來，尚襲唐故，大臣多不建第，而僦居民間。（熙寧三年秋）〔乃出聖畫〕，新創二府，度地於闕之西南。〔自熙寧三年秋七月興作〕，明年八月，東府四位（告）成，詔知制誥臣繹爲之記。」《石林詩話》：「元豐初，建東、西府於右掖門之前，每府相對爲四位，俗謂之八位。張侍郎文裕以詩慶，宰執元厚之和曰：『黄閣勢連東鳳闕，紫樞光直右銀臺。』蓋東府與東闕相近，西府正直右掖門。」

〔二〕中山：《元和郡縣志》：「定州，戰國時爲中山國，與六國並稱王，地方五百里。漢分趙鉅鹿，置常山、中山二郡。城中有（小）山，故曰中山，慕容垂建都於此。魏道武改定州。」《太平寰宇記》：「河北道定州博陵郡，（宋爲）〔皇朝〕定武軍節度。」《輿地廣記》：政和中，復改定州爲中山府。

謝運使仲適〔一〕座上送王敏仲北使〔二〕

銜風振河朔〔三〕，飛霧失太行。相逢不相識，下馬鬚眉黄。洗眼忽驚笑，見此玉節郎〔四〕。喜有賢主人，共惜一作「此」殘燭光。聚散一夢中，人北雁南翔。吾生如寄耳，送老天一方。幸子遇明主，陳經入西廂。歸期不可緩，倚相宜在旁。

〔一〕謝仲適：爵里失考。

〔二〕王敏仲：施氏原注：「敏仲名古，文正公旦曾孫。第進士。熙寧中，爲司農主簿，行淮浙，究張若濟獄，劾轉運使王廷老、張靚失職，皆坐斥。歷使諸路，入爲郎，進太常少卿，奉使以下字多脱落。先生謫惠州，敏仲適帥廣，恩情裕厚，餽問無虚月，往還書帖載集中。」此段原本所有，新刻删去，今補録以存舊。○慎按，《宋史》：王古，懿敏公素從子靖之子，「第進士，歷遷户部侍郎，詳定役法，與蔡京多不合。詔徙古兵部，歷户部尚書，攻者不已。以領寶文閣直學士知成都，坐黨籍，責衡州别駕。」獨不載北使事。

〔三〕河朔：《太平寰宇記》：「河東道朔州馬邑郡，理鄯陽縣。秦爲雁門郡，唐武德四年，置朔州，縣二(十)。境東西二百八十里，南北九十七里。」

〔四〕玉節：《周禮》：「守邦國者用玉節。」

書丹元子所示李太白真二首

其一

天人幾何同一漚，謫仙非謫乃其遊。麾斥八極隘九州，化爲兩鳥鳴相酬〔一〕。一鳴一止三千秋，開元有道爲少留，縻之不可矧肯求。

〔一〕兩鳥：李白《大鵬賦序》云：「昔於江陵見天台司馬子微，謂余有仙風道骨，可與神遊八極之表，因著《大鵬遇希有鳥賦》以自廣。」其末云：「此二禽已登於寥廓，而斥鷃之輩，空見笑於樊籬。」

其二

西望太白横峨岷，眼高四海空無人。大兒汾陽中令君，小兒天台坐忘身〔一〕一本作「賀季真」，一本作「坐忘真」。平生不識高將軍，手汚吾足乃敢瞋，作詩一笑君應聞。

〔一〕坐忘：司馬子微所著《坐忘論》云：「惟滅動心，不滅照心，不依一物，而心常住。有事無事，嘗若無心，此謂正定。定不求慧，而慧自生，此謂真慧。慧而不用，心與道冥。久而行之，自然得道。」

慎按：孫紹遠《聲畫集》載東坡此詩，自「西望太白空峨岷」以下，另是一首，向來刻本合而爲一者，訛。僧洪覺範所著《禁臠》，謂先生此詩一韻七句方换韻，亦認以爲一首也。今據《聲畫集》改正。

次韻曾仲錫承議食蜜漬生荔支〔一〕

代北寒虀擣韭萍，奇苞零落似晨星。逢鹽久已成枯腊，得蜜猶疑一作「應」是薄刑。欲就左慈求拄杖，便隨李白跨滄溟。攀條與立新名字，兒女稱呼恐不經〔二〕。公自注：俗有十八娘荔支。

〔一〕曾仲錫：施氏原注：「仲錫時爲定武倅。」費衮《梁溪漫志》：左右正言，太學國子博士，皆爲承議郎，文散官，第七品。

〔二〕兒女稱呼：蔡君謨《荔支譜》：「十八娘，色深紅而細長，時人以少女比之。俚傳閩王氏有女第十八，好噉此品，因名。其冢在城東報國禪院，冢旁猶種此樹云。」

大行太皇太后高氏挽辭二首〔一〕

其一

至矣吾三后〔二〕，功高漢已還。復推元祐冠，蓋得永昭全〔三〕。公自注：嘗於經筵，論奏仁宗皇帝謚曰明孝，若明而不仁，則民畏而不愛；仁而不明，則民愛而不畏。今大行太皇太后，亦兼此二德，故天下思慕，庶幾於仁宗也。有作猶非聖，無私乃是天。侍臣談道要，家法信家傳。公自注：宰相以下，嘗於經筵論奏祖宗以來家法十餘事，書於記注。

〔一〕高太后：《宋史》：元祐八年九月，太皇太后高氏崩。九年上尊號曰宣仁聖烈太皇太后，葬永裕陵。后，亳州人，英宗后也。曾祖瓊，贈魏王，謚武烈。

〔二〕三后：岳珂《媿郯録》：本朝帝后廟謚「率聯一字，深得古意。真宗謚章聖，后曰章獻明肅；仁宗謚聖武，后曰慈聖光獻；英宗謚宣孝，后曰宣仁聖烈。」

〔三〕永昭：《宋史·本紀》：「仁宗葬永昭陵。」

其二

却狄安諸夏，先王社稷臣〔一〕。固應祠百世，何止活千人。定策天知我〔二〕，忘家帝念親。

萬方何以報，得疾爲勤民。

〔一〕先王：《東都事略》：「高瓊，燕人。父乾，徙亳州之蒙城。事太宗於潛邸。景德初，契丹入寇，真宗親征，有勸帝南（遷）〔還〕者，瓊言契丹師衆已老，宜親臨觀兵，督其成功。真宗幸澶州，瓊固請渡河，至浮橋，駐輦未進。瓊乃執撾祝輦夫之背，曰：『何不亟行？今已至此，復何疑？』真宗乃命進輦，既至，登北門城樓，張黄龍旂，將士皆呼萬歲，氣勢百倍，契丹遂退。」

〔二〕定策：《宋史》：哲宗爲神宗第六子，生熙寧九年。初封均國公。元豐五年，進封延安郡王。八年二月，神宗不豫，猶未立太子也。皇太后垂簾福寧殿，諭宰相王珪等奉制，立延安爲太子，四日而神宗晏駕。《邵氏聞見後録》引《哲宗實録》云：「神宗彌留，后敕中人梁惟簡令製一黄袍，十歲兒可衣者，蓋爲上倉卒踐阼之備。神宗太母所以屬意於上者，確然先定，無纖芥可疑。邢恕者，傾危士也，反謂后欲捨延安而立其子顥，賴己及（章）惇、（蔡）確，得無變。」王定國《聞見録》：「武臣王棫爲邢恕教，令（重）〔上書〕誣宣仁於哲宗有異心，恕又教蔡渭等上書論元祐及元豐末事，其書一篋，皆恕手筆。棫於哲宗朝得閤門職名。」〇慎按，小人樹黨冒恩，敢於離間骨肉，搆造無根，釀成殃禍。始謀者蔡確，而成於傾邪罔上之邢恕，侵尋至於蔡卞，甚且創追廢聖母之議。賴哲宗仁孝，不納其言。不然，宣仁被誣，幾不白於身後。先生詩云「定策天知我」，其旨微矣。

附子由二首：

內治隆三世，尊臨極九年。神孫克負荷，大業付安全。有道華夷靖，無心怨惡悛。和熹盛東漢，從此不稱賢。

約已心全小，寬民德有餘。外家恩澤少，先後禮容虛。原廟因前室，中朝避册書。功名不勝紀，四謚歎猶疎。自注：近以四謚進呈，上嘆曰：太皇太后盛德，豈四字所能盡。

再次韻曾仲錫荔支

柳花着水萬浮萍，荔實周天兩歲星。公自注：柳至易成，飛絮落水中，經宿即爲浮萍。荔支難長，至二十四五年乃實。本自玉肌非鵠浴，至今丹殼似猩刑〔一〕。侍郎賦咏窮三峽，妃子烟塵動四溟。莫遣詩人説功過，且隨香草附《騷經》。

〔一〕丹殼：《荔支譜》有「蚶殼」之名。詳見本卷後《次韻劉燾》詩注中。

次韻滕大夫三首〔一〕

雪浪石〔二〕

太行西來萬馬屯，勢與岱岳争雄尊。飛狐〔三〕上黨天下脊〔四〕，半掩落日先黄昏。削成山東二百郡，氣壓代北〔五〕三家村〔六〕。千峰石卷矗牙帳，崩崖鑿斷開土門〔七〕。揭來城下作飛石，一礮驚落天驕魂〔八〕。承平百年烽燧冷，此物僵卧枯榆根。畫師争摹雪浪勢，天工不見雷斧痕。離堆四面繞江水，坐無蜀士誰與論。老翁兒戲作飛雨，把酒坐看珠跳盆。此身自幻孰非夢，故國一作「園」山水聊心存。

〔一〕滕大夫：名興公，字希靖。時與李端叔同爲定州倅。見《姑溪集》。

〔二〕雪浪石：本集《雪浪齋銘序》云：「予於中山得黑石，白脉，如蜀孫位、孫知微所畫，石間奔流，盡水之變。又得白石曲陽，爲大盆以盛之，激水其上，名其室曰雪浪齋。」《名勝志》：雪浪齋故址在文廟後。

〔三〕飛狐：《元和郡縣志》：「蔚州飛狐縣，縣北有飛狐口。（邢厲曰：古長城在飛狐界。《漢書》）酈食其説漢王曰：杜白馬之津，塞飛狐之口。皆一方之阨也。」亦謂之飛狐道。

〔四〕上黨：《九域志》：「河東路龍德府，潞州上黨郡，昭德軍節度使。」《釋名》曰：「黨，所也。在山上，其所最高，故曰上黨。」

〔五〕代北：（漢書）〔《水經注》卷十三〕：「梅福曰：『代谷者，恒山在其南，（雁）〔北〕塞在其北，上谷在東，代郡在西。』」《元和郡縣志》：「代州雁門郡，春秋晉地，隋開皇五年，置代州。北至朔州一百二十里。」○按，定州在代之北，故云。

〔六〕三家村：唐王季友詩：「百姓惟有三家村。」

〔七〕土門：《太平寰宇記》：「井陘口，今名土門口，即太行八陘之第五陘也。」《困學紀聞》：「土門口在鎮州獲鹿縣，即井陘關也。」

〔八〕礮石：潘岳賦：「礮石雷駭。」

附子由次韻：

謫居杜老嘗東屯，波濤繞屋知龍尊。門前石岸立精鐵，潮汐洗盡莓苔昏。野人相望夾水住，扁舟時過江西村。窗中縞練舒眼界，枕上雷霆驚耳門。不堪水怪妄欺客，欲借楚些時招魂。人生出處固難料，流萍着水初無根。旌旗旋逐金鼓發，簑笠尚帶風雨痕。高齋雪浪卷蒼石，北叟未見疑戲論。激泉飛水行亦凍，窮邊臘雪如翻盆。一杯徑醉萬事足，江城氣味猶應存。

附李端叔次韻：從《姑溪集》采出。

風波末路方奔屯，屹然不動誰如尊。豈知胸中曒十日，顧盼不接無重昏。東觀海市俯弱水，南登赤壁淩江村。斯文未喪天豈遠，出沒狐鼠徒千門。綸巾羽扇晚自得，已聞漠北無游魂。由來妙趣入造化，地靈特出雲濤根。平生到處若再歷，隱隱似有屐齒痕。玻璃鏡裏萬象發，金粟堂中千偈論。會須白玉漱寒水，更借落月傾金盆。咄嗟菱溪成底物，混沌空誇竅鑿存。

附晁无咎次韻：從《雞肋集》采出。

居庸滅烽惟留屯，時平更覺將軍尊。鈴齋看雪擁衲坐，急鼓又報邊城昏。百壺高晏梨栗圃，千里未盡桑麻村。天憐公老無以樂，一星飛墮從天門。得毋遺履穀城化，恐是喫草金華魂。不然荊棘霜露底，兀爾奇怪來無根。女媧擣鍊所遺棄，奔滐尚有河漢痕。豈其謀國坐不用，聊以永日寧復論。跳梁不憂牧並塞，綏納可使魚游盆。公歸廊廟誰得挽，此石萬古當長存。

附秦少游次韻：從《淮海後集》采出。

漢廷公卿如雲屯，結綬彈冠朝至尊。登高履危足在外，神色不變惟伯昏。金華掉頭不肯住，乞身欲老江南村。天恩許兼兩學士，將兵百萬守北門。居士强名曰天元二字疑有訛，痞寐山水勞心魂。高齋引泉注奇石，迅若飛浪來雲根。朔南修好八十載，兵法雖妙何足論。夜闌番漢人馬静，想見雉堞低金盆。報罷五更人吏散，坐調一氣白元存。

慎按：少游詩「根」字韻下脱去二句，須查善本補入。

附張文潛次韻：從《張右史集》采出，原題「和定州端明雪浪齋」。

中山士馬如雲屯，號令惟覺將軍尊。熊旃犀甲羅左右，金鉦鳴鼓喧朝昏。少年畎畝老爲將，誰能復記躬耕村。東坡先生事業異，道峻不得安修門。眼前富貴念不起，惟有山林勞夢魂。榛中奇石安至此，坐蒙湔洗見本根。犇流驟浪勢萬里，至畫乃掃筆墨痕。黄牛三峽固細事，赤壁長江何足論。能令萬古蛟蜃怪，么麽入此玻璃盆。扁舟獨往則不可，平生致君言具存。

同　前

我頃三章乞越州，欲尋萬壑看交流。且憑造物開山骨，已見天吴出浪頭。公自注：石中似有海獸形狀。履道鑿池雖可致，玉川卷地若爲收。洛陽泉石今誰主，莫學癡人李與牛。

附李端叔次韻：《姑溪集》原題「次韻東坡和滕希靖雪浪石詩」。

平生所願識荆州，别乘還容接勝流。異石崩騰驚海面，新詩清絶似槎頭。常嗟盛世千年隔，誰謂餘光一旦收。便覺詩源得三昧，目中無復有全牛。

沉香石

壁立孤峰倚硯長，共疑沉水得頑蒼。欲隨楚客紉蘭佩，誰信吴兒是木腸。山下曾逢化松石，玉中還有辟邪香。早知百和俱灰燼，未信人言弱勝剛。

附李端叔次韻：

海南枯朽插天長，歲久峰巒帶蘚蒼。變化那知斲山骨，儀刑兀自在人腸。幾因曉日疑銷蠟，試沃清泉覺弄香。遮莫輕珉忘什襲，須防偷眼誤摧剛。

石　芝〔一〕并引

予嘗夢食石芝，作詩記之。今乃真得石芝於海上，子由和前詩見寄。予頃在京師，有鑿井得如小兒手以獻者。臂指皆具，膚理若生。予聞之隱者，此肉芝也〔二〕。與子由烹而食之。追記其事，復次前韻。

土中一掌嬰兒新，爪指良是肌骨勻。見之怖走誰敢食，天賜爾我不及賓。旌陽遠游同一許，長史玉斧皆門户。我家韋布三百年，秪有陰功不知數。跪陳八簋加六瑚，化人視之真塊蘇。肉芝烹熟石芝老，笑唾熊掌嚬雕胡。老蠶作繭何時脱，夢想至今空激烈。古來大藥不可求，真契當如磁石鐵。

〔一〕石芝：《抱樸子·仙藥篇》：「五芝者，有石芝、草芝、肉芝、木芝、菌芝，各有百許種。石芝生於海隅名山，赤者如珊瑚，白者如截肪，黑者如澤漆，青者如翠羽，黄者如紫金，皆光明洞徹如堅冰。」本集《北海十二石記》云：「登州下臨大海，沙門、鼉磯、車牛、大竹、小竹凡五島，惟沙門最近，兀然焦枯，餘皆紫翠巉絶，神仙所宅也。上生石芝，草木皆奇麗，多不識名者。」先生又《自題石芝》詩云：「中山教授馬君，文登人也，嘗得石芝食之，故作此篇，同賦一篇。」

〔二〕肉芝：《抱樸子》：「肉芝者，謂萬歲蟾蜍，頭上有角，頷下有丹書八字者；或千歲蝙蝠，色白如雪；或行山中，見小兒乘車馬，長七八寸者，肉芝也。凡此共百二十種。」《苕溪漁隱叢話》：「按，《仙傳拾遺》載，進士蕭靜之掘地得物，類人手，肥嫩，色微紅。烹而食之，後遇異人，曰：『嘗食仙藥。』因告之曰：『肉芝，食之者壽。』何東坡忘此耶！」

按：子由和詩，附見第二十卷黄州條下。

鶴歎

園中有鶴馴可呼，我欲呼之立坐隅。鶴有難色側睨予，豈欲臆對如鵩乎。我生如寄良畸孤，三尺長脛閣瘦軀。俛啄少許便有餘，何至以身爲子娱？驅之上堂立斯須，投以餅餌視若無。戞然長鳴乃下趨，難進易退我不如。

按：《唐子西語録》云：「東坡作《病鶴》詩，嘗寫『三尺長頸瘦軀』，缺其一字。使（仕）〔任〕德翁輩下之，凡數字。東坡徐出其槀，蓋『閣』字也。此字既出，儼然如見病鶴矣。」今題中無「病」字，疑有脱落也。又，《猗覺寮雜記》云：「《世説》有遺支道林雙鶴者，道林曰：『既有凌霄之姿，何肯爲人作耳目玩？』」詩中「何至以身爲子娱」，正用此。

送曾仲錫通判如京師

邊城歲暮多風雪，强壓春一作「香」醪與君别。玉帳夜談霜月苦〔一〕，鐵騎曉出冰河裂。斷蓬飛葉捲黄沙，秖有千林鬖髿花。應爲王孫朝上國，珠幢玉節與排衙。左援公孝右孟博，我居其間嘯且諾。僕夫爲我催歸來，要與北海春水争先回。

〔一〕玉帳：《〔新〕唐書·藝文志》：「李靖有《玉帳經》一卷。」袁卓《遁甲專征賦》：「或（傍）〔倚〕直使之游宫，或居貴神之玉帳。」張淏《雲谷雜記》：「玉帳乃兵家厭勝之方位，主將於其方置軍帳，則堅不可犯，如玉帳然。其法以月建前三位取之。如正月建寅，則巳爲玉帳，主將宜居之。」餘推此。

和錢穆父送别并求頓遞酒〔一〕

聯鑣接武兩長身，鵷鷺行中笑語親。九子羨君門户壯，八州憐我往來頻〔二〕。佇聞東府開賓閣，便乞西湖洗塞塵。公自注：本欲乞鑑湖，就「東府」對耳。更向青齊覓消息，要知從事是何人。

〔一〕頓遞酒：未詳。

〔二〕八州：先生歷知密、徐、湖、登、杭、潁、揚、定八州。

劉醜廝詩

劉生望都民〔一〕，病羸寄空窑。有子曰醜廝，十二行操瓢。墦間得餘粒，雪中拾墮樵。飢飽共生死，水火同焚漂。病翁恃一褐，度此積雪宵。哀哉二暴客，掣去如飢鴞。翁既死於寒，客亦易此髫。崎嶇走亭長，不憚雪徑遥。我仇祝與苑一作「宛」，物色同遮邀。行路爲出涕，二客竟就梟。譊譊訴我庭〔二〕，慷慨驚吾寮一作「僚」。曰此可名寄，追配郴之蕘〔三〕。恨我非柳子，擊節爲爾謡。官賜二萬錢，無家可歸嬌。爲媾他日婦，婉然初垂髫。洗沐作小史一作「吏」，裹頭束其腰。筆硯耕學苑，弓一作「戈」矛戰天驕。壯大隨爾好，忠孝福可徼。相國有折脇，封侯或吹簫。人事豈易料，勿輕此一作「比」僬僥。

〔一〕望都：《水經注》：「博水，出望都縣，東南流逕其縣故城。」《帝王世紀》：堯母慶都，出觀三河赤龍，與合而生堯。有望都山。《太平寰宇記》：即都山也。堯母望之，故以望都爲名。《元和郡縣志》：「望都縣西南至定州五十里。」

〔二〕譊譊：《揚子》：「譊譊者，天下皆訟也，奚其存。」

〔三〕郴之蕘：事詳《柳子厚集》中。

題毛女真〔一〕

霧鬢風鬟木葉衣，山川良是昔人非。秖應閒過商顔老〔二〕，獨自吹簫月下歸。

〔一〕毛女：《抱樸子》：「漢成帝時，（有）獵者於終南山中見一人，無衣服，身生黑毛，踰坑越谷，有如飛騰。密伺其所在，乃是婦人。言：『本是秦之宮人，入山，飢無所食，有一老翁，教我〔食〕松葉、松實（食之），遂不飢不渴，冬不寒，夏不熱。』計此女是子嬰宮人，至成帝之世，三百許歲。向使不爲所得，便成仙矣。」王氏原注引《列仙傳》：「毛女，字玉姜，在華陰山中，自言始皇宮人。」

與此小異，未詳孰是。

〔三〕商顔老：《水經注》：「楚水，源出上洛縣西南楚山，其水兩源，合於四皓廟東。」《高士傳》：南山曰商山，亦名楚山。漢四皓，河内軹人，避秦於商山。故老傳云：商州有商君、商谷、商塞、商窑、商顔，曰五商。漢武帝時，臨晉民引洛水至商顔下，岸善崩，往往爲井，相通行水，水頽以絶商顔矣。

寄餾合刷餅與子由

老人心事日摧頽，宿火通紅手自焙。小甑短餅良具足，穉兒嬌女共燔煨。寄君東閤閒烝栗〔一〕，知我空堂坐畫灰〔二〕。約束家僮好收拾，故山梨棗待歸來。

〔一〕烝栗：杜甫詩：「山家烝栗暖。」

〔二〕畫灰：白居易詩：「對雪畫寒灰。」

次韻子由清汶老龍珠丹〔一〕

天公不解防癡龍，玉函寶方〔二〕出龍宫〔三〕。雷霆下索無處避，逃入先生衣袂中。先生不作金椎袖〔四〕，玩世徜徉隱屠酒。夜光明月空自投，一鍛何勞緯蕭手。黄門寡好心易足，荆棘不生梨棗熟〔五〕。玄珠白璧兩無求，無數一作「脛」金丹來入腹〔六〕。區區分别笑樂天，那知空門不是仙。

〔一〕清汶老：失考。

〔二〕玉函寶方：《隋書·經籍志》：「《玉函（寶）〔煎〕方》五卷，葛洪撰。」

〔三〕龍宫：《續仙傳》：孫思邈放一小蛇，月餘出行，見一白衣少年，引入涇陽水府。一女子命其子，取龍宫藥方三十首與先生。俄送歸山。歷試諸方，皆若神效。後著《千金方》三十卷，散龍宫方在其内。

〔四〕金椎袖：《漢書·淮南厲王傳》：「辟陽侯出見之，即自袖金椎椎之。」

〔五〕荆棘梨棗：《真誥》：「紫微王夫人授許長史曰：火棗交梨之樹已生君心中，可翦荆棘，令此樹單生。」

〔六〕無脛：《會稽典録》：孔融《與曹操書》曰：「珠玉無脛而自至者，以人好之也。」

按：《欒城集》中失原作，當覓善本采補。

次韻子由書清汶老所傳秦湘二女圖

春風消冰失瑶玉，我本無身安有觸〔一〕。羊生得婦如得風，握手一笑未爲辱。先生室中無天遊，珮環何處鳴風甌。隨魔未必皆魔女〔二〕，但與分燈遣歸去。胡爲寫真傳世人，更要維摩一轉語。丹元茅茨秖三間，太極老人時往還。檢點凡心早除拂，方平神鞭常使物。

〔一〕無身有觸：《楞嚴經》：「物不觸知，身知有觸。知身即觸，知觸即身。即觸非身，即身非觸。身觸二相，原無處所。」又云：「舜若多神，無身覺觸。如來光中，映令暫見。既爲風質，其體元無。」注云：「舜若多〔神〕，主空神也。其質如風，而能覺觸。

〔二〕魔女分燈：《維摩經》：「魔波旬從萬二千天女，維摩詰謂曰：『諸姊！有法門名無盡燈，譬如一燈然千百燈，冥者皆明，明終不盡。』天女（聞言已）禮維摩詰足，隨魔（而去）〔還宫〕。」

按：《欒城集》此章亦失去原作。

紫團參寄王定國〔一〕

谽谺土門口〔二〕，突兀太行頂。豈惟團紫雲，實自俯倒景。剛風被草木，真氣入苕穎。舊聞人銜芝，生此羊腸嶺〔三〕。纖攕虎豹鬣，蹙縮龍蛇癭。蠶頭試小嚼，龜息變方騁。矧予明真子，已造浮玉境。清宵月掛户，半夜珠落井。灰心寧復然，汗喘久已静。東坡猶故目一作「日」，北藥致遺秉。欲持三椏根，往侑九轉鼎。爲予置齒頰，豈不賢酒茗。

〔一〕紫團參：《瑞應録》：唐明皇潛潞邸，重九登壺關山，東北有紫雲見，光彩照日，因名紫雲山。即紫團也。《太平寰宇記》：河東道上黨郡有紫團山。《地理志》云：出人參草。

〔三〕土門口：即井陘關，詳見本卷前《雪浪石》詩注中。

〔三〕羊腸嶺：《太平寰宇記》：「河東道，羊腸山在交城縣東南五十〔三〕里。萬根谷（山），即羊腸（坂）〔道〕也，石磴縈紆若羊腸。《地（理）志》云：上黨壺關亦有羊腸坂。在今潞州界。」

次韻劉燾〔一〕撫勾蜜漬荔支〔二〕

時新滿座聞名字〔三〕，別久何人記色香。葉似楊梅烝霧雨，花如盧橘傲風霜〔四〕。每憐蓴菜下鹽豉，肯與葡萄壓酒漿。回首驚塵卷飛雪，詩情真合與君嘗。

〔一〕劉燾：《吴興掌故集》：劉燾，元祐三年東坡知貢舉，稱其文章典麗，遂中甲科。尤善書，仕至秘閣修撰。所著有《見南山集》五十卷，宜翁之子也。《吴興備志》：「劉燾以〔草〕書名世。《太清樓續閣帖》，劉燾無言模刻。」○慎按，施氏原注：「劉燾，字無言，長興人。諸父宜翁、行甫，昔從先生游。事見《送劉行甫寺丞赴餘姚》詩注。無言在太學，有俊聲，善筆札，黃魯直稱之，謂他日江南復有羊欣、薄紹之矣。時在山中。」以下二行殘缺。此段新刻删去，今補録。據此，無言乃宜翁之姪，與《吴興掌故》不同，兩存俟考。

〔二〕撫勾：《職官分紀》：「安撫使屬有管勾官，以知州及閤門秖候充。」

〔三〕時新聞名：按，薛能《荔支》詩：「歲杪監州曾見樹，時新入座久聞名。」《荔支譜》有陳家紫、江家緑、游家紫、藍家紅、何家紅、緑核圓、丁香、虎皮、牛心、蚶殼、龍牙、中元紅、玳瑁紅、十八娘、火山等名，共三十二種。

〔四〕花葉：《荔支譜》：「其花春生，簌簌然白色。春雨之際，旁出新葉，色紅白，六七月，色變緑。此明年開花者也。」

立春日小集戲一作「呈」，訛李端叔〔一〕

白髮已十載，青春無一堪。不驚新歲換，聊與故人談。牛健民聲喜，鴉嬌雪意酣。霏微不到地，和暖要宜蠶。歲月斜川似，風流曲水慙。行吟老燕代，坐睡夢江潭。丞掾頗哀援〔二〕一作「亮」，歌呼誰怕參。衰懷久灰槁，習氣尚饞貪。白啖本河朔，紅消真劍南一本作「熊白來河北，豬紅削劍南」。辛盤得青韭，臘酒是黄甘。歸卧燈殘帳，醒聞葉打庵。須煩李居士，重説後三三〔三〕。

〔一〕李端叔：按，《東都事略·李之儀傳》，元祐中以編修官赴定州幕。孔常父有《癸酉十月送李端叔機宜》詩。張耒《宛丘集·送李端叔序》云：「元祐八年，蘇先生守定武，士願從者半朝廷，然皆不敢有請。先生一日言於朝，言請以端叔佐幕府。先生之位未能進退天下士，故用子如此，然其意可知也。挾端叔之學問文章而從先生，如決大川而放之海，余無以贊子矣。」又，端叔《姑溪集·題跋》一條云：「余從蘇先生於定武，蜀人孫子發亦辟在幕府。滕興公、曾仲錫爲倅。五人者，每辨色會於公廳，領所事竟，按前所約之地，窮日力盡歡而罷。或夜，則以曉角動爲期，方從容賦咏。明年五月，先生遂謫嶺南矣。」以上數則，皆端叔在定州事，故備録之。

〔二〕丞掾哀援：《苕溪漁隱》云：「東坡《立春》詩『丞掾頗哀亮』，定武有此碑，東坡自大字寫之，作『亮』字。《後漢書·馬援傳》，諸曹時白外事，援輒曰：『此丞掾之事，何足相煩？頗哀老子，使得遨遊。』則『亮』字當作『援』也。」○慎按，「援」字去聲讀，别本作「亮」，者，訛，今駁正。

〔三〕後三三：施氏原注：「顧禧云，此詩方叙燕游，而遽用『後三三』語，讀者往往不知何謂。蓋端叔在定武幕中，特悦營妓董九者，故用九數以爲戲爾。聞其説於强行甫云。」按，題云「戲端叔」，與結處正合，特采録之。

次韻曾仲錫元日見寄

蕭索東風兩鬢華，年年幡勝翦宫花。愁聞塞曲吹蘆管，喜見春盤得蓼芽〔一〕。吾國舊供雲澤米，公自注：定武齋酒用蘇州米。君家新致雪坑茶。公自注：近得曾坑茶〔二〕。燕南異事真堪紀，三寸黄甘擘永嘉〔三〕。

〔一〕春盤：《四時寶鏡》：「立春日春餅、生菜號春盤。」又，《摭遺》：「東晉李鄂立春日命以蘆菔、芹芽爲菜盤。」

〔二〕曾坑：《蔡忠惠集》引朱子安《東溪試茶録》云：「北苑鳳凰山連屬諸焙所産者味佳。慶曆中，歲貢又有曾坑上品一斤。」又云：「馬鞍山東爲（杜）〔林〕園，最高處（爲）〔曰〕曾坑。」

〔三〕三寸黄甘：《南史》：「宋劉義康，時四方獻饋，皆以上品薦（之）〔義康〕，而以次者供御。文帝嘗冬月噉甘，嘆其形味並劣，義康遺還東府取甘，〔大〕供御（大）者三寸。」韓彦直《橘録》：「橘出（永嘉）〔温〕郡，甘乃其別種，而乳甘（爲）〔推〕第一，故温（州）〔人〕謂乳甘爲真甘。温四邑（皆）〔俱〕種甘（者），而出泥山〔者〕又推第一。大者可七寸圍，顆皆圓正，膚理如澤蠟，擘之香霧噀人。」

子由生日以檀香觀音像及新合印香銀篆盤爲壽一首〔一〕

旃檀〔二〕婆律海中芬〔三〕，西山老臍柏所薰。香螺脱黶來相群〔四〕，能結縹緲風中雲。一燈如螢起微焚，何時度盡繆篆紋。繚繞無窮合復分，綿綿浮空散氤氲。東坡持是壽卯君，君少與我師皇墳〔五〕。旁資老聃釋迦文，共厄中年點蠅蚊〔六〕。晚遇斯須何足云，君方論道承華勛。我亦旗鼓嚴中軍，國恩未一作「當」報敢不勤。但願不爲世所醺，爾來白髮不可耘。問君何時返鄉枌，收拾散亡理放紛。此心實與香俱焄，聞思大士應已聞。

〔一〕子由生日：按，子由己卯二月二十日生，見本集《十八羅漢頌跋》。

〔二〕旃檀：《法華經》：「牛頭旃檀，從離垢出。若以塗身，火不能燒。」

〔三〕婆律：《本草拾遺》：「婆律香出婆律國，樹與龍腦同，香乃樹之清脂也。」

〔四〕香螺脱黶：《唐本草》：「蠡類生雲南者，如人掌，青黄色。」按韻書，「蠡」亦作「螺」。韓鄂《四時纂要》：「有修甲香方，收大甲，酒煮蜜熬，入諸香用。」所云甲者，即螺黶也。

〔五〕皇墳：韓愈詩：「高詞媲皇墳。」

〔六〕蠅蚊：韓愈詩：「蠅蚊滿八區，可盡與相格。」

慎按：諸刻本詩中「繚繞無窮合復分」之下，直接「東坡持是壽卯君」云云，脱去「綿綿浮空散氤氲」一句，今從施氏原本補入。

附子由次韻：

日月中人照與芬，心虚慮盡氣則薰。彤霞點空來群群，精誠上徹天無雲。寸田幽闕熛不焚，眇眎中外絳錦紋。冥然物我無復分，不出不入常氤氲。道師東西指示君，乘此飛仙勿留墳。茅山隱居有遺文，世人心動隨蚉蚊。不信成功如所云，蚤夜賓餞同華勛。爾來僅能破魔軍，我經生日當益勤。公禀正氣飲不醺，梨棗未實要耡耘。日云莫矣收桑枌，西還閉門止紛紛。憂愁真能散凄焄，萬事過耳今不聞。自注：《登真隱訣》云：日中青帝曰照龍韜，其夫人曰芬艷嬰。

次韻李端叔送保倅翟安常赴闕兼寄子由〔一〕

中山保塞兩窮邊〔二〕，卧治雍容已百年。顧我迂愚分竹使，與君談笑用蒲鞭。松荒三徑思元亮，草合平池憶惠連。白髮歸心憑説與，古來誰似兩疏賢。

〔一〕翟安常：爵里失考。

〔二〕保塞：《輿地廣記》：「保塞縣本漢涿郡之樊輿，中山之北新城地，廢置不常。建隆元年，以清苑縣地置保塞軍，領縣一。」《文獻通考》：「保州，本唐莫州清苑縣地，宋初置保塞軍，太平興國〔中升〕〔間建〕爲州。」《九域志》：河北西路保塞軍，西至定州一百六十里。羅子蒼《〔拾〕〔識〕遺》：「五代失險，周世宗於深、冀間浚河爲限。宋守塘濼，而雄、霸二州間塘水不接，遂置保定軍。爲窮邊，以無水，多植榆、槐爲蔽云。」

按：《姑溪集》中失原作，無從采録。

中山松醪〔一〕寄雄州〔二〕一無「州」字守王引進〔三〕

鬱鬱蒼髯千歲姿，肯來杯酒作兒嬉。流芳不待龜巢葉，公自注：唐人以荷葉爲酒杯，謂之碧筩飲。掃白聊煩鶴踏枝。醉裏便成歌雪舞，醒時與作嘯風辭。馬軍走送非無意，玉帳人間合有詩。

〔一〕中山松醪：本集有賦，不具録。

〔二〕雄州：《九域志》：「河北東路雄州防禦，治歸義、容成二縣。」《太平寰宇記》：「雄州，本涿州歸義縣之瓦子濟橋，舊置瓦橋關。五代周時，始立雄州。」以有大、小雄山而名。

〔三〕王引進：按，子由使契丹時，有《贈知雄州王崇拯》七言律詩二首。《詩話總龜》：「王崇拯，字拯之。」當即其人。又按，《宋史·職官志》引進使，從五品，掌臣僚蕃國進奉禮物之事。《職官分紀》引進有正使、副使。

次韻李端叔謝送牛戩鴛鴦竹石圖〔一〕

聞君談西戎，廢食忘早晚。王師本不陳，賊壘何足剗。守邊在得士，此語要而簡。知君論將口，似予一作「我」識畫眼。笑指塵壁間，此是老牛戩。平生師衛玠，非意嘗理遣。想君定何人，未用市朝顯。置之勿復道，世俗固多舛。歸去亦何須，單車度殽澠。如蟲得羽毛，已脱安用繭。家書空萬軸，凉暴一本作「晒」，一本作「曝」困舒卷。念當掃長物，閉息默自煖。此畫聊付君，幽處得小展。新詩勿縱筆，群吠驚邑犬。時來未可知，妙斲待輪扁。

〔一〕牛戩：米海岳《畫史》：「道士牛戩，筆墨粗豪放縱，亦不俗，固在艾宣、惠崇、寶覺、張經之上也。」

按：《姑溪集》此詩失去原作，無從采録。

次韻聽上人見寄〔一〕

前身《周益公題跋》引此詩作「生」本同社，宿業獨臨邊。一悟鏡空老，始知圓澤賢。歸心忘憒佩，生術寄羊鞭。不似歐陽子，空留六一泉。

〔一〕聽上人：本集《思聰名説》云：「法惠圓師小童彭九，年十一，善琴，應對明了如成人。自言未有法名，而同師皆聯『思』字，遂與名思聰，庶幾他日因聲以得法。」周益公跋云：「元祐六年，公既作聞復字序，後三年春，在定武復和其見寄詩，有『前生本同社』之語，又後七年，當靖國辛巳，蓋公夢奠之歲也。其《贈道通》詩猶云『雄豪而妙苦而腴，祇有琴聰與蜜殊』。其愛重之如此。」《長公外紀》云：「大觀、政和間，聰挾琴遊梁，久之，遂還俗，爲御前使臣。方其將冠巾也，叔黨送之詩，云：『試誦《北山移》，爲我招琴聰。』詩至，已無及矣。

次韻王雄州還朝留别

老李威名八十年〔一〕，壁間精悍見遺顔。自聞出守風流似，稍覺承平氣象還。但遣詩人歌《杕杜》，不妨侍女唱《陽關》。内朝接武知何日〔二〕，白髮羞歸供奉班。

〔一〕老李：《東都事略》：李允則，字垂範，太原人。真宗朝奉使諸路，雄州再涖焉。「周世宗始以瓦橋關置州。民居惟結茅，允則易以瓦甓。又合内外舊甕城（爲）〔與〕大城爲一，創關城，濬濠，起月隄。徙浮圖於北原上，所望踰三十里，契丹動（静）〔息〕皆知之，當時邊臣無及者。」子由《洛陽李氏園池記》云：「李氏世家名將，大父濟州，於太祖爲布衣之舊，用兵河東，百戰百勝。烈考寧州，事章聖，守雄州十有四年，繕守備，撫士卒，精於用間，功烈尤雄。」○按，所稱濟州，乃允則之父謙溥，寧州即允則也。

〔二〕内朝：《春明退朝録》：「本朝文德殿曰外朝，凡不釐務（官）〔朝臣〕，日赴，是爲常朝。垂拱曰内朝，宰臣以下並武班，日赴，是爲常起居。」

三月二十日多葉杏盛開〔一〕

零露泫月蕊，温風散晴葩。春一作「天」工了不睡，連夜開此花。芳心誰翦刻〔二〕，天質自清華。惱客香有無，弄粧影橫斜。中山古戰國，殺氣浮高牙。叢臺餘袨服，易水雄一作「雜」悲笳。自從此花開，玉肌洗塵沙。坐令游俠窟，化作温柔家。我老念江海，不飲空咨嗟。劉郎歸何日，紅桃爍殘霞。明年花開時，舉酒望三巴。公自注：欲請梓州而歸。

〔一〕多葉杏：元《方輿勝覽》：「大興府海雲寺有（多）〔千〕葉杏（二）〔二〕株，名芙蓉杏。張叔夏見之，爲填《三姝媚》詞。」

〔二〕翦刻：韓愈《（杏）〔李〕花》詩：「翦刻作此連天花。」

慎按：施氏原注脱落「劉郎歸何日」二句，今據别本補入。

三月二十日開園三首

其一

雪髯霜鬢語傖獰，淡蕩園林取次行。要識將軍不凡意，從來秖啜小人羹。公自注：是日散父老酒食。

其　二

西園牡籥夜沉沉，尚有游人卧柳陰。鶴睡覺時風露下，落花飛絮滿衣襟。

其　三

鬱鬱蒼髯真道友，絲絲紅蕚是鄉人。公自注：蒼髯，松也。紅蕚，海棠也。何時翠竹江村路，送我柴門月色新。

次韻王雄州送侍其〔一〕涇州〔二〕

威聲又數中興年，二虜行當一矢聯。聞道名城得真將，故應驚羽落空弦。追鋒歸去雄三衛〔三〕，授鉞重來定十連。别酒回頭便陳迹，號呶端合發初筵。

〔一〕侍其：複姓也，名失考。《宋史》有侍其曙、侍其淵。

〔二〕涇州：《九域志》：「秦鳳路涇州安定郡，治保安縣。」《太平寰宇記》：「涇州屬關西道，漢分秦北郡地置安定郡，（河西）六郡之一也。魏神䴥三年，於此置涇州，因水爲名。宋爲彰化軍節度。

水土雜於河西，人烟接於北地。」

〔三〕三衛：《晉書·職官志》：「文帝初置中衛（將軍），武帝分左右衛。」

初貶英州贈馬夢得〔一〕

萬古仇池穴，歸心負雪堂。殷勤竹裹一作「林」夢，猶自數山王。

〔一〕貶英州：《宋史·哲宗本紀》：「紹聖元年，（知定州）蘇軾坐前掌制命，語涉譏訕，（貶）〔落職〕知英州。」本傳：「紹聖初，以本官知英州。尋降一官，貶寧遠軍節度副使，惠州安置。」危素《東坡書院記》：「紹聖元年四月，公以侍御史虞策、來之邵言，落職奪一官知和州，尋知英州，六月惠州安置，十月至惠州。」本集有《乞舟行赴英州狀》。《九域志》：「廣南東路英州，軍事，治真陽縣。」《太平寰宇記》：「廣州湞陽縣地，漢舊縣。梁改東衡州。隋開皇十〔五〕年，廢爲真陽縣。僞漢乾和五年，於此置英州。去東京四千里。」

慎按：此詩施氏原本在《遺詩》卷中，今據時地，移編於此。

臨城道中作〔一〕并引

予初赴中山，連日風埃，未嘗了了見太行也。今將適嶺表，頗以是爲恨。過臨城、内丘〔二〕，天氣忽清徹。西望太行〔三〕，草木可數，岡巒北走，崖谷秀傑。忽悟歎曰：「吾南遷其速返乎！退之衡山之祥也。」書以付邁，使志之。

逐客何人著眼看，太行千里送征鞍。未應愚谷能留柳〔四〕，可獨衡山解識韓。

〔一〕臨城：《太平寰宇記》：「臨城，屬趙州，在定州西南一百里。漢於此置房子縣，天寶元年，改臨城。」

〔二〕内丘：《太平寰宇記》：「漢中丘縣，隋改内丘，屬趙州。大業二年，改屬邢州。在州西南五十八里。」

〔三〕太行：《述征記》：「太行山，首始於河内，北至幽州，凡百嶺，（遠）〔巖〕亘十（三）〔二〕州之界，有八陘。」

〔四〕愚谷：《水經注》：「時水又屈而逕社山北，有愚公谷。齊桓公時，公隱於谷，隣有認其駒者，公以與之。」《太平寰宇記》：「愚公谷在臨淄縣，本社山，名愚公山愚公谷。」柳子厚《愚溪詩序》：「余以觸罪謫瀟水上，愛是溪，家焉。古有愚公谷，故更謂之愚溪。」

過湯陰市〔一〕得豌豆〔二〕大麥粥示三兒子

朔野方赤地，河壖但黄塵。秋霖暗豆莢一作「漆」，夏旱臞麥人。逆旅唱晨粥，行庖得時珍。青斑照匕箸，脆響鳴牙齦。玉食謝故吏，風餐便逐臣。漂零竟何適，浩蕩寄此身。争勸加餐一作「飲」食，實無負吏民。何當萬里客，歸及三年新。

〔一〕湯陰：《元和郡縣志》：「相州湯陰縣有蕩水，因以爲名。」《太平寰宇記》：「蕩水在縣治北，縣在相州南四十里。」

〔二〕豌豆：《爾雅》謂之戎菽，《遼志》謂之回鶻豆。《本草》：「其苗柔弱，宛宛然，故得名。嫩時〔青〕色（緑），老則斑麻。」

被命南遷途中寄定武同僚

人事千頭及萬頭，得時何喜失時憂。只知紫綬三公貴，不覺黄粱一夢游。適見恩綸臨定武，忽遭分職赴英州。南行若到江干側，休宿潯陽舊酒樓。

慎按：此詩施氏原本不載，新刻在《續補》下卷，今據題移編於此。

子由新修汝州龍興寺吴畫壁〔一〕

丹青久衰工不藝，人物尤難到今世。每摹市井作公卿，畫手懸知是徒隸。吴生已與不傳死，那復典刑留近歲。人間幾處變西方，盡一作「畫」作波濤翻海勢。細觀手面分轉側，妙算毫釐得天契。始知真放本精微，不比狂花生客慧〔二〕。似聞遺墨留汝海〔三〕，古壁蝸涎可垂涕。力捐金帛扶楝宇，錯落浮雲卷新霽。使君坐嘯清夢餘，幾叠衣紋數衿袂。他年弔古知有人，姓名聊記東坡弟。

〔一〕龍興畫壁：《欒城後集·汝州龍興寺修吴畫殿記》云：「紹聖元年四月，予謫守汝陽，與通守李君純繹游龍興寺，觀華嚴小殿。其東西夾皆道子所畫，東爲維摩、文殊，西爲佛成道。屋瓦弊漏，塗栈缺弛，幾侵於風雨。時有僧惠真方葺寺大殿，乃使先治此，予與李君亦少助焉。不踰月，堅頑如新。於殿脊中得記，曰：『治平丙午，蘇氏維政所葺。』衆異之，謂前後葺此，皆蘇氏，豈偶然哉？」○慎按，《明道雜志》以龍興寺爲天慶觀。又云：「（上人）於殿脊上火珠中見有書字，記建殿年月，後復書曰某年月日，有姓蘇人重修。」與子由所記不同，當以《欒城集》爲正。

〔二〕狂花：《楞嚴經》：「其人無故，不動目睛。瞪以發勞，則於虚空，别見狂華。」

〔三〕汝海：《十三州志》：「梁縣，周南鄙邑，秦滅周，遷其人於此，謂之陽人聚。《元和郡縣志》：河南道汝州臨汝郡，漢河南郡之梁縣地，隋開皇四年，移伊州理於此，大業中改汝州。」以汝水爲名。

慎按：《宋史·哲宗本紀》：「紹聖元年二月，以鄧潤甫爲尚書左丞。三月，蘇轍罷。」知汝州。先生南遷時，子由已到汝州任矣。

過高郵〔一〕寄孫君孚〔二〕

過淮風氣清，一洗塵埃容。水木漸幽茂，菰蒲雜游龍。可憐夜合花〔三〕，青枝散紅茸。美人游不歸，一笑誰當供。故園在何處，已偃手種松。我行忽失路，歸夢山千一作「千山」重。聞君有負郭，二頃收横縱。卷野畢秋穫，殷牀聞夜舂。樂哉何所憂，社一作「杜」酒粥面醲。宦游豈不好，毋令到千鍾。

〔一〕高郵：《太平寰宇記》：「淮南道揚州，領縣七，高郵其一也。宋割高郵縣建軍。」

〔二〕孫君孚：《(東都事略)〔宋史・孫升傳〕》：「孫升，字君孚，初以天章閣出知應天，後貶果州團練副使，汀州安置。」劉延世《孫公談圃序》云：「紹聖改元，凡仕於元祐而貴顯者，例皆竄貶湖南、嶺表，獨孫公一人遷於臨汀。公元祐時歷三院，遷左史，(爲)〔入〕中書〔爲〕舍人。忤時宰，以集賢修撰留守南都，後遷天章閣待制。其謫官也，自南都爲歸州，遂以散秩謫臨汀。在汀二年，以疾終。公諱升，字君孚，高郵人。」〇慎按，劉述之與孫同時，孫謫汀州，劉時官長汀縣，故其所述視史加詳。東坡南行，過高郵，正君孚謫歸州時也。君孚名升，兩處皆同。施氏原注謂君孚名叔者，訛。今駁正。

〔三〕夜合花：崔豹《古今注》：「欲蠲人之忿，則贈以青囊夜合。其葉至暮即合，故名合昏，又云夜合。」《本草》：「此樹葉似皂莢及槐，五月花紅白色，上有絲茸。」

僕所至未嘗出游過長蘆〔一〕聞復禪師病甚不可不一問既見則有間矣明日阻風復留見之作三絶句呈聞復並請轉呈參寥子各賦數首〔二〕

其一

亦知壺子不死，敢問老聃所遊。瑟瑟寒松露骨，耽耽老一作「病」虎垂頭。

〔一〕長蘆：《吴船録》：「長蘆寺爲達摩一葦浮渡處。」《傳法正宗記》：初，達摩於梁普通元年泛海至廣州，刺史蕭昂表聞。次年十月，至建康。武帝召對。祖知初機不契，是月，潛之江北。後人於渡處創長蘆院。《續燈録》：真州長蘆崇福禪院，祖印禪師名智福所建，師，江州人。

〔二〕聞復：名思聰，詳見本卷前「聰上人」詩注中。

其二

莫言西蜀萬里，且到南華一游〔一〕。扶病江邊送客，杖拏浦口回頭。

〔一〕南華：《始興志》：南華寺，在縣南六十里。峰巒環抱，狀如蓮花。其東南，曹溪之水出焉。梁時天竺僧智藥至溪口，聞水香，掬而飲之，曰：「此水上流有勝地。」遂謁土人曹叔良。叔良者，魏武之裔孫也，因捨宅爲寺。唐儀鳳間，盧惠能傳黄梅衣鉢，居之，是爲六祖。

其 三

老去此生一訣，興來明日重游。卧聞三老白事，半夜南風打頭〔一〕。

〔一〕打頭風：《猗覺寮雜記》：「風之逆者，舟人謂之打頭風。」元微之詩：「江喧過雲雨，船泊打頭風。」白樂天詩：「白蘋香處打頭風。」

六月七日泊金陵阻風得鍾山泉公書寄詩爲謝〔一〕

今日江頭天色惡，礮車雲起風欲作〔二〕。獨望鍾山唤寶公，林間白塔如孤鶴〔三〕。寶公骨冷唤不聞，却有老泉來唤人。電眸虎齒霹靂舌〔四〕，爲予吹散千峰雪一作「雲」。南行萬里亦何事，一酌曹溪知水味〔五〕。他年若畫蔣山圖，爲一作「仍」作泉公唤居士。

〔一〕泉公：（傳燈録）〔《釋氏稽古略》卷四〕：「蔣山佛慧禪師名法泉，生隨州時氏。出家，（博極）群書〔博覽〕，過目成誦，號『雅泉萬卷』。」熙寧中，住鍾山。

〔二〕礮車雲：《國史補》：「暴風之候，有礮車雲。」《王直方詩話》：「舟人占雲若礮車起，急避之。」

〔三〕寶公白塔：《僧史》：寶公大士，諱寶誌。手足鷹爪，初，建康朱氏婦聞兒啼鷹巢中，梯樹得之，養以爲子。七歲，依鍾山僧儉出家。梁天監初，卓錫於鍾山，十三年入滅。葬定林寺前獨龍岡，建塔五層，塔前建開善寺，敕王筠撰碑文。

〔四〕虎齒：《山海經》云：「西王母，狀如人，（狗）〔豹〕尾，〔善嘯〕，蓬（頭）〔髮〕戴勝（善嘯）。」《穆天子傳》注云：「西王母，虎齒蓬髮。」施氏原注牽混爲一，今爲詳析。

〔五〕曹溪：注見前首「南華」下。

贈清涼寺〔一〕和長老〔二〕

代北初辭没馬塵，江南來見卧雲人。問禪不契前三語，施佛空留丈六身〔三〕。老去山林徒夢想，雨餘鐘鼓更清新。會須一洗黄茅瘴，未用深藏白氎巾。

〔一〕清涼寺：《金陵梵刹志》：「石頭山清涼寺，在府城西清涼門内古清涼山。吴順義中，徐温建爲興教寺，南唐改（爲）石頭清涼大道塲。宋太平興國五年，改清涼廣惠禪寺，（南渡後重修）〔後數廢〕」，陸游有記。」

〔二〕和長老：失考。

〔三〕施佛：本集《阿彌陀佛贊序》云：「蘇軾之妻王氏，名閏之，年四十六，元祐八年八月卒於京師。臨終之夕，遺言捨所受用，使其子邁、迨、過爲畫阿彌陀（佛）〔像〕。紹聖元年六月九日像成，奉安於金陵清涼寺。」贊中又有「丈六金身不爲大」之語。

予前後守倅餘杭凡五年夏秋之間蒸熱不可過獨中和堂〔一〕東南頰下瞰海門洞視萬里三伏常蕭然也紹聖元年六月舟行赴嶺外熱甚忽憶此處而作是詩

忠孝王家千柱宫，東坡作吏五年中。中和堂上東南頰，獨有人間萬里風。

〔一〕中和堂：《咸淳臨安志》：「嘉定六年，李埴《中和堂記》略云：『始錢王鏐於其宫作堂，名閲禮。本朝至和中，威敏孫公沔來守此土，易名中和，守居負鳳凰山，堂跨山憑高。蘇公嘗謂「下瞰海門，洞視萬里」，觀覽之傑，抑可想見。』」《西湖游覽志》：「中和堂在鳳凰山下，暑月最快。」

慈湖夾一本作「峽」，訛阻風五首〔一〕

其一

捍索桅竿立嘯空，篙師酣寢浪花中。故應菅蒯知心腹，弱纜能爭萬里風。

〔一〕慈湖夾：《元和郡縣志》：「慈湖在當塗北六十五里。」陳克《東南防守利便》云：「慈湖（夾在），太平州界，至建康七十五里。石季龍寇歷陽，趙嗣屯慈湖，（又）蘇峻敗司馬流於慈湖。」即此。

○慎按，本集《曉至巴河迎子由》詩云：「聞君在磁湖」，乃大冶縣之道士洑，亦名磁湖磯，非此地也。詳見「黄州」卷中，讀者辨之。

其　二

此生歸路轉一作「愈」茫然，無數青山水拍天。猶有小船來賣餅，喜聞墟落在山前。

其　三

我行都是退之詩，真有人家水半扉。千頃桑麻在船底，空餘石髮掛魚衣〔一〕。

〔一〕石髮：《酉陽雜俎》：「南中水底有草，如石髮，每月三四日始生，至八九以後可采食，及月盡悉爛，似隨月盛衰者。」

其　四

日輪亭午汗珠融，誰識南訛長養功〔一〕。暴雨過雲聊一快，未妨明月却當空。

〔一〕南訛：《困學紀聞》：「春言東作，夏（曰）〔言〕南爲，皆是耕作營爲勸農之事。孔安國强讀爲『訛』字，雖訓化，解釋紆回。今《史記》作『南譌』。」

其　五

卧看落月横千丈，起唤清風得半帆。且並水村欹側過，人間何處不巉巖。

【校記】

一、《書丹元子所示李太白真二首·其二》注一引司馬子微《坐忘論》云云，實轉引自吴曾《能改齋漫録》卷五《辨誤》「滅動心不滅照心」條。

二、《次韻滕大夫三首·雪浪石》注三引《漢書》云云，誤。《漢書》無此引文，實引自李吉甫《元和郡縣志》卷十八《河東道·蔚州》「飛狐道」條，此段接同注前引《元和郡縣志》引文，然初白引注中插入「邢厲曰古長城在飛狐界」一語，不見於《元和郡縣志》，實不知引自何書，且插置於此。○注五引《漢書》云云，誤。《漢書》無此引文，實引自《水經注》卷十三「㶟水」條。顧炎武《日知録》卷三十一「代」條下亦據《水經注》引此段。

三、《鶴歎》按語引《唐子西語録》云云，實轉引自胡仔《苕溪漁隱叢話·前集》卷四十二「東坡五」第一條。

四、《送曾仲錫通判如京師》注一引袁卓《遁甲專征賦》云云，實轉引自陶宗儀《説郛》卷二十八上張淏《雲谷雜記》之「玉帳」條。明方以智《通雅》卷三《釋詁》「玉帳」條亦引此。○同注引張淏《雲谷雜記》云云，亦轉引自《説郛》卷二十八。

五、《紫團參寄王定國》注三引《太平寰宇記》云云，其中「萬根谷山即羊腸坂也」一句，於原文乃是下一條，初白引而置前也，原文無「山」字，「坂」作「道」。

六、《次韻劉燾撫勾蜜漬荔支》注一引《吴興掌故集》云云，然《吴興掌故集》卷三《著述類》曰「《見南山集》五十卷，秘閣修撰劉燾字無言作」，而無初白之引文。此段引文另見於明凌迪知《萬姓統譜》卷五十九《下平聲・十一尤・宋》「劉燾」條，文字頗異，「仕至秘閣修撰」作「在館中召修閣帖」，「所著有《見南山集》」作「有遺文五十卷號《見南山集》」，而無「宜翁之子也」。

七、《次韻曾仲錫元日見寄》注一引《四時寶鏡》「立春日春餅生菜號春盤」，又引《遮遺》「東晉李鄂立春日命以蘆菔芹芽爲菜盤」，均轉引自祝穆《古今事文類聚・前集》卷六《天時部・立春・詩話》「食生菜」條。〇注三引韓彦直《橘録》云云，其中「大者可七寸圍」一語，於原文乃在「擘之香霧噀人」一句之後。

八、《子由生日以檀香觀音像及新合印香銀篆盤爲壽一首》注三引《本草拾遺》云云，實轉引自宋陳敬《陳氏香譜》卷一《香品》「婆律香」條。〇注四引《唐本草》及韓鄂《四時纂要》二條，均轉引自陳元龍《格致鏡原》卷五十七《燕賞器物類一》「甲香」條。

九、《三月二十日多葉杏盛開》注一引《方輿勝覽》云云，今本《方輿勝覽》無此引文，而初白《人海記》卷下「千葉杏」條亦載此引文，「多葉杏」作「千葉杏」，「三株」作「二株」。

十、《臨城道中作》注三引《述征記》云云，實轉引自樂史《太平寰宇記》卷五十五《河北道二・懷州河內縣》「太行陘」條。

十一、《過高郵寄孫君孚》注二引《東都事略》云云，誤。《東都事略》無此引文，實轉引自《宋史》卷三百四十七《孫升傳》。

十二、《僕所至未嘗出游過長蘆聞復禪師病甚不可不一問既見則有問矣明日阻風復留見之作三絶句呈聞復並請轉呈參寥子各賦數首・其一》注一引《傳法正宗記》云云，《傳法正宗記》無此引文，實轉引自覺岸《釋氏稽古略》卷二梁武帝普通元年「東土初祖菩提達磨尊者」條，然與引文頗異。

十三、《六月七日泊金陵阻風得鍾山泉公書寄詩爲謝》注一引《傳燈録》云云，《傳燈録》無此引文，實引自覺岸《釋氏稽古略》卷四宋神宗熙寧十年「佛慧禪師」條，「博極群書」作「群書博覽」。

東坡先生編年詩卷三十八

古今體詩四十四首起紹聖元年甲戌秋自江西赴嶺外，十月到惠州，盡是年十二月作。

過廬山下并引

予過廬山下，雲物騰涌，默有禱焉。未午，衆峰凜然，故作是詩。

亂雲欲霾山，勢與飄風南。群隮相應和，勇往争驂驔。可憐蒼蔚中，時出紫翠嵐。雁没失東嶺，龍騰見西龕。一時供坐笑，百態變立談。暴雨破坱圠，清飈掃渾酣。廓然歸何處，陋矣安足戡，亭亭紫霄峰，窈窈白石庵〔一〕。五老數松雪，雙溪落天潭。雖云默禱應，顧有移文慙。

〔一〕白石庵：《廬山紀事》：「楞伽院内有白石庵，李公擇藏書處。」本集有《李氏山房藏書記》，即此也。

壺中九華詩并引

湖口〔一〕人李正臣蓄異石九峰〔二〕，玲瓏宛轉，若窗櫺然。予欲以百金買之，與仇池石爲偶〔三〕。方南遷，未暇也。名之曰壺中九華〔四〕，且以詩紀之。

清溪電轉失雲峰一本作「我家岷蜀最高峰」，夢裏猶驚翠掃空。五嶺莫愁千嶂外〔五〕，九華今在一壺中。天池水落層層見一本作「石泉影落涓涓滴」，玉女窗虛處處通。念我仇池太孤絶，百金歸買碧玲瓏。

〔一〕湖口：《九江志》：「漢鄡陽鎮屬彭澤縣，劉宋時湖口戍也。南唐保大中，以彭澤二鄉置縣，扼彭蠡湖口。」

〔二〕李正臣異石：（《西湖游覽志餘》引宋人詩話）〔方勺《泊宅編》卷中〕云：「李正臣（有）〔所〕刻（石）碑本，九峰排列如雁齒，不甚崷崪。石腰有白脉，若束以絲帶，此石之病，不知（東）坡（先生）何（以）酷愛之如此。」

〔三〕仇池石：先生在揚州時所得，詳見三十五卷。

〔四〕九華：《太平寰宇記》：「九華山在池州青陽縣。顧野王《輿地志》云：『山上有九峰，千仞壁立，周圍二百里，高一千丈。』」李白詩：天河掛緑水，秀出九芙蓉。」

〔五〕五嶺：（《文獻通考》）永嘉周去非有《嶺外代答》十卷，中一條云：「五嶺之說，皆指山名，（今）考之，乃入嶺之途五耳，非必山也。自福建入廣東之循、梅，一也；自江西之南安入南雄，二也；自湖廣之郴入連，三也；自道州入廣西之賀縣，四也；自全入静江，五也。」

南康望湖亭〔一〕一本云「過洞庭」，訛。

八月渡長一作「重」湖〔二〕，蕭條萬象疎一本云「瀟湘景物疎」。秋一作「西」風片帆急，暮靄一作「雨」一山孤。許國心猶在，康時術一作「業」已虚。岷峨家《清波雜志》作「亻」萬里，投老得歸無。

〔一〕望湖亭：《江西志》：南昌吴城驛有吴城山，山有望湖亭。

〔二〕八月渡湖：按《年譜》，先生於是年五月離中山，行至滑州登舟，從南康軍出陸，赴貶所，八月二十一日過虔州，計其過彭蠡，當在八月初。

慎按：南宋人周煇《清波雜志》云：「紹興辛酉，煇（侍）隨〔侍〕之鄱陽。小泊沙際，步至山椒一寺，軒名『重湖』，梁間一木牌，乃蘇内翰留題『八月渡重湖』云。」據此，則「望湖亭」當作「重湖亭」。又按，施氏原本不載，今從新刻《續補》下卷，據時地移編於南遷卷中。

江西一首〔一〕

江西山水真吾邦，白沙翠竹石底江。舟行十里磨九瀧，篙聲犖确相舂撞。醉卧欲醒聞淙淙，直一作「真」欲一口吸老龐。何人得儁窺魚矼，舉叉絶叫尺鯉雙。

〔一〕江西：《名勝志》：「晉元康中，分荆、揚十郡，立江州，治豫章郡。唐初隸江南道，開元中，分江南西道，江西之名（始）〔昉〕此。」

附子由次韻：

許君馬老共一邦，西山斷處流蜀江。誰令千載重渡瀧，灘頭舊寺晨鐘撞。亂流赤脚記淙淙，道俗自謂丹霞龐。便令築室修畦矼，往還二老笻一雙。自注：予與筠州聰長老，有十年之舊。

秧馬歌并引

過廬陵，見宣德郎致仕曾君安止〔一〕。出所作《禾譜》〔二〕。文既温雅，事亦詳實，惜其有所缺，不譜農器也。予昔遊武昌，見農夫皆騎秧馬。以榆棗爲腹欲其滑，以楸桐爲背欲其輕，腹如小舟，昂其首尾，背如覆瓦，以便兩髀雀躍於泥中，繫束藁其首以縛秧。日行千畦，較之傴僂而作者，勞佚相絶矣。《史記》：禹乘四載，泥行乘橇。解者曰：橇形如箕，擿行泥上，豈秧馬之類乎？作《秧馬歌》一首，附於《禾譜》之末云。

春雲濛濛雨凄凄一作「萋萋」，春秧欲老翠剡齊。嗟我婦子行水泥，朝分一壠暮千畦。腰如箜篌首啄雞，筋煩骨殆聲酸嘶。我有桐馬手自提，頭尻軒昂腹脇低。背如覆瓦去角圭，以我兩足爲四蹄。聳踊滑汰如凫鷖〔三〕，纖纖束藁亦可齎。何用繁纓與月題〔四〕，却從畦東走畦西。山城欲閉聞鼓鼙，忽作的盧躍檀溪。歸來掛壁從高棲，了無芻秣飢不啼。少壯騎汝逮老蘁，何曾蹶軼一作「跌」防顛隮一作「擠」。錦韉公子朝金闉，笑我一生蹋牛犂，不知自有木駃騠。

〔一〕曾安止：字移忠，見《周益公題跋》。

〔二〕禾譜：《（經籍）〔宋史·藝文〕志》農家類中，有曾安止《禾譜》五卷。

〔三〕滑汰：施青臣《繼古叢編》：「東坡《秧馬》（詩）〔歌〕『滑汰』，『汰』（字）入聲（讀與「澾」同）。」

〔四〕繁纓：《毛詩》：「鈎膺。」注疏：「其馬婁頷，有鈎在膺，有樊纓之餙。樊，讀如『鞶帶』之『鞶』，謂今馬大帶。纓，今馬鞅。金路，其樊及纓以五采罽餙之而九成。」《周禮》、《左傳》皆作「繁纓」。

按，《周益公題跋》云：「東坡年五十九，南遷過太和縣，作《秧馬歌》贈曾移忠。心聲心畫，惟意所適，（殊）是得意之作。既到嶺南，往往録示邑宰。近歲，移忠姪孫名之瑾者，已譜農器，成公素志。予嘗爲之序。其與《禾譜》並傳無疑矣。」按，《禾譜》與《農器譜》今不傳。

八月七日初入贛過惶恐灘

七千里外二毛人，十八灘頭一葉身〔一〕。山憶喜歡勞遠夢，公自注：蜀道有錯喜歡鋪，在大散關上。地名惶恐泣孤臣〔二〕。長風送客添帆腹，積雨浮一作「扶」舟減石鱗。便合與官充水手，此生何止略知津。

〔一〕十八灘：按，《陳書·高祖紀》：「南康贛石舊有二十四灘，高祖之發也，水暴起數丈，三百里（灘）〔間〕巨石皆没。」宋邢坦齋引《廬陵志》亦云二十四灘。惟《萬安縣志》則云：贛州二百里至岑縣，又一百里至萬安，其間灘有十八，舊皆屬虔州。宋熙寧中，割地立縣，自贛城下二十里曰儲、曰鼈、曰横弦、曰天柱、曰小湖、曰銅盆、曰陰、曰陽、曰會神，以上九灘屬贛。自青洲下，至梁口乃萬安縣地，其灘曰金、曰崑崙、曰曉、曰武朔、曰小蓼、曰大蓼、曰綿、曰漂神、曰黄公。灘水湍急，惟黄公爲甚。東坡南遷，訛爲「惶恐」。趙清獻守虔州，嘗疏鑿十八灘，以殺水勢，蓋十八灘爲尤險也。

〔二〕惶恐：《坦齋通（紀）〔編〕》云：「詩人好改易地名，以就句法。（《廬陵志》二十四灘）自下而上，第一灘在萬安縣，前名黄公灘，坡乃改爲『惶恐』，以對『喜歡』。〔《廬陵志》二十四灘，坡詩乃雲『十八灘頭一葉身』，亦非也。〕」○慎按，文信國亦有「惶恐灘頭説惶恐」之句，則又因坡公而傳訛者也。

鬱孤臺公自注：以下四首皆虔州。

八境見圖畫〔一〕，鬱孤如舊游。山爲翠浪湧，水作玉虹流。日麗崆峒曉〔二〕，風酣章貢秋〔三〕。丹青未變葉，鱗甲欲生洲。嵐氣昏城樹，灘聲入市樓。烟雲侵嶺路，草木半炎州。故國千峰外，高臺十日留。他年三宿處，準擬繫歸舟。

〔一〕鬱孤臺八境：注見前十六卷中。

〔二〕崆峒：《十道志》：崆峒在虔州城南六十里，一名空山。自南康宛延而來，章、貢二水夾以北馳，一郡之望也。山巔有湖，湖有鯿艚底。人或動之，風雨立至。

〔三〕章貢：《輿地廣記》：「贛水東源出雩都，曰湖漢水，西源出南野，曰彭水。二水皆北流，合於贛縣，總爲豫章水，北流入大江。後人因贛字以湖漢水爲貢水，彭水爲章水。劉澄之遂以爲章貢合流，因以名縣，失之矣。」然趙清獻《登章貢臺》詩云：「章貢東西派，并流作贛川。」則相承已久，非始於劉澄之也。

廉　泉〔一〕

水性故自清，不清或撓之。君看此廉泉，五色爛摩尼。廉者謂我廉，我一作「何」以此名爲？有廉則有貪，有慧則有癡。誰爲柳宗元，孰是吴隱之？漁父足豈潔，許由耳何淄一作

「緇」？紛然立名字，此水了不知。毁譽有時盡，不知無盡時。揭來廉泉上，捋鬚看鬢眉。好在水中人，到處相娱嬉。

〔一〕廉泉：《方輿勝覽》：「廉泉在（虔州治東南隅）報恩寺。本張氏居，宋元嘉中，一夕霹靂，忽〔有〕涌（地爲）泉。時（以歸功太）〔郡〕守〔以廉名，故曰〕（名曰）『廉泉』。」

塵外亭〔一〕

楚山澹無塵，贛水清可厲。散策塵外遊，麾一作「揮」手謝此世。山高惜人力，十步輒一憩。却立浮雲端，俯視萬井麗。幽人宴坐處，龍虎爲斬薙。馬駒獨何疑〔二〕，豈墮山鬼計。夜垣非助我，謬敬欲其逝。戲留一轉語，千載起攘袂。

〔一〕塵外亭：注見十六卷。

〔二〕馬駒：即馬祖也，注詳十六卷。○《虔州志》：馬祖巖上有馬禪閣，及雲端、駒巖、一憩、塵外四亭。

天竺寺并引

予年十二，先君自虔州歸，爲予言：「近城山中天竺寺，有樂天親書詩云：一山門作兩山門，兩寺原從一寺分。東澗水流西澗水，南山雲起北山雲。前臺花發後臺見，上界鐘清下界聞。遥想吾師行道處，天香桂子落紛紛。筆勢奇逸，墨跡如新。」今四十七年，予來訪之，則詩已亡，有刻石存耳。感涕不已，而作是詩。

香山居士留遺跡，天竺禪師有故家〔一〕。空咏連珠吟疊璧〔二〕，已亡飛鳥失驚蛇。林深野桂寒無子，雨浥山薑病有花。四十七年真一夢，天涯流落涙一作「涕」横斜。

〔一〕天竺禪師：《方輿勝覽》：「(虔)〔贛〕州有天竺寺，在水東三里。」《名勝志》：「貢水東，舊有修吉寺。唐元和間，僧韜光自錢塘天竺駐錫於此。」

〔二〕連珠：慎按，唐宣宗《弔白居易》詩「綴玉(連)〔聯〕珠六十年」，施氏補注訛以「六」爲「三」，應改正。

過大庾嶺

一念失垢污，身心洞清浄。浩然天地間，惟我獨也正。今日嶺上行，身世永相忘。仙人拊我頂，結髮受長生。

按：趙汸《東山集》跋此詩墨跡後云：「公中歲始留心佛乘，晚節播遷嶺海，遂欲學陰長生超然遐舉。《過嶺》詩有云『仙人拊我頂』云云，蓋已信死生禍福，非人所爲矣。以垂老之年，當轉徙流離之際，而浩然無毫髪顧慮，非此事素定於中，殆未易能。」○慎又按，「仙人拊我頂」二句，係太白詩，先生偶用之，不及檢點耳。

宿建封寺曉登盡善亭望韶石三首〔一〕

其一

雙闕浮光照短亭〔二〕，至今猿鳥歗青熒。君王自此西巡狩，再使魚龍舞洞庭〔三〕。

〔一〕建封寺：失考。

〔二〕雙闕：《水經注》：「東江與利水合，水出曲江縣之韶石山，其石高百仞，廣圓五里，兩石對峙，相去一里，大小略均。」《元和郡縣志》：韶州科斗勞水之間，有韶石，狀如雙闕對峙，今呼左闕、右闕。宋韶州守方信儒銘曰：衡山之陽，有舜跡只。雙闕岧嶤，鎮南國只。山川草木，麗今昔只。韶之有聖，猶彷彿只。

〔三〕舞洞庭：慎按：《莊子·天運篇》：「北門成問於黄帝曰：『帝張咸池之樂於洞庭之野，吾始聞之，懼；復聞之，怠。』」云云。王氏舊注因先生詩，妄添「魚龍舞焉」。此四字《莊子》本文所無，爲駁正。

其二

蜀人文賦楚人辭，堯在崇山舜九疑〔一〕。聖主若非真得道，南來萬里亦何爲。

〔一〕崇山、九疑：（元和郡縣志）〔《明一統志》卷六十二〕：「崇山在（岳州）慈利縣西三十里。」（太平寰宇記）〔《元和郡縣志》卷三十〕：「九疑山在（衡州）藍山縣西南五十里。」

其三

嶺海東南月窟西〔一〕，功成天已錫玄圭。此方定是神仙宅，禹亦東來隱會稽〔二〕。

〔一〕月窟西：《長楊賦》：「西厭月蚴。」服虔注：「蚴，音窟，月所生也。」（昭明太子）〔梁簡文帝〕《大法頌》：「西踰月窟，東漸扶桑。」

〔二〕會稽：《（漢書·司馬遷傳）〔史記·太史公自序〕》：「上會稽，探禹穴。」揚雄《羽獵賦》：「入洞穴，出蒼梧。」注云：人從禹穴入，從蒼梧出也。

月華寺

〔一〕公自注：寺隣岑水場〔二〕，施者皆坑户也。百年間，蓋三焚矣。

天公胡爲不自憐，結土融石爲銅山〔三〕。萬人探一作「采」斵富媪泣，祇有金帛資豪姦。脱身獻佛意可料，一瓦坐待千金還。月華三火豈天意，至今芟舍依榛菅。僧言此地本龍象，興廢反掌曾何艱。高巖夜吐金碧氣〔四〕，曉得異石青斕斑。坑流窟發錢湧地，莫施百鎰朝千鍰。此山出寶以自賊，地脉已斷天應慳。我願銅山化南畝，爛熳黍麥蘇惸鰥。道人修道要底物，破鐺煮飯茅三間。

〔一〕月華寺：余靖《遊大峒山記》：「自韶水行七十里，得月華山，舍舟，道樵徑，又十五里，至(大峒)〔是山〕。」(齊東野語)〔《鶴林玉露》卷九〕：「(子瞻)〔坡之〕北歸，過月華寺，值其改建法堂。僧(乞)〔丐〕坡題梁，坡欣然援筆，右梁題『歲月』，左梁題云：『天子萬年，永作神主。斂時五福，敷錫庶民。地獄天官，同歸净土。有性無性，齊成佛道。』」○慎按，南遷時寺初被火，落成當在元符之末，可考而知也。

〔二〕岑水場：張端義《貴耳録》：「韶州岑水場，以滷水浸銅之地，會百萬斤鐵浸(爛)〔煉〕二十萬銅。兩廣三十六郡皆有所輸，或供鉛錫，或供銀錢，歲計四五萬緡。」《九域志》：「始興郡曲江縣有靈源、石膏、岑水三銀場，巾子一銅場。」《名勝志》：「翁源縣有岑水，一名銅水，可浸鐵爲銅，其水極腥惡，石色皆赭，不生魚鼈禾稼之屬。即曲江膽礬水，同源異流也。」○按，張氏、曹氏所載，與先生詩語相合。《九域志》以岑水爲銀場者，訛。

〔三〕銅山：《管子》：「出銅之山四百六十七。」張揖《廣雅》云：「天下名山五千二百七十，出銅之山四百六十有七，出鐵之山三千六百有九。」

〔四〕金碧氣：杜甫詩：「潤聚金碧氣，清無沙土痕。」

南華寺〔一〕

云何見祖師，要識本來面。亭亭塔中人，問我何所見。可憐明上座〔二〕，萬法了一電。飲水既自知〔三〕，指月無復眩。我本脩行人，三世積精鍊。中間一念失，受此百年譴。摳衣禮真相〔四〕，感動淚雨霰。借師錫端泉〔五〕，洗我綺語硯。

〔一〕南華寺：《傳法正宗記》六祖慧能，俗姓盧，新興人。少孤，及長，采薪供母。一日，聞客讀經，至「應無所住，而生其心」，問曰：「此法得於何人？」客曰：「此名《金剛經》，得於黃梅忍大師。」師遽告其母，即趨五祖。抵韶州，處寶林寺舊基。既得法，後返曹溪。唐景龍元年，詔改寶林爲中興寺，又贈額曰「法泉」。今南華寺是也。《高僧傳》：「六祖捨新興舊宅爲國恩寺，神龍三年，賜額「法泉」，宋太平興國三年，重建塔，改名南華寺。」

〔二〕明上座：《傳燈録》：「道明禪師聞五祖付衣（鉢）〔法〕與盧行者，即躡迹追至庾嶺，曰：『我來求法，願行者開示。』祖（示）曰：『不思善，不思惡，正恁麽時，那個是明上座本來面目？』（明）〔師〕當下大悟。」

〔三〕飲水：《楞嚴經》：「如人飲水，冷煖自知。」

〔四〕真相：《傳法正宗記》：六祖於睿宗先天元年示寂，塔真身於曹溪。柳子厚《碑記》：「憲宗元和十年，賜六祖謚曰大鑒，塔曰靈照。」

〔五〕錫端泉：《南華志》：寺中有杖錫泉。

碧落洞〔一〕公自注：在英州下十五里。

槎牙亂峰合，晃蕩絶壁横。遥知紫翠間，古來仙釋并。陽崖射朝日，高處連玉京。陰谷叩白月，夢中遊化城。果然石門開〔二〕，中有銀河傾。幽龕入窈窕，别户穿虚明。泉流下珠琲，乳湔交纓纓。我行畏人知，恐爲仙者迎。小語輒響答，空山自雷一作「白雲」驚〔三〕。策杖歸去來，治具煩方平。

〔一〕碧落洞：《始興志》：瀧頭水源出翁山，至英州城南，與瀧水合，岸旁有碧落洞，石室深邃，懸石如麾旌，有道人脩鍊於此，後尸解蜕骨，因名蜕仙臺。唐周夔《難到篇》：周羽皇游於南裔，得湞陽之石室。崆峒見月於半夜，翠竇生雲於朝日，乳枝凝露而碧落，松籟疎風而瑟瑟。

〔二〕石門開：《茅山志》：茅山石洞，《真誥》所云華陽洞天便門也。自左元放仙去，閉閡千年，至是復開。

〔三〕白雲驚：《詩眼》云：東坡「小語輒響答，空山白雲驚」，此二語全類太白。今印本訛作「自雷驚」，不但無意味，兼與上句重疊。

附程正輔次韻：

粤從渡嶺來，日見亂山横。觸目皆荒凉，寧復樂事并。誰謂亂山間，仙境通玉京。奇怪如雁蕩，清虚勝赤城。嵌高幽且深，層曲無攲傾。巨室萬仞高，天造妙難明。懸崖攢滴乳，澗水清濯纓。我來洞門開，山意如相迎。熟視石壁字，神清喜忽驚。回思紫陽山，追隨許宣平。

按：程正輔名之才，時爲嶺南監司，先生表兄也。唱和詩世多不傳，此首從《廣東舊志》采出，附録於此。

何公橋〔一〕

天壤之間，水居其多。人之往來，如鵜在河。順水而行，雲馳烏疾。維水之利，千里咫尺。亂流而涉，過膝則止。維水之害，咫尺千里。沔彼濫觴，蛙跳鯈游。溢而懷山，神禹所憂。豈無一木，支此大壞。舞於盤渦，冰折雷解。坐使此邦，畫爲兩州。雞犬相聞，胡越莫救〔二〕。允毅何公，甚勇於仁。始作石梁，其艱其勤。將作復止，更此百難。公心如鐵，非石則堅。公以身先，民以悦使。老壯負石，如負其子。疏爲玉虹，隱爲金隄〔三〕。直欄横檻，百賈所栖。我來與公，同載而出。讙呼填道，抱其馬足。我嘆而言，視此滔滔。未見剛者，孰爲此橋。願公千歲，與橋壽考。持節復來，以慰父老。如朱仲卿，食於桐鄉。我作銘詩，子孫不忘。

〔一〕何公橋：《洪容齋三筆》：「英州小市，江水貫其中，舊架木爲橋，數年輒爲（水）〔湍潦所〕壞。郡守建安何智甫，始疊石爲之。方成，而東坡還自海外，何求文以記，坡作四言詩一首，凡五十六句，今載《後集》第八卷。予侍親居英，與僧希賜遊南山，步過橋上，讀詩碑。希賜曰：『真本藏何氏，此有石刻，經黨禁亦不存，今以板刻之。』乃希賜所書也。賜因言：『何公初請記（時），坡爲賦此詩。既大書矣，而未遣送郡，何復來謁。坡曰：「軾未到橋所，難以想像落筆。」何即命具食，拉（公）〔坡〕偕往。坡曰：「使君是地主，宜先升車。」何謝不敢，乃並轎而行。既至，坡曰：「正堪作詩。」抵暮送與之。』坡公作詩時，建中靖國元年辛巳。予聞希賜語時，紹興十七年丁卯，相去四十六年。」云云。

〔二〕莫救：按，《玉篇》、《廣韻》，「救」字皆去聲，無叶平韻者，今與「州」字叶，似從平韻，不知何據。

〔三〕金隄：《漢書·溝洫志》注：金隄，河隄名也，在東郡白馬界。

慎按：施氏原本《何公橋》詩，編《碧落洞》之後，此必紹聖初作，容齋以爲建中靖國元年作，恐未足據。新刻本載《續補》卷末，今改正，以存施本之舊。又按，《廣東舊志》云：「何公橋，熙寧間建。」郡守何智甫，《志》以爲何智茂，當以《容齋三筆》爲正。

峽山寺〔一〕

公自注：《傳奇》所記孫恪、袁氏事，即此寺。至今有人見白猿者。

天開清遠峽〔二〕，地轉凝碧灣〔三〕。我行無遲速，攝衣步孱顔。山僧本幽獨，乞食況未還。雲碓水自舂，松門風爲關。石泉解娱客，琴筑鳴空山。佳人劍翁孫，游戲暫人間。忽憶嘯雲侣，賦詩留玉環〔四〕。林深不可見，霧雨霾一作「埋」髻鬟。

〔一〕峽山寺：《廣東舊志》載《峽山寺記》云：「二禺穹窿對峙，如劈太華，束隘江流。《茅君傳》（稱）爲第十九福地。梁普通元年，峽有二神，化爲居士，夜叩舒州延祥寺真俊禪師寢室，曰：『峽山據清遠上流，吾欲建一道場，師居之乎？』真唯諾。中夜，風雨大作。遲明，啓户，寺已移置峽山。郡邑上其事，賜額曰『至德』，宋時改飛來寺。」

〔二〕清遠峽：《元和郡縣志》：「觀亭山，一曰觀峽，一名中宿峽。」《太平寰宇記》：「觀亭山，一名觀峽山。」吴萊《南海古跡記》：「中宿峽，一曰峽山，在清遠縣東，山對峙江中。」

〔三〕凝碧灣：《名勝志》：清遠峽前有凝碧灣，其水紺碧。

〔四〕賦詩留環：《峽山寺記》：「唐廣德中，孫恪在洛中納袁姓女爲室，後携至此，袁持一碧玉環獻老僧，曰：『是此寺舊物。』僧初不曉，尋有野猿數十捫蘿而躍，袁氏惻然，因題詩曰：『無端變化幾湮沉，剛被恩情役此心。不如逐伴歸山去，長嘯一聲烟霧深。』遂裂衣化猿而去。老僧方悟昔年所養白猿，玉環則胡人所施，以係其頸者也。」

散郎亭

法花下有散郎亭，老樹荒崖如有情。歡戚已隨時事去，壁間只有古人名。

柏家渡

柏家渡西日欲落，青山上下猿鳥樂。欲因新月望吴雲，遥看北斗掛南岳。一夢愔愔四十秋，古人不死終未休。草舍蕭條誰與語，香風吹過白蘋州。

慎按：以上二詩，施氏原本俱不載。據《外集》，載南遷卷中，今從《續補》上下卷移編。

清遠舟中寄耘老

小寒初度梅花嶺，萬壑千巖背人境。清遠聊爲泛宅行，一夢分明墮鄉井。覺來滿眼是湖山，鴨緑波摇鳳凰影。海陵居士無雲梯，歲晚結廬潁水湄。山腰自懸蒼玉珮，野馬不受黄金羈。門前車蓋獵獵走，笑倚清流數鬢絲。汀洲相見春風起，白蘋吹花散煙水。萬里飄蓬未得歸，目斷滄浪泪如洗。北雁南來遺素書，苦言大浸没我廬。清齋十日不然鼎，曲突往往巢鼃魚。今年玉粒賤如水，青銅欲買囊已虚。人生百年如寄耳，七十朱顔能有幾。

有子休論賢與愚，倪生枉欲帶經鋤。天南看取東坡叟，可是平生廢讀書。

慎按：賈耘老，吴興人，初無結廬潁水之事。《苕溪漁隱》謂耘老有水閣於苕溪之上。《吴興掌故集》云：「賈收所居名浮暉閣，人因稱爲浮暉老人。」亦未嘗有海陵居士之稱。此詩施氏原本不載，新刻載《續補》上卷，今因地附編。

舟行至清遠縣〔一〕見顧秀才極談惠州〔二〕風物之美

到處聚觀香案吏，此邦宜着玉堂仙。江雲漠漠桂花濕，梅雨翛翛荔子然。聞道黄柑常抵鵲，不容朱橘更論錢。恰從神武來弘景，便向羅浮覓稚川〔三〕。

〔一〕清遠縣：《漢書·地理志》：「南海郡有中宿縣。」《元和郡縣志》：「〔清遠〕縣（東有中宿峽），梁武帝於此置清遠郡，中宿縣屬焉。隋廢郡置縣，〔中宿峽在縣東〕。」《九域志》：「清遠縣在廣州西北二百四十里。」

〔二〕惠州：《元和郡縣志》：「秦南海郡，隋分立循州。」《輿地廣記》：「五代時，南漢改曰禎州，而别立循州於北境。」《太平寰宇記》：「（禎）〔湞〕州，本循州舊理，僞漢劉龔移循州於雷鄉縣，於歸善縣置禎州。」天禧中，避仁宗諱，改惠州。西至廣州四百〔二十五〕里。

〔三〕羅浮覓稚川：《晉書》：「葛洪，字稚川，句容人。以年老，欲煉丹以祈遐壽。聞交阯出丹砂，求爲勾漏令。行至廣州，刺史鄧嶽留，不聽，去。洪乃止羅浮煉丹，在山積年。後忽與嶽疏曰：

『當遠行尋師，尅期便發。』嶽得疏，往別。而洪坐至日中，兀然若睡而卒，時年八十一，(人)〔世〕以爲尸解得仙云。」○慎按，稚川至廣州，時年已老。尋，卒於羅浮，未嘗至勾漏也。本傳叙次甚明，而《北流志》云：「洪爲勾漏令，於寶圭峒修煉成仙。」《鬱州志》則云：「洪訪羅山修煉，後游勾漏而去。」先生《與王定國書》亦云：「稚川求爲勾漏令，而竟化於廉州。」諸説紛紛，與本傳不合，當從《晉書》爲是。

廣州〔一〕蒲澗寺〔二〕公自注：地産菖蒲十二節。相傳安期生之所居，秦始皇訪之於此。

不用山僧導我前，自尋雲外出山泉。千章古木臨無地，百尺飛濤瀉漏天〔三〕。昔日菖蒲〔四〕方士宅〔五〕，後來薝蔔祖師禪〔六〕。而今只有花含笑，笑道秦皇欲一作「好」學仙。公自注：山中多含笑花。

〔一〕廣州：《元和郡縣志》：「秦南海郡，漢屬交阯刺史，吴孫皓時置廣州。」《太平寰宇記》：「嶺南道廣州(南)〔清〕海軍節度，治南海縣，北至韶州五百〔三十〕里。」

〔二〕蒲澗寺：顧微《廣州記》：「熙安縣東北有菖蒲澗。」《太平寰宇記》引裴氏《廣州記》云：「蒲澗，水從盤石上過，甘冷異於常流。」《廣州舊志》：番禺縣有玉虹洞，南曰聚龍崗，東北六十里，有蒲澗寺，在白雲山麓，淳化元年建。

〔三〕漏天：任昇《梁益記》：「大小漏天在雅州西北。」《太平寰宇記》：「(卭都)〔越巂〕縣漏天，夏秋常雨。」

〔四〕菖蒲：嵇含《南方草木狀》：「番禺東有澗，澗中生菖蒲，皆一寸九節。安期生采服仙去，但留玉舄焉。」

〔五〕方士宅：《南越志》：「宋咸平中，姚成甫於蒲澗側遇一丈夫，曰：『此菖蒲，安期生所餌，可以忘老。』今俗以七月二十五日安期生上昇，相率爲蒲澗之游，履綦騈錯。」

〔六〕祖師禪：《傳法正宗記》：「達摩念震旦緣熟，行化時至。乃泛重溟，三周寒暑，達於南海，梁普通元年九月二十一日也。廣州刺史蕭昂迎禮表聞。」

贈蒲澗信長老

優鉢曇花豈有花〔一〕，問師此曲唱誰家。已從子美得桃竹，公自注：此山有桃竹，可作杖，而主人不識，予始録子美詩遺之。不向安期覓棗瓜。燕坐林間時有虎，高眠粥後不聞鵶。勝游自古兼支許，爲采松肪寄一車。

〔一〕優鉢曇：《翻譯名義集》：「優曇鉢羅，此云瑞應。閻浮提内有尊樹王，名優曇鉢，有實無華。若優曇鉢有金華者，世乃有佛。」《太平寰宇記》：「廣州産優曇鉢，似枇杷，無花而實。」

慎按：施氏原本題云「贈蒲澗信長老」，新刻及諸本俱脱去「信」字，今補存。

發廣州

朝市日已遠，此身良自如。三杯軟飽後，公自注：浙人謂飲酒爲軟飽。一枕黑甜餘。公自注：俗謂睡爲黑甜。蒲澗疎鐘外，黄灣落木初。天涯未覺遠，處處各樵漁。

浴日亭〔一〕公自注：在南海廟前〔二〕。

劍氣峥嶸夜插天，瑞光明滅到黄灣。坐看暘谷浮金暈，遥想錢塘涌雪山。已覺滄涼蘇病骨，更煩沆瀣洗衰顔。忽驚鳥動行人起，飛上千峰紫翠間。

〔一〕浴日亭：《山海經》：「大荒之中，暘谷有扶桑（木），十日所浴。九日居上枝，一日居下枝。」《廣州志》：浴日亭，在扶胥鎮海神廟之右。小山屹立，亭冠其上，前瞰大海。夜半，日漸自東海出，故名。後改名拱日。去廣州東南八十里。《名勝志》：「城南江中有海珠石，是曰珠江。東過峴江，匯於南海廟前。海隅日出，水中見之，是謂波羅江。」

〔二〕南海廟：《廣州志》：南海廟創自隋時，唐天寶間，封海神爲廣利王。元和十一年，韓愈撰碑文，廣州刺史孔戣立。按，海神姓祝，名赤。

附劉克莊《追和浴日亭韻》：從《後村居士集》采出。

亭旁喬木拂雲天，亭下高桅泊晚灣。白是張騫曾泛水，青疑徐福所求山。羊城隔霧愁回首，鯨浸收風喜見顔。却笑金烏并玉兔，辛勤出没雪濤間。

游羅浮山一首示兒子過〔一〕

人間有此白玉京，羅浮見日雞一鳴。公自注：劉夢得有詩，記羅浮夜半見日事，山不甚高，而夜見日，此可異也。南樓未必齊日觀，鬱儀自欲朝朱明〔二〕。公自注：山有二石樓〔三〕，今延祥寺在南樓下，朱明洞在冲虚觀後〔四〕，云是蓬萊第七洞天。東坡之師抱樸老，真契久已交前生。玉堂金馬久流落，寸田尺宅今誰耕。道華亦嘗啖一棗〔五〕，公自注：唐永樂道士侯道華，竊食鄧天師藥，仙去。永樂有無核棗，人不可得，道華獨得之。予在岐下，亦嘗得食一枚。契虚正欲仇三彭。公自注：唐僧契虚遇人，導游稚川仙府。真人問曰：汝絶三彭之仇乎？契虚不能答。鐵橋石柱連空横〔六〕，公自注：山有鐵橋、石柱，人罕至者。杖藜欲趁飛猱輕。雲溪夜逢瘖虎伏〔七〕，公自注：山有啞虎巡山。斗壇晝出銅龍獰〔八〕。公自注：冲虚觀後有朱真人朝斗壇。近於壇上獲銅龍六，銅魚一。按，「獰」别本作「吟」，訛。小兒少年有奇志，中宵起坐存黄庭。近者戲作凌雲賦，筆勢彷彿《離騷經》。負書從我盍歸去，群仙正草《新宫銘》〔九〕。汝應奴隸蔡少霞〔一〇〕，我亦季孟山玄卿。公自注：唐有夢書《新宫銘》者，云紫陽真人山玄卿撰，其略曰：「良常西麓，原澤東泄。新宫宏宏，崇軒𨏥𨏥。」又有蔡少霞者，夢人遺書碑，略曰：「昔乘魚車，今履瑞雲。躅空仰途，綺輅輪囷。」其末題云：「五雲書閣吏蔡少霞書。」還須略報老同叔，贏糧萬里尋初平。公自注：子由一字同叔。

〔一〕羅浮：《太平寰宇記》：「羅浮山在博羅縣。」又引《南越志》云：「增城縣東有羅浮山。浮水出焉，是爲浮山，與羅山並體，故曰羅浮。嶮尖之峰四百(四)〔三〕十二，上則三峰争竦，各五六千仞。北通勾曲之山，即《茅君内傳》云第七洞，名朱明耀真之天。璇房瑶室，七十有二，泉源之府，九百八十有三。」徐道覆《羅浮山記》：「山在增城、博羅二縣界，有七十二長溪。」鄒師正《羅浮指掌圖》：「山高三千六百丈，袤直五百里。」又云飛雲峰，夜半見日出，上有見日庵。

〔二〕鬱儀朝朱明：《雲笈七籤》有《鬱儀結璘奔日月圖》，又有《鬱儀奔日赤景玉文》○朱明：《山志》：「朱明洞在冲虚觀後，周迴五里，夜半見日，名曰朱明耀真之天，羅山青精先生朱靈芝所治。靈芝，漢大宛人，事太素真人，受青精飯之方，餌之，爲太極仙卿，治此洞。」

〔三〕石樓：《羅浮指掌圖》：「山有大、小石樓，相去五里。重檐四柱如樓，登之可見日出。樓前石門，方廣可容几席。」《太平寰宇記》引裴淵《廣州記》云：「羅、浮二山隱天，惟石樓一路可登。」

〔四〕冲虚觀：《羅浮志》：「冲虚觀在羅浮之西，延祥寺東七里，即葛仙翁所居。東坡書『葛洪仙竈』四字。」

〔五〕道華：《續仙傳》：「侯道華自言峨眉山來，泊於河中永樂觀。殿梁上或有(神)〔異〕光，相傳開元中(有)鄧天師嘗煉丹成，人不敢服，藏之於殿梁。道華登梁，復見神光於梁上，陷中，鑿木，得一合，三重，内有小金合(子)，有丹，遂吞之。擲下其合後，揮手謝道俗，隱隱凌雲而去。」

〔六〕鐵橋：《羅浮指掌圖》：「鐵橋峰在羅、浮二山相接處，是爲泉源福地。」

〔七〕瘖虎：《山志》：「啞虎洞在朱明洞側，有黄野人者，得葛洪遺丹，服之成仙，啞虎爲之守門。」

〔八〕斗壇：《指掌圖》：「（朝斗壇在）朱明洞口〔有朝斗壇〕。」

〔九〕《新宫銘》：「良常西麓，源澤東泄。新宫宏宏，崇軒轋轋。雕珉盤礎，鏤檀竦楶。碧瓦鱗差，瑶堦肪截。閣凝瑞霧，樓横祥霓。騶虞巡徼，昌明捧闑。珠樹規連，玉泉矩洩。靈飈遐集，聖日俯晰。太上游儲，無極便闕。百神守護，諸真班列。仙翁鵠立，道師冰潔。玉成漿饌，瓊爲糜屑。桂旗不動，蘭幄互設。妙樂競奏，流鈴間發。天籟虚徐，風簫冷徹。鳳歌諧律，鶴舞應節。三變玄雲，九成絳雪。易遷徒語，童初詎説。如毁乾坤，自有日月。清寧二百三十一年四月十二日建。」○右《新宫銘》全文，載《容齋隨筆》。中云：「山玄卿之文，嚴整高妙，非嵇叔夜、李太白之流不能，今（全録以備考）〔紀於此云〕。」

〔一〇〕蔡少霞：薛用弱《集異記》：「少霞，陳留人。幼而奉道，早歲明經得第，再授兖州泗水丞，遂於縣東買山，爲終焉之計。後修道尤（力）〔劇〕，元和初物故。」鄭還古爲立傳。

慎按：《容齋隨筆》云：「東坡《遊羅浮》詩，其末乃云『負書從我盍歸去，群仙正草《新宫銘》。汝應奴隸蔡少霞，我亦季孟山玄卿』。自注云云。」按，《集異記》所載，蔡少霞夢人召去令書碑，題云「蒼龍溪新宫銘，紫陽真人山玄卿撰。」其詞三十八句，不聞有五雲閣吏之説。「魚車」、「瑞雲」四語，乃《逸史》載陳幼霞事，後云：「蒼龍溪主歐陽某撰。」蓋坡公訛以陳幼霞爲蔡少霞耳。

附子由次韻：

客迷墮澗逢玉京，雲行天喬風號鳴。暗中過盡石髓滑，驚喜觀闕朝霞明。東坡南去類此客，擠者力盡非求生。偶然瀕海少氛氣，復有福地容躬耕。諸侯歷聘謝魯叟，茅簷宴坐師老彭。天樞旋結日珠重，人寰下視鴻毛輕。俗緣漸覺冰雪解，元氣乍復蛟虬獰。遠遊脱屣入蓋竹，初怪長史留家庭。後來玉斧小兒子，亦入《真誥》參仙經。試令子弟學諸許，還家不用劍閣銘。洞天聞亦有圖籍，但恐未免如公卿。此心願與世無事，不願與世平不平。

十月二日初到惠州

彷彿曾游豈夢中，欣然雞犬識新豐。吏民驚怪坐何事，父老相攜迎此翁。蘇武豈知還漠北，管寧自欲老遼東。嶺南萬户皆春色，公自注：嶺南萬户酒。會有幽人客寓公。

慎按：《宋史·哲宗本紀》：紹聖元年六月，侍御史來之邵等疏：蘇軾詆斥先朝。罪再謫惠州。王宗稷所編《年譜》，先生以十月三日到惠州，此詩題云「二日」，存以備考。

附唐庚《聞東坡先生貶惠州作》：

元氣脱形數，運動天地内。東坡未離人，豈比元氣大。天地不能容，伸舒輒有礙。低頭不能仰，閉口焉敢咳。東坡坦率老，局促應難耐。何當與道俱，逍遥天地外。

寓居合江樓〔一〕

海山一作「上」葱曨氣佳哉，二江合處朱樓開。蓬萊方丈應不遠，肯爲蘇子浮江來。江風初涼睡正美，樓上啼鴉呼我起。我今身世兩相違，西流白日東流水。樓中老人日清新，天上豈有癡仙人。三山咫尺不歸去，一杯付與羅浮春。公自注：予家釀酒，名羅浮春。

〔一〕合江樓：《名勝志》：「東江源自江西贛州，經龍川縣來，遶白鶴峰之陰，至惠州城東，亦謂之龍川江。西江自九龍山西流二百二十里，亦至城東，與龍江合流，至石灣西南，經虎頭門入海。其匯流處有合江樓，即府城之東門樓也。」危太樸《東坡書院記》：「公初至惠州，寓居合江樓數日，遷嘉祐寺。」

惠州靈惠院壁間畫一仰面向天醉僧云是蜀僧隱巒一作「巒」所作題詩於其下

直視無前氣吐虹，五湖三島在胸中。相逢莫怪不相揖，只見山僧不見公。

慎按：此詩題一本云「題靈峰寺壁」。施氏原本不載，今從新刻《續補》下卷，因地移編。

白水山佛跡巖〔一〕公自注：羅浮之東麓也，在惠州東北二十里。

何人守蓬萊〔二〕，夜半失左股。浮山若鵬蹲，忽展垂天羽。根株互連絡，崖嶠争吞吐。神工自爐鞲，融液相綴補。至今餘隙罅，流出千斛乳。方其欲合時，天匠麾月斧。帝觴分餘瀝〔三〕，山骨醉后土。峰巒尚開闔，澗谷猶呼舞。海風吹未凝，古佛來布武。當時汪罔氏，投足不蓋拇。青蓮雖不見，千古落花雨。雙溪匯九折〔四〕，萬馬騰一鼓。奔雷濺玉雪，潭洞開水府。潛鱗有飢蛟〔五〕，掉尾取渴虎。我來方醉後，濯足聊戲侮。回風卷飛雹，掠面過强弩。山靈莫惡劇，微命安足賭一作「覩」，訛。此山吾欲老，慎勿厭求取。谿流變春酒，與我相賓主。當連青竹竿，下灌黄精圃〔六〕。

〔一〕佛跡巖：《廣東舊志》：「石鼓嶺在博羅縣北，又二十里爲象山，其相連者爲白水山。旁有巨人跡，謂之佛跡巖，其西有佛跡院。唐(子西)〔庚〕記云：『巨人跡長三肘，量闊稱之。散印於巖石之上，深者二寸許。』」

〔二〕蓬萊：《太平寰宇記》：「浮山本名蓬萊山，一峰在海中，與羅山合。」《羅浮志》：浮山乃蓬萊之一島，堯時自會稽浮海而至。

〔三〕餘瀝：《晉書·陸納傳》：「今有一斗，以備杯杓餘瀝。」劉峻《廣絶交論》：「霑玉斝之餘瀝。」

〔四〕雙溪：《羅浮志》：鐵橋峰有石如梁，湍水出焉。分東西流，注於潭，又南注於淵。五龍所蟠，謂之神湖。《羅浮指掌圖》：泉源山在羅、浮二山接連處，俗呼爲分水凹，下接龍王坑。

〔五〕潛鱗：《唐子西語録》：「東坡詩序事言簡而意盡，惠州有潭，潭有潛蛟，人未之信也。虎飲水其上，蛟尾而食之，俄而浮骨水上，人方知之。東坡以十字（説）〔道〕盡，云『潛鱗有飢蛟，掉尾取渴虎』，（虎著）〔言〕『渴』字，便知虎以飲水而召災；言『飢』，則知蛟食其肉矣。」

〔六〕黄精：《博物志》：「太陽之草名曰黄精，餌之可以長生。」世傳華佗《漆葉青黏散》云：「青黏，乃黄精之正葉者。」《抱朴子·仙藥篇》：「黄精，名兔竹，一名垂珠。服其華，勝其實；服其實，勝其根。」

咏湯泉〔一〕公自注：在白水山。

積水焚大槐，蓄油災武庫。驚然丞相井，疑浣將軍布。自憐耳目隘，未測陰陽故。鬱攸火山烈，觱沸湯泉注。豈惟渴獸駭，坐使癡兒怖。安能長魚鼈，僅可燖狐兔。山中惟木客，户外時芒屨。雖無傾城浴，幸免亡國污。

〔一〕湯泉：唐子西《湯泉記》：「佛跡院中涌出二泉，其東湯泉，其西雪如泉。二泉相去步武，而東泉熱甚，不（堪）〔可〕觸指。以西泉解之，（纔）〔調〕適沐（浴）。」此物理之不可解者。

自笑一首

子石如琢玉，遠烟真削黳。入我病風手，公自注：古語云：磨墨如病風手。玄雲渰萋萋別本作「凄」者，訛。是中有何好，而我喜欲迷。既似蠟屐阮，又如鍛柳嵇。醉筆得天全，宛宛天投蜺。多謝中書君，伴我此幽棲。

無　題

六秩行當啓，區中緣更疎。不貪爲我寶，安步當君車。故國多喬木，先人有敝廬。誓將閒散好，不著一行書。

慎按：先生南遷時，年五十九，故此詩首句云「六秩行當啓」，施氏原本不載，今從《續補》下卷移編。

朝雲詩并引

世謂樂天有「粥駱馬放楊柳枝」詞，嘉其主老病，不忍去也。然夢得有詩云：「春盡絮飛留不得，隨風好去落誰家。」樂天亦云：「病與樂天相伴住，春隨樊子一時歸。」則是樊素竟去也。予家有數妾，四五年相繼辭去，獨朝雲者，隨予南遷。因讀《樂天集》，戲作此詩。朝雲，姓王氏，錢唐人。嘗有子曰幹兒，未期而夭云。

不似楊枝別樂天，恰如通德伴伶玄。阿奴絡秀不同老，天女維摩總解禪。經卷藥爐新活計，舞衫歌扇舊因緣〔一〕。丹成逐我三山去，不作巫陽雲雨仙〔二〕。

〔一〕舞衫歌扇：《容齋三筆》：「唐人好以『歌扇』、『舞衣』爲對。李義山：『鏤月爲歌扇，裁雲作舞衣。』劉希夷：『池月憐歌扇，山雲愛舞衣。』老杜亦云：『江清歌扇底，野曠舞衣前。』儲光羲云：『竹吹留歌扇，蓮香入舞衣。』」

〔二〕巫陽雲雨仙：《藝苑雌黄》云：「東坡嘗令朝雲乞詞於少游，少游作《南歌子》贈之，云：『靄靄迷春態，溶溶媚曉光。不應容易下巫陽，只恐翰林前世是襄王。暫爲清歌住，還因春雨忙。瞥然歸去斷人腸，空使蘭臺公子賦高唐。』」先生結二句，似因此詞翻案。

按：《苕溪漁隱叢話》云：「東坡《朝雲詩》詩意絶佳，善於爲戲，略去洞房之氣味，翻爲道人之家風。非若樂天所云『櫻桃樊素口，楊柳小蠻腰』，但自詫其佳麗也。」○慎按，《樂天集》有《別楊柳枝》詩，云：「愁與樂天相伴住，春隨樊子一時還。」並無小蠻之名。

寄虎兒

獨倚桄榔樹〔一〕，閒挑畢撥根〔二〕。謀生看拙否，送老此蠻村。

〔一〕桄榔：《南方草木狀》：「桄榔似栟櫚實，皮中有屑如麪，多者至數斛，木性如竹，紫黑色，有紋理。」《北户録》：「桄榔與椰子、檳榔小異，木如莎樹。」

〔二〕畢撥：《南方草木狀》：「蒟醬，（畢撥）〔蓽茇〕也。生於蕃國者大而紫，謂之（畢撥）〔蓽茇〕；生於番禺者小而青，謂之蒟。多種蔓生。」

十一月二十六日松風亭下梅花盛開〔一〕

春風嶺上淮南村〔二〕，昔年梅花曾斷魂。公自注：予昔赴黄州，春風嶺上見梅花，有兩絶句，明年正月往岐亭，道上賦詩云：去年今日關山路，細雨梅花正斷魂。豈知流落復相見，蠻風蜑雨愁黄昏。長條半落荔支浦，卧樹獨秀桄榔園。豈惟幽光留夜色，直恐冷豔排冬温。松風亭下荆棘裏，兩株玉蕊明朝暾〔三〕。海南仙雲嬌墮砌，月下縞衣來扣門。酒醒夢覺起繞樹，妙意有在終無言。先生獨飲勿歎息，幸有落月窺清尊。

〔一〕松風亭：《名勝志》：「松風亭在惠州學舍之東，昔爲嘉祐寺（之故）址。」

〔二〕春風嶺：張文潛《明道雜志》：「自新息縣東門渡淮，後入光州境，皆大山峻嶺，其著者曰驢笑、門限、春風，皆嶺名也。」《方輿勝覽》：春風嶺在麻城縣治東，嶺上多梅故名。

〔三〕玉蕊：《雍録》：「玉蕊，名鄭花。唐昌觀玉蕊花，長安惟有一株，黄山谷名之曰山礬。」〇按，先生詩不過借此二字以形容梅花之白耳。曹能始於惠州條下引先生此詩，乃云「松風亭有玉蕊花」，所謂癡人前不可説夢也。

附晁无咎次韻：

霜晴十月玉溪村，見梅早開客迷魂。山阿若有人含睇，跂望不到烟霄昏。東南野寺通兩徑，上下竹籬開一園。落身麴蘖盆盎裹，晨坐對花無酒温。歸來山月照玉蕊，一杯竟卧東方暾。羅浮幽夢入仙窟，有屨亦滿先生門。欣然得句荔支浦，妙絶不似人間言。詩成莫嘆形對影，尚可邀月成三尊。

按：朱紫陽有次韻三首，非嶺外所作，故不附録。

再用前韻

羅浮山下梅花村〔一〕，玉雪爲骨冰爲魂。紛紛初疑月掛樹，耿耿獨與參横昏〔二〕。先生索居江海上，悄如病鶴棲荒園。天香國豔肯相顧，知我酒熟詩清温。蓬萊宫中花鳥使，緑衣倒掛扶桑暾。公自注：嶺南珍禽有倒掛子，緑衣紅喙，如鸚鵡而小，自海東來，非塵埃中物也。抱叢窺我方醉卧，故遣啄木先敲門。麻姑過君急掃灑一本作「灑掃」，鳥能歌舞花能言。酒醒人散山寂寂，惟有落蕊黏空尊。

〔一〕梅花村：《名勝志》：「飛來峰在羅浮山(東)〔西〕南，其下有梅花村。隋趙師雄過此，見美人淡粧素服，遂與共飲，醉寐，及醒，乃在梅花樹下。」《惠州志》載博羅陳少微住梅花村，即此也。

〔二〕參横昏：《容齋隨筆》：「今人梅花詩詞多用『參横』字，蓋出柳子厚《龍城録》所載趙師雄事。然此妄書，或以爲劉無言作。其語云：『東方已白，月落參横。』且以冬半視之，黄昏時參已見，至丁夜則西没矣，安得將旦而横乎？少游詩『月落參横畫角哀』，承此訛也。惟坡云『耿耿獨與參横昏』，乃爲精當。老杜『天横醉後參』，蓋初秋作也。」

附晁无咎再次韻：

幽閒合出昭君村，芳絜恐是三閭魂。無人嶺上更偎好，不與俗花名合昏。蒼官森出劍珮列，甲夫密裹旗槍園。數株凌水欲仙去，一笑向人如玉温。火維草木百名字，十月不冷常炎暾。同心紫蒂宜上苑，啄人虎豹如司門。借令驛使能遠致，要比桃李終無言。豈惟千里共明月，亦可千里同芳尊。

新釀桂酒

擣香篩〔一〕辣入瓶盆〔二〕，盎盎春溪帶雨渾。收拾小山藏社甕〔三〕，招呼明月到芳尊〔四〕。酒材已遣門生致，菜把仍叨地主恩。爛煮葵羹斟桂醑，風流可惜在蠻村。

〔一〕擣簁：《法華經》：「〔求〕好（求）藥草，色香美味，皆悉具足，擣簁和合，與子令服。」

〔二〕瓶盆：《禮記》：「盛於盆，尊於瓶。」

〔三〕社甕：羅隱詩：「會待與君開社甕，滿船載月鏡中行。」

〔四〕小山、明月：暗用淮南「叢桂」及天竺月中桂子事，非泛設也。

惠守詹君見和復次韻〔一〕

已破誰能惜甑盆，頹然醉裹得全渾。欲求公瑾一倉米，試滿莊生五石尊。三杯卯困忘家事，萬户春濃感國恩。刺史不須要半道，籃輿未暇走山村。

〔一〕詹守：《惠州志》：詹範，字器之，建安人。紹聖間，知惠州，時兵荒之後，野多暴骨，範取而掩之，爲叢冢焉。

花落復次前韻

玉妃謫墮烟雨村，先生作詩與招魂。人間草木非我對，奔月偶桂成幽昏〔一〕。闇香入户尋短夢，青子綴枝留小園。披衣連夜喚客飲，雪膚滿地聊相温。松明照坐愁不睡〔二〕，井華入腹清而暾。先生來年六十化，道眼已入不二門。多情好事餘習氣，惜花未忍都無言。留連一物吾過矣，笑領百罰空罍尊。

〔一〕偶桂：謂與桂爲配也，别本作「掛」者，訛。

〔二〕松明：本集有《夜燒松明火》詩，見後。

按：《詩人玉屑》云：「東坡『暾』字三首，皆擺落陳言，古今人未嘗經道者。三首並妙，第二首尤奇。」

附晁无咎次韻：

梅花落盡上饒村，腸斷子規啼月魂。慰人獨有白玉蕊，不到窗前只醉昏。坐罏環甕不舉首，浮花浪蕊空滿園。海山有客心似水，揮麈自散炎洲温。松風亭下亦如夢，不見枝雪流初暾。孫登一絃百韻足，有山便足同蘇門。似聞對客但長嘯，獨爲此花終日言。一篇尚可三致意，聽人酌去如觶尊。

江　郊并引

惠州歸善縣治之北〔一〕，數步抵江。少西，有盤石小潭，可以垂釣，作《江郊》詩云。

江郊葱曨，雲水蒨絢。碕岸斗入，洄潭輪轉。先生悦之，布席閒燕。初日下照，潛鱗俯見。

意釣忘魚，樂此竿綫。優哉悠哉，玩物之變〔三〕。

〔二〕歸善縣：《元和郡縣志》：「漢博羅縣地，宋於此置歸善縣。梁屬梁化郡，隋開皇十年廢郡，以屬循州。」《太平寰宇記》：「秦漢龍川縣地。唐貞觀九年，省龍川入歸善縣。」移治白鶴峰之陽。今屬惠州，城北有釣潭。

〔三〕玩物之變：《繫辭》：「居則觀其象而玩其辭，動則觀其變而玩其占。」

詹守攜酒見過用前韻作詩聊復和之

箕踞狂歌老瓦盆，燎毛燔肉似羌渾。傳呼草市來攜客，灑掃漁磯共置尊。山下黄童争看舞，江干白骨已銜恩。公自注：時詹方議葬暴骨。孤雲落日西南望，長羨歸鴉自識村。

【校記】

一、《壺中九華詩》注二引《西湖遊覽志餘》引宋人詩話云云，今本《西湖遊覽志餘》無此引文，疑誤。按，引文所謂「宋人詩話」者，實爲宋方勺《泊宅編》，引文見是書卷中「湖口」條。〇注五引《文獻通考》「永嘉周去非有《嶺外代答》十卷，中一條云」云云。按，《文獻通考》卷二百五《經籍考三十二·史地理》僅載「《嶺外代答》十卷」六字，注曰「陳氏曰，永嘉周去非撰，去非癸未進士，至郡倅，所記皆廣西事」，而無初白之引文。按，引文所載周去非「五嶺之説」云云，見《嶺外代答》卷一「五嶺」條。

二、《過大庾嶺》按語引「趙汸《東山集》跋此詩墨跡後」云云，引文見趙汸《東山集》卷五，引文於原文實爲兩條，其中「公中歲始留心佛乘，晚節播遷嶺海，遂欲學陰長生超然遐舉」三句，出自《書東坡尺牘後》，引文自「《過嶺》詩有云仙人拊我頂」至末，乃出自另一篇《跋東坡墨跡後》，初白合二爲一。

三、《宿建封寺曉登盡善亭望韶石三首·其二》注一引《元和郡縣志》「崇山在岳州慈利縣西三十里」云云，誤。《元和郡縣志》無此引文，實引自李賢《明一統志》卷六十二《岳州府·山川》「崇山」條。○同注又引《太平寰宇記》「九疑山在衡州藍山縣西南五十里」云云，亦誤。此段引文實引自李吉甫《元和郡縣志》卷三十《江南道五·郴州》「九凝山」條。

四、同上《其三》注一引昭明太子《大法頌》「西踰月窟，東漸扶桑」云云，誤。《大法頌》乃簡文帝蕭綱爲太子時所作，非昭明太子作也。明梅鼎祚《釋文紀》卷二十一有蕭綱《上大法頌表》，《大法頌》後有梁武帝《敕答》：「皇帝問太子省表并見，所製《大法頌》詞義兼美，覽以欣然。」○注二引《漢書·司馬遷傳》「上會稽，探禹穴」云云，誤，此引文實出自《史記》卷一百三十《太史公自序》。

五、《月華寺》注一引《齊東野語》云云，誤。《齊東野語》無此引文，實引自宋羅大經《鶴林玉露》乙編卷之二「東坡書畫」條。

六、《南華寺》注一引《傳法正宗記》云云，今本《傳法正宗記》無此引文，實轉引自覺岸《釋氏稽古略》

卷三唐玄宗開元元年「六祖慧能大士尊者」條，而文字頗異，乃撮其意而引之也。

七、《峽山寺》注一引《廣東舊志》載《峽山寺記》云云，實轉引自曹學佺《名勝志·廣東名勝志》卷之一《清遠縣》「峽山」條。○注二引吴萊《南海古跡記》云云，實轉引自陶宗儀《説郛》卷六十七上，此卷收吴萊《南海古跡記》。○注四引《峽山寺記》一段，實轉引自《名勝志》上述同條。而注三引《名勝志》「清遠峽前有凝碧灣，其水紺碧」二句，則不見於《名勝志》，未知引自何書。

八、《廣州蒲澗寺》注二引顧微《廣州記》「熙安縣東北有菖蒲澗」云云，實轉引自陶宗儀《説郛》卷六十一下，此卷收顧微《廣州記》多條。○注三引任昇《梁益記》「大小漏天在雅州西北」云云，實轉引自曹學佺《名勝志·四川名勝志》卷二十五《上川南道·雅州》「大小漏天」條。○注五引《南越志》云云，實轉引自《名勝志·廣東名勝志》卷之一《廣州府·番禺縣》「蒲澗」條。

九、《浴日亭》注一引《山海經》云云，原文見《山海經》卷九，然其文字與引文頗異，經查，此段引文實轉引自歐陽詢《藝文類聚》卷一《天部上》「日」第二十一條。

十、《游羅浮山一首示兒子過》注一引徐道覆《羅浮山記》云云，實轉引自樂史《太平寰宇記》卷一百六十《嶺南道四·湞州改惠州·博羅縣》。○同注引鄒師正《羅浮指掌圖》云云，實轉引自曹學佺《名勝志·廣東名勝志》卷之四《惠州府博羅縣》「羅浮山」條。○注二引《山志》云云，未知此志爲何山之志，然此段引文見於《名勝志》上述同卷「朱明洞」條。○注三引《羅浮指掌圖》云云，亦轉引自《名勝志》上述同卷「羅浮山」條。○注四引《羅浮志》云云，亦見於《名勝志》上述同卷「沖壚觀」條。○注六引《羅浮指掌圖》云云，亦轉引自《名勝志》上述同卷「鐵橋峰」條。○注七引《山志》云云，亦見於《名勝志》上述同卷「啞虎洞」條。○注八引《指掌圖》云云，亦轉引自《名勝志》上述同卷「朱明洞」條。

十一、《白水山佛跡巖》注一引《廣東舊志》云云，實轉引自曹學佺《名勝志·廣東名勝志》卷之四《惠州府博羅縣》「石鼓嶺」條。○注五引《唐子西語録》云云，實轉引自胡仔《苕溪漁隱叢話·前集》卷四十二「東坡五」第一條。

十二、《朝雲詩》注一引《容齋三筆》云云，其中首句「唐人好以歌扇舞衣爲對」，於原文乃在末句「蓮香入舞衣」之後。○注二引《藝苑雌黄》云云，實轉引自胡仔《苕溪漁隱叢話·後集》卷二十九「東坡四」第二條。阮閱《詩話總龜·後集》卷三十五「寓情門」第三條亦載《藝苑雌黄》此條，「清歌住」作「清歌駐」。

十三、《十一月二十六日松風亭下梅花盛開》注二引張文潛《明道雜誌》，按，張耒《柯山集》不收《明道雜誌》，陶宗儀《説郛》卷四十三下收《明道雜誌》、《續明道雜誌》，初白此引文見於該書《續明道雜誌》。

東坡先生編年詩卷三十九

古今體詩七十四首紹聖二年乙亥在惠州作。

寄鄧道士并引

羅浮山有野人，相傳葛稚川之隸也。鄧道士守安〔一〕，山中有道者也。嘗於菴前見其足跡，長二尺許。紹聖二年正月二日，予偶讀韋蘇州《寄全椒山中道士》詩云：「今朝郡齋冷，忽念山中客。澗底束荊薪，歸來煮白石。遥持一樽酒，遠慰風雨夕。落葉滿空山，何處尋行迹。」乃以酒一壺，依蘇州韻作詩寄之。

一杯羅浮春，遠餉采薇客。遥知獨酌罷，醉卧松下石。幽人不可見，清嘯聞月夕。聊戲菴中人，空飛本無迹。

〔一〕鄧守安：字道立，時居羅浮道院，見本集《與王敏中尺牘》中。

慎按：先生手書此詩，石刻「清嘯聞月夕」，「聞」字作「閒」。今從施氏本。

上元夜公自注：惠州作。

前年侍玉輦〔一〕，端門萬枝燈。璧月掛罘罳，珠星綴觚稜。去年中山府，老病亦宵興。牙旗穿夜市，鐵馬響春冰。今年江海上，雲房寄山僧。亦復舉膏火，松間見層層。散策桃榔林，林疎月鬅鬙。使君置酒罷，簫鼓轉松陵。狂生來索酒，公自注：賈道人也。一舉輒數升。浩歌出門去，我亦歸瞢騰。

〔一〕侍玉輦：《癸酉上元侍晏樓上》詩，見三十六卷。

附子由次韻：

誰憐東坡老，獨看南海燈。故人隱山麓，燕坐銷牀稜。人生大運中，往返成廢興。炎起爨下薪，凍合瓶中冰。賴有不變處，寂如方定僧。建城亦巖邑，燈火高下層。頭陀舊所識，天寒髮鬅鬙。問我何時來，嗟哉谷爲陵。幸此米方賤，日食聊一升。夜行隨衆樂，餔糟共騰騰。

正月二十四日與兒子過賴仙芝〔一〕王原秀才〔二〕僧曇穎行全道士何宗一同游羅浮道院及棲禪精舍過作詩和其韻寄邁迨一首

斷橋尋勝踐，脱屨欣小揭。瘴花已繁紅，官柳尤疎細。斜川二三子，悼嘆吾年逝。凄凉羅浮館，風壁頹雨砌。黄冠常苦飢，迎客羞破袂。仙山在何許，歸鶴時墮毳。崎嶇食松黄，欲救齒髪弊。坐令禪客笑，一夢等千歲。棲禪晚置酒，蠻果粲蕉荔。齋厨釜無羹，野餉籃有蕙。嬉游趁時節，俯仰了此世。猶當洗業障，更作臨水褉。寄書陽羡兒，並語長頭弟。門户各努力，先期畢租税。

〔一〕賴仙芝：虔州布衣，時從東坡游，見《詩話總龜》。

〔二〕王原：字子直，亦虔州人，號鶴田山人。見《年譜》中。

正月二十六日偶與數客野步嘉祐僧舍東南野人家雜花盛開扣門求觀主人林氏媪出應白髪青帬少寡獨居三十年矣感嘆之餘作詩記之〔一〕

縹蒂緗枝出絳房，緑陰青子送春忙。涓涓泣露紫含笑〔二〕，焰焰燒空紅佛桑〔三〕。落日孤煙知客恨，短籬破屋爲誰香。主人白髪青裙袂，子美詩中黄四娘。

〔一〕嘉祐僧舍：危素《東坡書院記》：「紹聖二年三月，（公自嘉祐寺）復遷合江樓，四月，復還嘉祐寺。」

〔二〕紫含笑：山中多含笑花，見《蒲澗》詩自注。

〔三〕紅佛桑：《南方草木狀》：「朱槿花，（枝）〔莖〕葉皆如桑葉，光而厚，樹高止四五尺。自二月開花至仲冬。其花深紅色，大如蜀葵，上綴金（色）〔屑〕，日光所爍，疑若燄生。」

龍尾一作「虎」，訛石研寄猶子遠

皎皎穿雲月，青青出水荷。文章工點黵〔一〕，忠義老研磨。偉節何須怒，寬饒要少和。吾衰安用此，寄與小東坡。公自注：遠爲人類予。

〔一〕點黵：音儼，《草書勢》：黵，相連也。

贈王子直秀才〔一〕

萬里雲山一破裘，杖端閑挂百錢游。五車書已留兒讀，二頃田應爲鶴謀。公自注：子直住鶴田山。水底笙歌蛙兩部，山中奴婢《苕溪漁隱叢話》「婢」作「隸」橘千頭。幅巾我欲相隨去，海上何人識故侯。

〔一〕王子直：即王原也，同時又有王向，亦字子直，侯官人。覽者辨之。

按：《苕溪叢話》：「蘇子瞻嘗兩用孔稚圭鳴蛙事，如『水底笙歌蛙兩部，山中奴隸橘千頭』，雖以『笙歌』易『鼓吹』，不得其意同。至於『已遣亂蛙成兩部』，則不知爲何物，亦是歇後語。蓋用事寧與出處語小異而意同，不可盡牽出處語而意不顯也。」大是語病。

惠州近城小山類蜀道春與進士許毅野步會意處飲之且醉作詩以記適參寥專使欲歸使持此以示西湖之上諸友庶使知予未嘗一日忘湖山也

夕陽飛絮亂平蕪，萬里春前一酒壺。鐵化雙魚沉遠素〔一〕，劍分一嶺隔中區。花曾識面香仍好，鳥不知名聲自呼。夢想平生消未盡，滿林烟月到西湖。

〔一〕鐵化雙魚：《南史·林邑傳》：「日南夷帥范幼家奴。嘗牧牛於山澗，得鱧魚二，化而爲鐵。」

慎按：此詩施氏原本失載，新刻本載《續補》下卷，今考據時地，移編於此。

真一酒〔一〕并引

米、麥、水，三一而已，此東坡先生真一酒也。

撥雪披雲得乳泓，蜜蜂又欲醉先生。公自注：真一色味，頗類予在黄州日所醖蜜酒也。稻垂麥仰陰陽足〔二〕，器潔泉新表裏清。曉日著顔紅有暈，春風入髓散無聲。人間真一東坡老，與作青州從事名。

〔一〕真一酒：本集《寄建安徐得之真一酒法》云：「嶺南不禁酒，近得一釀法，用白麪、糯米、清水三物釀成，玉色，絶似王駙馬家碧玉香。白麪乃上等麪，如常法起酵，作蒸餅，蒸熟後，以竹篾穿挂風中，兩月後用。每料不過五斗。每米一斗，炊熟，急水淘過，控乾。擣細白麪末三兩，拌匀入甕。使有力者以手拍實，按中爲井子，上廣下鋭，於三兩末中，預留少許糝蓋醅面，候漿水滿其中，以刀劃破，更炊新飯投之。每斗投三升，令入井子中，以醅蓋合，每斗入熟水兩盌，更三五日，可得好酒六升。日數隨天氣冷煖，自以意候之。若天大熱，減去麴半兩。」

〔二〕稻麥陰陽：（唐）竇（苹）〔華〕《酒譜》引《春秋説題辭》曰：「爲酒，據陰而動。麥，陰也。黍，陽也。先漬麴而（後）投黍，是陽得陰，而沸乃成。」先生又有《黍麥説》云：「黍稻之出穗也，必直而仰；其熟也，必曲而俯。麥則反是，此陰陽之（辨）〔物〕也。北方之稻不足於陰，南方之麥不足於陽，故南方無佳酒者，以麴麥雜陰氣也。又，況南海無麥，而用米作麴耶？今取舶上麪作麯，則酒亦絶佳。」王魯齋《造化論》：「麥受六陽之全，故就實而昂；稻分陰陽之半，則未實而俯。」

遊博羅香積寺〔一〕并引

寺去縣七里，三山犬牙，夾道皆美田，麥禾甚茂。寺下溪水可作碓磨。若築塘百步，閘而落之，可轉兩輪、舉四杵也。以屬縣令林抃〔二〕，使督成之。

二年流落黿魚鄉，朝來喜見麥吐芒。東風摇波舞净緑，初日泫露酣嬌黄。汪汪春泥已没膝，剡剡秋穀初分秧。誰言萬里出無友，見此二美喜欲狂〔三〕。三山屏擁僧舍小，一谿雷轉松陰涼。要令水力供臼磨，與相地脈增隄防。霏霏落雪看收麪，隱隱疊鼓聞舂糠。散流一啜雲子白，炊裂十字瓊肌香。豈惟牢九薦古味，公自注：東晳《餅賦》：饅頭薄持，起搜牢九。要使真一流天漿。詩成捧腹便絶倒，書生説食真膏肓。

〔一〕博羅：《元和郡縣志》有博羅縣。《九域志》：「廣南東路惠州，領縣四，博羅縣在州北四十五里。」

〔二〕林抃：王氏舊注：「抃字天和。」

〔三〕二美：承上文，指麥、禾也。

二一作「三」月十九日攜白酒鱸魚過詹使君食槐葉冷淘

枇杷已熟粲金珠，桑落初嘗灩玉蛆。暫借垂蓮十分盞〔一〕，一澆空腹五車書。青浮卵椀槐芽餅，紅點冰盤藿葉魚〔二〕。醉飽高眠真事業，此生有味在三餘。

〔一〕蓮盞：白居易詩：「酒鈎送盞推蓮子。」

〔二〕藿葉魚：《禮記·少儀》：「牛與羊魚之腥，聶而切之爲膾。」注：「聶之爲言，牒也。先藿葉切之，復報切之，則成膾。」按，牒，直輒切。《廣韻》：「牒，細切肉也。」施注新刻本訛以「牒」爲

「牒」，應改正。

贈陳守道

一氣混淪生復生〔一〕，有形有心即有情〔二〕。共見利欲飲食事，各有爪牙頭角爭。爭時怒發霹靂火，險處直在嵌巖坑。人僞相加有餘怨，天真喪盡無純誠。徒自取先用極力，誰知所得皆空名。少微一本作「爲」，訛處士一本作「處」，訛松柏寒〔三〕，蓬萊真人冰玉清。山是心兮海爲腹，陽爲神兮陰爲精〔四〕。渴飲靈泉水，飢食玉樹枝。白虎化坎青龍離〔五〕，鎖禁姹女關嬰兒。樓臺十二紅玻璃，木公金母相東西〔六〕。純鉛真汞星光輝〔七〕，烏升兔降無年期〔八〕。停顏却老只如此，哀哉世人迷不迷。

〔一〕一氣混淪：《列子·天瑞篇》：「混淪者，言萬物相渾淪而未相離也。」張湛注云：「渾然一氣，（尚未）〔不相〕離散。」

〔二〕生形：《列子·天瑞篇》：「有生者，有生生者；有形者，有形形者。」

〔三〕少微：《雲笈七籤》：「陳少微，字子明。」

〔四〕陽神陰精：《紅鉛火龍訣》云：「陰符陽火，圓合天符，皆依刻漏運行，奪取氣候入神鼎中，使真鉛天地之母，受此運用，而產神精。」《墨鉛水虎訣》云：「黑鉛者，非是常物。是玄天神水，生於天地之先，作衆物之母，上爲星辰，下爲真鉛之精。常與太陽和合，長養萬物。先真聖師采此陰精，誘（合）〔會〕太陽之氣，結爲神丹。」

〔五〕虎坎龍離：《龍虎經》云：「若鉛外黑，内懷金華。金華者，爲青龍，爲黄，爲乾。被褐懷玉，（卯）〔外〕爲狂夫。玉者，爲白虎，爲丹砂，爲汞，爲坤。」《内丹訣法》：「水虎，真汞之本。火龍，真鉛之門。還丹根基於斯盡矣。」又，本集《寄子由龍虎坎離説》云：「龍者，汞也，精也，血也；出於腎而肝藏之，坎之物也。虎者，鉛也，氣也，力也；出於心而肺生之，離之物也。世（人）不學（其）道。龍常出於水，故龍飛而汞輕。虎常出於火，故虎走而鉛枯。順此者死，逆此者仙。故真人之言曰：『五行顛倒術，龍從火裏出；五行不順行，虎向水中生。』蓋離者，麗也。著物而見火之性也。吾寂然無所引於外，火無所麗，則將焉往？水，其所妃也，勢必從之。坎者，陷也。物至則受水之性也，而況妃乎？水火合，則火不炎而水自上，所謂『龍從火裏出』也。龍出於火，則龍不飛而汞不乾。汞下入口，滿而後嚥，仍以空氣送至下丹田，久則化而爲鉛，所謂『虎向水中生』也。」又〔《周易參同契》注〕云：「青龍屬東，白虎屬西，此其正也。更歷分布者，青龍建緯於西，白虎建緯於卯，刑德並會，而龍虎歡喜，顛倒相見，以主生，爲德。若龍東虎西，定位各居，自生自旺，則二物相競，以主殺，爲刑。」又有《續養生論》，其説略同，不復録。

〔六〕木公金母：《參同契》注云：「慈母云金，金生坎水，水即金公，水稱孝子。嚴父云木，木生砂汞。子又生孫，子繼孫踵。」《西王母傳》云：「在昔道氣凝寂，湛體無爲，將欲啓迪玄功，化生萬物。先以東華至真之氣，化而生木公焉。又以西華至妙之氣，化而生金母焉。」

〔七〕純鉛真汞：《參同契》：癸爲真鉛，壬爲真汞。

〔八〕烏兔：《玄奥集》云：日中烏，比心中之液也。月中兔，比腎中之氣也。又，《金丹歌》云：若也知時能運用，金烏玉兔自西東。

辨道歌

北方正氣名祛邪〔一〕，東郊西應歸中華。離南爲室坎爲家〔二〕，先凝白雪生黄芽〔三〕。黄河流駕紫河車〔四〕，水精池産紅蓮花〔五〕。赤龍騰霄驚盤蛇〔六〕，姹女含笑嬰兒呀〔七〕。十二樓瞰靈泉霔〔八〕，華池〔九〕玉液陰交加〔一〇〕。子馳午前無停差〔一一〕，三田聚寶真生涯〔一二〕。龜精鳳髓填谽谺〔一三〕，天地駭有鬼神嗟〔一四〕。一丹休别内外砂〔一五〕，長修久餌須升一本作「叔」，訛遐。腸中澄結無餘柤，俗骨變换顔如葩〔一六〕。哀哉世人争齒牙，指僞爲真正爲哇。輕肥甘美形驕奢，譎詭詐妄言矜誇。遊魚在網兔在罝，一氣頓盡猶嘔啞。餘生所託誠棲槎，九原枯髀如亂麻。胡不割衆如鏌鋣，空與利名交撑拏。胡不讓霜如文騧，可惜貪愛相漫洿一作「塗」，訛。真心道意非不嘉，餐金聞活非虚譁〔一七〕。何須横議相疵瘕當作「瑕」，衆口並發鳴群鴉。安知聚散同魚蝦，自纏如繭居如蝸。日懷嗔喜甘籠筊，其去死地猶獵猳。吾恨爾見有所遮，海波或至驚井蛙。烏輪即晚蟾影斜，吾時俱睹超雲霞。

〔一〕北方正氣：《參同契》：「衆邪辟除，正氣常存。」注云：「北方坎位，乃真鉛所居之本鄉。居於此，則金、木、火三方之正氣，如水之朝宗。」《内丹訣》：「北方正氣，純粹之精。」《玄奥集》：北方正氣，日月爲輪，搬水運火，晝夜無停。

〔二〕中華離坎：《參同契》注：「子居北，北乃坎之正位。午居南，南乃離之正位。坎中有土，曰戊。離中有土，曰己。戊專坎之門，掌先天真一之氣。己直離之户，積後天至真之汞。」謂戊己居中，爲水火所歸也。

〔三〕白雪黄芽：《參同契》云：「津液腠理。」注云：「津乃玉津，即白雪也。液乃金液，即黄芽也。」又，《金丹歌》云：白雪黄芽共一包。

〔四〕河車：《參同契》：「北方河車。」注云：「水本居北，搬運而南，使水自下升，載寶而上，如河車之運，故云河車。」

〔五〕紅蓮花：《雲笈七籤》：「凡欲胎息，先丹田，次存五臟，次存心。心如紅蓮花，未開下垂。」《黄庭經》：「心部之宫蓮垂華。」注云：「心藏之質，象蓮花之未開也。」

〔六〕赤龍：《紅鉛火龍訣》：「依刻漏運行，奪取氣候入神鼎中。此法是大丹運火之秘訣，養赤龍之魂方也。」

〔七〕姹女嬰兒：《玄奥集》：嬰兒在心，姹女在背。《參同契》：「河上姹女，靈而最神。」又，《漢真人丹訣》：「姹女隱在丹砂中。」注云：姹女即汞也。

〔八〕十二樓：《玄奥集》：何謂十二重樓？答曰：人之喉嚨管有十二節，是也。

〔九〕華池：《玄奥集》：以汞投鉛，名曰華池紫清。曰：華池正在氣海内。

〔一〇〕玉液：《玄奥集》：玉液口液。又云：何謂瓊漿玉液？答曰：皆神水也。

〔一一〕子午：《參同契》：「子當右轉，午乃東旋。」上陽子注云：「子居五行之始，故爲一陽之首。」《玄奥集》：在天爲日月，在人爲心腎，在時爲子午，在方爲南北。《抱朴子》云：「内卦三爻法，一年之春夏，一日之子後午前。外卦三爻法，一歲之秋冬，一日之午後子前。子後進火，午後退符，其理一致。」

〔一二〕三田聚寶：《玄奥集》：腦爲上田，心爲中田，氣海爲下田。《悟真篇》：「太一在爐宜慎守，三田寶聚應三台。」

〔一三〕龜精鳳髓：《玄奥集》：龜精、鳳髓、兔髓、烏肝，先天地精，不過真鉛、真汞交結而成。

〔一四〕鬼神嗟：陳楠《翠虚篇》：金翁玉姹奪造化，神鬼哭泣驚相喧。

〔一五〕内外砂：《悟真篇》：「内藥還(須)〔同〕外藥，内通外亦須通。外藥者，金丹也；内藥者，金液還丹也。」

〔一六〕顔如葩：《參同契》：「金砂入五内，霧散若風雨。薰蒸達四支，顔色悦澤好。」

〔一七〕餐金：《參同契》：「金性不(朽)敗〔朽〕，故爲萬物寶。術士服食之，壽命得長久。」

慎按：東坡晚年，留心養生之術，於龍虎鉛汞之説，不但能言，而且能行。二詩闡抉道家内外丹，殆無餘藴。特爲參合衆説，詳加注釋，使覽者瞭然。此二首，施氏原本不載，據《外集》，編「惠州」卷中，今從之。

江漲用過韻

草木生故墟，牛羊滿空瀆。春江圍草市，夜浪浮竹屋。已連漲海白，尚帶霍山緑〔一〕。坎離更休王，魚鼈横陵陸。得非崑崙囚，欲報陸渾衄。行看北風競，來救南國蹙。長驅連山燒，一掃含沙毒。孤吟慇造化，何時停倚伏。當憐水旱甿一作「氓」，不作舟車蓄。江流儻席卷，社酒期茅縮。

〔一〕霍山：《廣東舊志》：「霍山在龍川縣北一百里。舊經云：高七千餘丈，周迴三百六十里，峰有三百六十，可居者七十二。」〔《名勝志・廣東名勝志》〕：「《遊名山記》云：『秦時有霍龍者，龍川人，避亂隱此，遇真人，授以金液還生丹，功成仙去。後人因以霍名山。』曹松詩：『七千七百七十丈，丈丈藤蘿入九天。』」即指此也。

附子由次韻：《欒城集》題云「次韻姪過江漲」。

陰淫夏爲秋，雨暴溪作瀆。缺防舊通市，流潦幾入屋。雖幸廩粟空，猶惜畦蔬緑。鹿駭不擇音，鴻羈分遵陸。室誚曾子還，城謳華元衄。中情久岑寂，外物競排蹙。設心等一慈，開懷受諸毒。道力雖未究，游波偶然伏。糧須三月聚，艾要三年蓄。君恩許北還，從此當退縮。

連雨江漲二首

其一

越井岡頭雲出山〔一〕，牂牁江上水如天〔二〕。牀牀避漏幽人屋，浦浦〔三〕移家蜑子船〔四〕。龍卷魚蝦并雨落，人隨雞犬上牆眠。只因樓下平階水，長記先生過嶺年。

〔一〕越井岡：《南越志》：「天井岡下有越王井，深百餘尺。云是趙佗所鑿。」《太平寰宇記》：「天井岡在南海縣北四里。」吴萊《南海古蹟記》：「越井岡有趙陀井，一曰鮑姑井。鮑姑者，稚川（之）妻，善灸贅疣。唐崔偉遇姑，得越井岡（茶）〔艾〕。南漢劉龑（時改名爲）〔號〕玉龍泉，禁民間不得（私）汲。」

〔二〕牂牁：《史記·西南夷傳》：「王恢使番陽令唐蒙風指曉南越，南越食蒙蜀枸醬。蒙問所從來，曰：『道西北牂牁，牂牁江廣數里，出番禺城下。』」注云：「牂牁，繫船杙，以爲地名。」《名勝志》：「西江在廣州城西北五十里，源自牂牁，合灕江，過肇慶，亦曰桂水，與湞水匯，入於海。」亦三江之一也。

〔三〕浦浦：《水經》：「易水，東過范陽縣南。」注云：「易水又東，與濡水合，水流徑通。長廡廣宇，周施（浦）〔被〕浦。棟（宇）〔堵〕咸淪，柱礎猶存。」鄭谷詩：「白頭波上白頭翁，家逐船移浦浦風。」

〔四〕蜑子船：《北史·蠻獠傳》：「南方曰蠻，其流曰蜑，曰獽，曰獠，曰㐌。」《太平寰宇記》：「蜑户生在江海，居於舟船，隨潮往來，捕魚爲業。若居平陸，死亡即多，似江東白水郎也。」陳師道《叢談》：「二廣居山谷間不隸州縣者，謂之猺人，舟居謂之蜑人。」

其　二

急雨蕭蕭作晚涼，卧聞榕葉響長廊。微明燈火耿殘夢，半濕簾櫳浥舊香。高浪隱牀吹甕盎，暗風驚樹擺琳琅。先生不出晴無用，留與空堦滴夜長。

附子由次韻二首：

南過庾嶺更千山，蒸潤由來共一天。雲塞虚空雨翻甕，江侵城市屋浮船。東郊晚稻須重插，西舍原蠶未及眠。獨棹扁舟趁申卯，米鹽奔走笑當年。

客到炎陬喜暫涼，江吹虚閣雨侵廊。回看野寺山溪隔，卧覺晨炊稻飯香。荔餉深紅陋櫻棗，桂醅淳白比琳琅。恩移嶠北應非晚，未省南遷日月長。

贈曇秀〔一〕

白雲出山初無心，棲鳥何必戀舊一作「山」林。道人偶愛山水故，縱步不知湖嶺深。空巖已禮百千相，曹溪更欲瞻遺像。要知水味孰冷煖，始信夢時非幻妄。袖中忽出貝葉書，中有璧月綴星珠。人間勝絶略已徧，匡廬南嶺并西湖。西湖北望三千里，大隄冉冉横秋水。誦師佳句説南屏，瘴雲應逐秋風靡。胡爲只作十日歡，杖策復尋歸路難。留師一作「荻芽」筍蕨不足道一作「遇」，訛，悵望荔子何時丹。

〔一〕曇秀：即芝上人，先生守揚州，有唱和詩，見三十五卷。

慎按：此詩施氏原本失載，新刻本載《續補》上卷，今移編於此。曇秀至惠州，詳見後注。

附叔黨七律一首：

三年避地少經過，十日論詩喜琢磨。自欲灰心老南嶽，猶能繭足到東坡。來時野寺無魚鼓，去後閒門有雀羅。從此期師真似月，斷雲時復挂星河。

慎按：本集先生《書叔黨送曇秀詩後》云：「僕在廣陵，作詩送曇秀云：『老芝如雲月，炯炯時一出。』今復來惠州見余，余已絶不作詩。兒子過粗能搜句，時有可觀。此篇殆咄咄逼老人矣。特爲書之，以滿行橐。」云云。叔黨所著，名《斜川集》，惜不傳，今從先生全集采附。

和郭功甫韻送芝道人游隱静

觀音妙智力〔一〕，應感隨緣度。芝師訪東坡，寧辭萬里步。道義妙相契，十年同去住。行窮半世間，又欲浮杯渡。我願焚囊缽，不作陳一作「塵」俗具。會取却歸時，只是而今路。

〔一〕妙智力：《法華經·普門品》：「觀音妙智力，能救世間苦。」

慎按：先生歸自海南，有《次韻郭功甫絶句二首》，功甫是時當亦宦游嶺外。今考《青山集》，無送芝道人作。以上二詩，施氏原本不載，今從新刻《續補》上卷連類編次。

次韻定慧欽長老見寄八首并引

蘇州定慧長老守欽〔一〕，使其徒卓契順來惠州〔二〕，問予安否。且寄《擬寒山十頌》〔三〕。語有璨、忍之通，而詩無島、可之寒。吾甚嘉之，爲和八首。

其一

左角看破楚，南柯聞長滕。鈎簾歸乳燕，穴紙出癡蠅。爲鼠常留飯，憐蛾不點燈。崎嶇真可笑，我是小乘僧。

〔一〕定慧寺：《吴郡志》：「定慧寺在萬（壽）〔歲〕院之西，本子院也。」

〔二〕契順：真西山云：「東坡謫嶺南，故舊少通問者。在蜀則巢元修，在吴則契順，皆徒步萬里，訪之於荒陬絶徼之外。元修以此名登青史，號稱卓行。契順亦托是以傳。契順之言曰：『惟無所求，故來惠州。』蓋有求則有欲，有欲則失其本心。世之小人，疾視君子，正坐有欲故爾。」《鐵綱珊瑚》載東坡《惠州帖》云：「蘇州定慧院學佛者卓契順謂邁曰：『惠州不在天上，行即到耳。當爲子持書問之。』紹聖二年三月二日，契順涉江渡嶺，徒行露宿，黧面繭足，以至惠州。得書竟還，爲書淵明《歸去來辭》以貽之，庶幾契順托此文以不朽云。」○按，先生長子邁，時在常州，契順南來，爲先生達家書也。

〔三〕寒山：《天台國清寺碑記》云：豐干禪師垂跡國清寺，有一貧士從寒巖來，曰寒山子，干稱爲寒山文殊。後天台守訪之，與拾得遁入巖穴，其穴自合。有詩頌散題山林間，寺僧集之成卷。

其　二

鐵橋本無柱〔一〕，石樓豈有門。舞空五色羽，吠雲千歲根。松花釀仙酒，木客餽山飧。我醉君且去，陶云吾亦云。

〔一〕鐵橋、石樓：皆羅浮峰名，注詳上卷。

其　三

羅浮高萬仞，下看扶桑卑。默坐朱明洞，玉池自生肥。從來性坦率〔一〕，醉語漏天機。相逢莫相問，我不記吾誰。

〔一〕性坦率：杜甫詩：「嘗恐〔性〕坦率（性），失身爲杯酒。」

其四

幽人白骨觀〔一〕，大士甘露滅〔二〕。根塵各清净，心境兩奇絶。真源未純熟〔三〕，習氣餘陋劣。譬如已放鷹，中夜時掣紲。

〔一〕白骨觀：按，《楞嚴經》云：「白骨微塵，歸於（空）虚〔空〕。」詩中所云白骨觀，本此。

〔二〕甘露滅：什公注《維摩經》云：「梵本〔云〕寂滅甘露，即實相也。肇公曰：『大覺之道，寂滅無相，至味和神，喻若甘露。』」

〔三〕純熟：《維摩經》：「久於佛道，心已純熟。」

其五

誰言窮巷士，乃竊造化權。所見皆我有，安居受其全。戲作一篇書，千古發争端。儒墨起一作「豈」相殺〔一〕，予初本無言。

〔一〕儒墨：《莊子》：「今世殊死者相枕也，桁楊者相推也，刑戮者相望也，而儒墨乃始離支攘背乎桎梏之間。」又云：「天下大駭，儒墨皆起。」

其六

閒居蓄百毒，救彼跛與盲。依山作陶穴，掩此暴骨横。區區效一溉〔一〕，豈能濟含生。力惡不己出，時哉汝非争。

〔一〕一溉：嵇康《養生論》：「爲稼於湯之世，必一溉者後枯。」

其七

少壯欲及物，老閒餘此心。微生山海間，坐受瘴霧侵。可憐鄧道士，攝衣問呻吟。覆舟却一作「弔」私渡，斷橋費千金。

其八

净名〔一〕毗耶中〔二〕，妙喜恒沙外。初無來往相，二士同一在〔三〕。云何定慧師，尚欠行脚債。請判維摩憑，一到東坡界。

〔一〕净名：即《維摩詰》也。

〔二〕毗耶：《翻譯名義》：「毗耶離，此云廣（博）嚴（净），其國中寬平，城邑華麗，故名。」

〔三〕二士同一在：《維摩經》：「維摩詰〔以〕〔現〕神通力，斷取妙喜世界，置於此土。妙喜世界雖入此土，而不增減，於是世界亦不迫隘，如本無異。」

三月四日遊白水山佛跡巖沐浴於湯泉晞髮於懸瀑之下浩歌而歸肩輿却行以與客言不覺至（一有「水北」二字）荔支浦上晚日葱曨竹陰蕭然時（一無「時」字）荔子纍纍如芡實矣有父老年（一無「年」字）八十五指以告余曰及是可食公能携酒來遊乎意欣然許之歸卧既覺聞兒子過誦淵明歸田園居詩六首乃悉次其韻始余在廣陵和淵明飲酒二十首今復爲此要當盡和其詩乃已耳今書以寄妙總大士參寥子

其一

環州多白水，際海皆蒼山。以彼無盡景，寓我有限年。東家著孔邱〔一〕，西家著顔淵。市爲不二價，農爲不争田。周公與管、蔡，恨不茅三間〔二〕。我飽一飯足，薇蕨補食前。門生饋薪米，救我厨無烟〔三〕。斗酒與隻雞，酣歌餞華顛。禽魚豈知道，我適物自閒。悠悠未必爾，聊樂我所然。

〔一〕東家：《家語》：魯人不識孔子，聖人乃曰：東家邱，我知之矣。

〔二〕茅三間：《殷芸小説》：「蔡司徒在洛，見陸機兄弟住參佐中三間瓦屋，士龍住東頭，士衡住西頭。」

〔三〕厨無烟：白居易《與李山人》詩：「厨無烟火（妻）〔室〕無（室）〔妻〕。」

其　二

窮猿既投林〔一〕，疲馬初解鞅。心空飽新得，境熟夢餘想。江鷗漸一作「稍」馴集，蜑叟已還往。南池緑錢生，北嶺紫筍長。提壺豈解飲，好語時見廣。春江有佳句，我醉墮渺莽。

〔一〕窮猿：《晉書·李充傳》：「褚裒引爲參軍。充以家貧，苦求出外，曰：『窮猿投林，豈暇擇木。』乃除剡縣令。」

其　三

新浴覺身輕，新沐感髮稀〔一〕。風乎懸瀑下，却行咏而歸。仰觀江摇山，俯見月在衣〔二〕。

步從父老語，有約吾敢違。

〔二〕新浴新沐：《史記·屈原傳》：「新沐者必彈冠，新浴者必振衣。」

〔三〕月在衣：杜甫詩：「衣上見新月。」

其四

老人八十餘，不識城市娱。造物偶遺漏，同儕盡邱墟。平生不渡江，水北有幽居。手插荔支子，合抱三百株。莫言陳家紫〔一〕，甘冷恐不如。君來坐樹下，飽食携其餘。歸舍遺兒子，懷抱不可虚。有酒持飲我，不問錢有無。

〔一〕陳家紫：蔡襄《荔支譜》：福州陳姓者，「因治居第，平窊坎而樹之，或云厥土肥沃所致。今傳其種子者，皆擇善壤，終莫能及。」

其五

坐倚朱藤杖，行歌《紫芝曲》〔一〕。不逢商山翁，見此野老足。願同荔支社，長作雞黍局。教我同光塵，月固不勝燭。公自注：《莊子》曰：月固不勝火。郭象曰：大而闇，不若小而明。陋哉斯言也。予爲更之曰：明於大者，必晦於小，月能燭天下而不能燭毫釐，此所以不勝火也。然卒之火勝耶？月勝耶？霜飈散氛祲，廓然似朝旭。

〔二〕歌紫芝：杜甫詩：「悵望（神）〔聊〕歌紫芝曲。」

其六

昔我在廣陵，悵望柴桑陌。長《吟飲》酒詩，頗獲一笑適。當時已放浪，朝坐夕不夕。矧今長閒人，一劫展過隙。江山互隱見，出没爲我役。斜川追淵明，東皋友王績。詩成竟何爲，六博本無益。

慎按：《韓子蒼詩話》：「淵明《歸田園居》末篇，乃序行役，與前五首不類。今俗本乃取江文通『種苗在東皋』爲末篇，東坡因（而）〔其誤〕和之。陳述古（家）本止有五首，予以爲（亦）〔皆〕非也。當如張相國本題云《雜（咏）〔詩〕六首》。」洪邁《（對雨編）〔容齋三筆〕》亦云：「《歸園》六（首）〔詩〕，末一篇乃江文通《雜（擬）〔體〕》三十（首）〔篇〕之一，明言『效陶徵君田居』。蓋陶之三章曰：『種豆南山下，草盛豆苗稀。晨興理荒薉，帶月荷耡歸。』故文通曰：『雖有荷鋤倦，濁酒聊自適。』正擬其意也。今陶集誤編入，東坡據而和之。又，《東方有一士》詩十六句，重載於《擬古》九首中，坡公（亦）遂〔亦〕兩和之。皆隨意即成，不復加細考耳。」先生在嶺南《和陶詩》始此，施氏原本不載，今從補注本考據年月分編，餘放此。

聞正輔表兄將至以詩迎之〔一〕

生逢堯舜仁，得作嶺南遊。雖懷跫然喜，豈免跕墮憂。莫雨侵重膇，曉烟騰鬱攸。朝槃見蜜唧，夜枕聞鵂鶹。幾欲烹鬱屈，固嘗饌鉤輈。舌音漸獠變，面汗嘗騂羞。賴我存黄庭，有時仍丹邱。目聽不任耳，踵息殆廢喉。稍欣素月夜，遂渡黄茅秋〔二〕。我兄清廟器，持節瘴海頭。蕭然三家步，横此萬斛舟。人言得漢吏，天遣活楚囚。惠然再過我，樂哉十日留〔三〕。但恨參語賢，忽潛九原幽。萬里倘同歸，兩鰥當對耰。公自注：軾喪婦已三年矣，正輔近亦有亡嫂之戚，故云。强歌非真達，何必取莊周。

〔一〕表兄正輔：《齊東野語》云：「（老）蘇與妻黨程氏大不咸，有《白尤》詩述其女事外家，不得志以死，其怨隙不平久矣。其後東坡兄弟以念母之故，相與釋憾。程正輔於坡爲表弟，坡之南遷，時宰聞其先世之隙，遂以正輔爲本路憲，將使之甘心焉。而正輔反篤中外之義，周旋甚至。坡唱和中亦可槩見也。」〇慎按，先生於程氏兄弟，德孺、懿叔則稱表弟，正輔則稱表兄。周公謹以爲表弟者，訛。

〔二〕黄茅：《南方草木狀》：「芒茅枯時，瘴疫大作，交、廣皆爾也。土人呼曰黄茅瘴，又曰黄芒瘴。」

〔三〕十日留：本集先生《與正輔尺牘》云：「謫居窮寂，誰復顧（老）〔者〕。兄不惜數舍之勞，以成十日之會。此意如何可忘。」

慎按：先生謫嶺南，程正輔爲本路憲，其按部至惠州，不能確指爲某時。據本集《尺牘》，當在乙亥春夏之交。施氏原本前後參錯，今取凡與正輔唱和者，自此以下凡十章會萃一處，以便觀覽。

再和

稚川真長生，少從鄭公遊。孝章偶不死，免爲文舉憂。餘齡會有適，獨往豈相攸。由來警露鶴，不羡撮蚤鶹。願加視後鞭，同駕躅空輈。寧殆墮齒堇，勿憶齊眉羞。何時遂縱壑，歸路同首邱。東一作「泉」，訛岡松柏老，西嶺橘柚秋。著意尋彌明，長頸高結喉。無心逐定遠，燕頷飛虎頭。君方卒功名，一汎范蠡舟。我亦霑霈渥，漸解鍾儀囚。寧須張子房，萬户自擇留。猶勝嵇叔夜，孤憤甘長幽。南窗可寄傲，北山早歸耰。此語君勿疑，老彭跨商周。

慎按：此詩填寫故實，不用隔句對法，兩兩排比，不覺其板重。惟先生爲之則可，他人不能學，亦不可學也。

同正輔表兄游白水山

偉哉造物真豪縱，攫土摶沙爲此弄。劈開翠峽走雲雷一作「雷霆」，截破奔流作潭洞。因隨化人履巨跡，得與仙兄躡飛鞚〔一〕。曳杖不知巖谷深，穿雲但覺衣裘重。坐看鷙鳥救一作「投」霜葉，知有老蛟蟠石甕。金沙玉礫粲可數，古鏡寶奩寒不動。念兄獨立與世疎，絶境難到惟我共。永辭角上兩蠻觸，一洗胸中九雲夢。浮來山高回望失，武陵路絶無人送。筠籃擷翠爪甲香，素綆分碧銀缾凍。歸路霏霏湯一作「暘」谷暗，野堂活活神泉湧。解衣浴此無垢人〔二〕，身輕可試雲間鳳。

〔一〕飛鞚：鮑照詩：「飛鞚越平陸。」

〔二〕無垢人：《維摩經》：「八解之浴池，定水湛然滿。布此七净華，浴此無垢人。」

與正輔游香積寺一本云「次韻程正輔游香積寺」。

越山少松竹，常苦野火厄。此峰獨蒼然，感荷佛祖力。茯苓無人采，千歲化琥珀。幽光發中夜，見者惟木客。我豈無長鑱，真贋苦難識。靈苗與毒草，疑似在毫髮。把玩竟不食，棄置長太息。山僧類有道，辛苦嘗谷汲。我慚作機舂〔一〕，鑿破混沌穴。幽尋恐不繼，書板記歲月。

〔一〕作機舂：孟東野詩：「機舂潺湲力。」按，築閘作碓磨事，見上卷《香積寺》詩序。

次韻正輔同游白水山

祇知楚越爲天涯，不知肝膽非一家。此身如綫自縈繞，左旋右轉隨繅車。誤拋山林入朝市，平地咫尺千褒斜。欲從稚川隱羅浮，先與靈運開永嘉。首參虞舜款韶石，次謁六祖登南華。仙山一見五色羽，雪樹兩摘南枝花。赤魚白蟹一作「白魚赤蟹」箸屨下，黄柑緑橘籩常加。糖霜不待蜀客寄，荔支莫信閩人誇。恣傾白蜜收五棱，細斸黄土栽三椏。公自注：正輔分人參，歸種韶陽。來詩本用「硿」字，惠州無書，不見此字所出，且從「木」奉和。朱明洞裏得靈草，翩然放杖凌蒼霞。豈無軒車駕熟鹿，亦有鼓吹號寒蛙。仙人勸酒不用勺，石上自有尊罍窪〔一〕。徑從此路朝玉闕，千里莫遣毫釐差。故人日夜望我歸，相迎欲到長風沙〔二〕。豈知乘槎天女側，獨倚雲機看織紗。世間誰似老兄弟，篤愛不復相疵瑕。相攜行到水窮處，庶幾一見留子嗟。千年枸杞常夜吠，無數草棘工藏遮。但令凡心一洗濯，神人仙藥不我遐。山中歸來萬想滅，豈復回顧雙雲一作「飛」鴉。

〔一〕石上尊罍：《羅浮記》：「蝴蝶洞在麻姑臺西，前爲水簾洞，其下有流杯池，相傳八仙會飲於此。」

〔二〕長風沙：《太平寰宇記》：「長風沙在懷寧縣東百九十里。元和四年，入《圖經》。」《名勝志》：

「（長沙）〔大江〕自小孤山來安慶城西南，繞東而下池州，接無爲州界，凡百餘里，中央是長風（沙）鎮。」李白詩：「相迎不道遠，直至長風沙。」

與程正輔遊碧落洞

空山不難到，絶境未易名。何時謫仙人，來作鈞天聲〔一〕。胸中幾雲夢，餘地多一作「方」恢宏。長庚與北斗，錯落綴冠纓。黄公獻紫芝，赤松餽青精。溪山久寂寞，請續《離騷經》。抱枝寒蜩咽，繞耳飛蚊清。謫仙撫掌笑，笑此羽皇銘〔二〕。我頃嘗獨遊，自適孤雲情。君今又繼往，霧雨愁青冥。感君兄弟意，尋羊問初平。玉牀分箭鏃，不忍獨長生。詩成輒寄我，妙絶陶謝并。孤鴻方避弋，老驥猶在坰。鳥獸如可群，永寄槁木形。何山不堪隱，飲水自修齡。

〔一〕鈞天聲：《羅浮指掌圖記》：夜樂洞在上界三峰下，昔人聞仙樂於此。

〔二〕羽皇銘：唐周夔，字羽皇，曾游碧落洞，作《到難篇》，云：「周羽皇游於湞陽之石室，兩崖卷束，勢合如屋，孱顔百間，開待朝旭，加以上戴霄峰，中流清溪，乳枝凝露，而碧落松籟，嗽風而瑟（瑟）〔續〕。」按，公詩正用此事，施氏補注云即《新宮銘》者，大謬。

次韻正輔表兄江行見桃花

曲士賦《懷沙》，草木傷莽莽。德人無荆棘，坐失嶺嶠阻。我兄瑚璉姿，流落瘴江浦。浄眼見桃花，紛紛墮紅雨。蕭然振衣裓，笑問散花女。我觀解語花，粉色如黄土。一言破千偈，况爾初不語。可憐一轉話，他日如何舉。故復此微吟，聊和鷗鴉櫓。江邊閒草木，閒客當爲主。邇來子美瘦，正坐作詩苦。袖手焚筆研〔一〕，清篇真漫與〔二〕。願君一作「兄」理北轅，六轡去如組。上林桃花開，水暖鴻北翥。

〔一〕焚研：按，君苗焚研事，出《晉書·陸機傳》，而不著其姓。《困學紀聞》云，君苗姓崔。

〔二〕漫與：杜甫詩：「老去詩篇渾漫與。」别本作「漫興」者，訛。

追餞正輔表兄至博羅賦詩爲别

孤臣南游墮黄菅，君亦何事來牧一作「收」，訛蠻。艤舟蜑户龍岡窟，置酒椰葉桄榔間。高談已笑衰語陋，傑句尤覺清詩孱。博羅小縣僧舍古〔一〕，我不忍去君忘還。君應回望秦與楚，夢涉漢水愁秦關。我亦坐念高安客〔二〕，神遊黄蘗〔三〕參洞山〔四〕。何時曠蕩洗瑕垢一作「謫」，與君歸駕相追攀。梨花寒食隔江路，兩山遥對雙烟鬟。歸耕不用一錢物，惟要兩脚飛孱顔。玉牀丹鏃記分我，助我金鼎光斕斑〔五〕。

〔一〕博羅僧舍：《名勝志》：「博羅縣有泊頭墟，距羅浮十五里，廣、惠二（州）〔郡〕舟楫及自陸路至者，皆於此登岸，舊有圓照堂，山僧以主遊客。」

〔二〕高客安：《潁濱遺老傳》：「上用李邦直爲中書侍郎，鄧聖求爲尚書右丞。會廷策進士，邦直撰策題，即爲邪説以惑群聽。轍論之曰：『伏見御試策題，歷詆近歲行事，有欲復熙寧、元豐故事之意。臣備位執政，不敢不言。』奏入，不報。以本官出知汝州，再謫，知袁州。未幾，降分司南京，筠州居住。」○按，筠州，宋改名高安郡。

〔三〕黄蘗：《傳燈録》：黄蘗山禪師，名希遷，往西江參百丈，契悟心要。

〔四〕洞山：《傳燈録》：「洞宗禪師，名良价，造雲巖，有省。接誨學侶於高安之洞山，諸方推爲曹洞宗。」

〔五〕金鼎：《雲笈七籤·造金鼎銘》云：「后土金鼎，生死長七，神室明三，圓五陰一，混沌徘徊，天地五里，陽陽兩頭，狀如雞子，形具莫差，黄白在裏。訣曰：金者太白之名，呼之爲鉛。」

再用前韻

樂天雙鬢如霜菅，始知謝遣素與蠻。我兄緑髮蔚如故，已了夢幻齊人間。蛾眉勸酒聊爾耳，處仲太忍茂弘孱。三杯徑醉便歸卧，海上知復幾往還。連娟六么趁蹋蹋，杳眇三叠縈陽關。酒醒夢斷何所有，落花流水空青山。忽驚鐃鼓發半夜，明月不許幽人攀。贈行無物惟一語，莫遺瘴霧侵雲鬟。羅浮道人一傾蓋，欲繫白日留君顔。應知我是香案吏，他年許綴蓬萊班。結韻，前作「斑」，此作「班」，義各不同，不應通用。

戲和正輔別作「甫」，訛一字韻〔一〕

故居劍閣隔錦官，柑果薑蕨交荆菅。奇孤甘挂汲古綆，僥覦敢揭鈎金竿。已歸耕稼供藁秸，公貴幹蠱高巾冠。改更句格各蹇當作「謇」吃，姑因狡獪加間關。

〔一〕一字韻：《蔡寬夫詩話》：「聲韻之興，其變日多。四聲中又別其清濁，以爲雙聲，一韻者以爲疊韻。蓋以輕重爲清濁爾。所謂前有浮聲，則後有切響。王融《雙聲》詩云：『園蘅眩紅蘤，湖荇燡黄花。迴鶴横淮翰，遠越合雲霞。』以此求之可見。」〇按，《南史・謝莊傳》：「王（元）〔玄〕謨問莊：『何者爲雙聲？何者爲疊韻？』答曰：『「（互）〔玄〕護」爲雙聲，「磝碻」爲疊韻。』」云云。蓋雙聲者，同音而不同韻。疊韻者，同音又同韻也。今所云一字韻，乃古之雙聲也。

慎按：此詩施氏原本不載，新刻本題云「戲和正輔」，《外集》載「惠州」卷中，「正甫」作「正輔」，即程正輔也，故類編於此。

桄榔杖〔一〕寄張文潛一首時初聞黄魯直遷黔南〔二〕范淳父九疑也〔三〕

睡起風清洒在亡，身隨殘夢兩茫茫。江邊曳杖桄榔瘦，林下尋苗葦撥香。獨步倘逢勾漏令，遠來莫恨曲江張。遥知魯國真男子，獨憶平生盛孝章。

〔一〕桄榔杖：本集《與張文潛尺牘》云：「屏居荒服，無一物爲信，有桄榔方杖一枚。前此土人不知以此爲杖也。」

〔二〕黄魯直遷黔南：《宋史·黄庭堅傳》：「哲宗（初）立，召爲《神宗實録》檢討。紹聖初，章惇論《實録》多誣，貶涪州别駕，黔州安置。《山谷年譜》：「章惇、蔡卞論《實録》詆誣，俾前史官分居畿邑以待。（黄）庭堅書『鐵爪治河，有同兒戲』，至是，首問焉。」

〔三〕范淳父九疑：《宋史·范祖禹傳》：「元祐中，拜翰林學士。宣仁崩，紹述之論興，有相章惇意。祖禹力言惇不可用。言者攻之，連貶武安軍節度副使，昭州别駕，安置永州。」○按，《東都事略》與本傳小有異同，謂祖禹初貶提舉明道宫，繼責武安節度副使，再貶韶州别駕，賀州安置。考之《哲宗本紀》，紹聖元年冬，祖禹與庭堅同貶永、豐、黔州安置。至三年秋，再責授祖禹昭州别駕，賀州安置。先生作詩，當在紹聖元年，本傳正合，當從《宋史》。

四月十一日初食荔支〔一〕

南村諸楊北村盧，公自注：謂楊梅、橘盧也。白華青葉冬不枯。垂黄綴紫烟雨裏，特與荔子一作「支」爲先驅。海山仙人絳羅襦，紅紗中單白玉膚〔二〕。不須更待妃子笑，風骨自是傾城姝。不知天公有意無，遣此尤物生海隅。雲山得伴松檜老〔三〕，霜雪自困楂梨麄。先生洗盞酌桂醑，冰盤薦此赬虬珠。似聞江鰩斫玉柱〔四〕，更洗河豚烹腹腴〔五〕。公自注：予嘗謂荔支厚味、高格兩絶，果中無比，惟江鰩柱、河豚魚近之耳。我生涉世本爲口，一官久已輕蓴鱸。人間何者非夢幻，南來萬里真良圖。

〔一〕四月荔支：《荔支譜》：四月熟者，生嶺南火山，佳者六月方熟。東坡所云四月十一日，是特廣南火山者耳。《太平寰宇記》：「火山直對梧州城，山上有荔支，四月先熟。以其地熱，故曰火山。核大而味酸。」

〔二〕中單：《漢書·江充傳》：「衣紗縠禪衣。」師古注：「禪衣，今之朝服中禪也。」《演繁露》：「『禪』字或爲『單』。古之法服、朝服，必有中單，正如今之背子。《事物紀原》謂：『漢高與項羽戰，汗透中單。』且曰『中單即汗衫』，非也。」

〔三〕伴松檜：《梁溪漫志》：「東坡《荔支詩》云『雲山得伴松檜老』，常疑此句似泛。後見習閩、廣者云：福州至於海南，凡宰上木，松檜之外，雜植荔支，取其枝葉蔭覆。所以有此語。」

〔四〕江䲁柱：郭璞《江賦》：「玉珧海月，〔土〕肉（吐）石華。」江鄰幾《雜志》：「四明海物，江䲁柱第一。」介甫云『䲁』字當作『珧』，即今蛤蜊柱，韓文公所謂馬甲柱也。」《能改齋漫録》：「紹聖中，詔福、唐與明州歲貢車螯肉柱五十斤，俗謂之紅蜜丁，即東坡詩中所謂江䲁柱也。」

〔五〕腹腴：《禮記·少儀》：「冬右腴。」注：「氣在下。腴，腹下也。」疏：「腴，謂魚腹，冬時氣下在魚腹，故右腴。」

答周循州〔一〕

蔬飯藜牀破衲衣，掃除習氣不吟詩。前生自一作「似」是盧行者，後學過呼韓退之。未敢叩門求夜話，時叨送米續晨炊。知君清俸難多輟，且覓黄精與療飢。

〔一〕周循州：周彦質，字文之。時爲循州守，見本集《和陶》詩題中。《元和郡縣志》：「循州，漢南海郡之博羅縣，梁置梁化郡，隋開皇十年，於此置循州，取循江爲名。」循江，在海豐縣東南。《九域志》：「廣南東路循州海豐郡，軍事，治龍川縣。」

荔支嘆

十里一置飛塵灰，五里一堠兵火催〔一〕。顛阬仆谷相枕籍，知是荔支龍眼來。飛車跨山鶻橫海，風枝露葉如新採。宫中美人一破顔，驚塵濺血流千載。永元荔支來交州〔二〕，天寶歲貢取之涪〔三〕。至今欲食林甫肉，無人舉觴酹伯游。公自注：漢永元中，交州進荔支、龍眼，十里一置，五里一堠，奔騰死亡，罹猛獸毒蟲之害者無數。唐羌字伯游，爲臨武長，上書言狀，和帝罷之。唐天寶中，蓋取涪州荔支，自子午谷路進入。我願天公憐赤子，莫生尤物爲瘡痏。雨順風調百穀登，民不飢寒爲上瑞。君不見武夷〔四〕溪邊粟粒芽〔五〕，前丁後蔡相籠加。公自注：大小龍茶，始於丁晉公，成於蔡君謨。歐陽永叔聞君謨進小龍團，驚嘆曰：「君謨士人，何至作此事？」爭新買寵各出意，今年鬬品充官茶〔六〕。公自注：今年閩中監司乞進鬭茶，許之。吾君所乏豈此物？致養口體何陋耶！洛陽相君忠孝家，可憐亦進〔七〕姚黄花〔八〕。公自注：洛下貢花自錢惟演始。

〔一〕置堠：《史記》：「田横至尸鄉厩置。」注云：「謂置馬以傳驛者。」《風俗通》：「漢改郵爲置。」唐時十里爲雙堠，五里爲隻堠。（白居易）〔韓愈〕詩：「（道）〔路〕旁堠，一雙復一隻。」

〔二〕永元荔支：慎按，《三輔黄圖》曰：「漢武元鼎六年，破南越，建扶荔宫。自交阯移植荔支數百株於庭，無一生者。後數歲，偶一（本）〔株〕稍活，終無花實。其後則歲貢焉。郵傳者斃於道路，極爲生民之患。」據此，則荔支入貢，不始於永元，至永元中，因唐羌言，乃罷貢耳。

〔三〕天寶歲貢取涪：慎按，唐時進荔支，或以爲南海，或以爲蜀，其説不一。《（舊）〔新〕唐書》：「帝幸驪山，貴妃生日，命小部張樂長生殿，因（進）〔奏〕新曲，未有名，會南方進荔支，因名『荔支香』。」樂史《楊妃外傳》：「十四載六月一日，貴妃生日，會南海進荔支，因以名曲。」《國史補》：「貴妃生於蜀，好食荔支。南海所生尤勝蜀者，故每歲飛馳以進。」此南海歲貢之證也。

而蔡君謨《荔支譜》、吴曾《漫録》以爲涪州，張君房以爲忠州，胡仔《叢話》謂長安來自巴蜀，《方輿紀勝》謂涪州有妃子園，當時以馬遞七日七夜至京，故杜牧《華清宫》詩云：「一騎紅塵妃子笑，無人知道荔支來。」今以杜少陵詩考之，一則云「憶昔南海使，奔騰進荔支」，又云「炎方每續朱櫻獻」，又云「憶過瀘戎摘荔支」。少陵在天寶朝，目擊其事，故云爾。意當時南海與蜀中固嘗並進也。東坡詩云「天寶歲貢取之涪」，與《唐書》、杜詩不合，爲詳考附志於此。

〔四〕武夷：《輿地廣記》：「淳化五年，升建州崇安場爲縣，地有武夷山。」《太平寰宇記》：「武夷山在建陽縣北。蕭子開《建安記》云，山高五百仞。顧野王謂地仙之宅。傳云，昔有仙人武夷君居此。」

〔五〕粟粒：梅堯臣《建溪新茗》詩：「粟粒烹甌起，龍文御餅加。」《武夷山記》：山産茶如粟粒者，初春芽茶也，品最貴。

〔六〕鬭品：范仲淹《鬭茶歌》：「北苑將期獻天子，林下雄豪先鬭美。」

〔七〕洛陽進花：《全芳備祖》引《洛陽風土記》云：「洛陽至（今）〔京〕六驛，舊（未嘗）〔不〕進花。李相迪留守始（以花）進。乘驛馬，（晝夜馳）〔一日一夜〕至京師，所進止姚黄、魏紫三（四）〔數〕朵，用菜葉實籠中，又以蠟封花蒂，數日不落。」迄今貢不絶。王闢之《澠水燕談》亦云李文定始進牡丹。○慎按，《宰輔編年録》：李迪，天禧中參知政事，拜相，五月而罷，知鄆州。明道二年，自河陽再召，入相，罷知亳州。尋，降知密州。康定中，知天雄。考文定前後歷官，未嘗爲洛陽守也。

錢惟演於乾興中，自樞相罷任，天聖中，除判陳州，自言先隴在洛陽，願司宫鑰。遂命守河南。今先生稱爲洛陽相君，斷爲錢思公無疑。李文定，賢相也，豈可令蒙不韙之名。因舉舊說，牽連辨正及此。

〔八〕姚黄：《埤雅》：「牡丹之名，（以姓著者）姚黄、牛黄，〔以姓著〕。姚黄者，出姚氏。此花之出，於今未十年。姚氏居（曰）司馬坂，地屬河陽，而花傳洛陽，一歲不過數朵。」錢思公嘗言：「人謂牡丹爲花王，今姚黄真爲王，而魏紫乃后也。」

愼按：詩中「雨順風調百穀登，民不飢寒爲上瑞」二句，諸刻本所無，今據施注原本增入。

附子由作：

蜀中荔支止嘉州，餘波及眉半有不。稻糠宿火却霜霰，結子僅與黄金侔。近聞閩尹傳種法，移種成都出巴峽。名園競擷絳紗苞，密漬瓊膚甘且滑。北遊京洛墮紅塵，箬籠白曬稱最珍。思歸不復爲蓴菜，欲及炎風朝露匀。平居著鞭苦不早，東坡南竄嶺南道。海邊百物非平生，獨數山前荔支好。荔支色味巧留人，不管年來白髮新。得歸便擬尋鄉路，棗栗園林不須顧。青枝丹實須一株，丁寧附書老農圃。

六月十二日酒醒步月理髮而寢

羽蟲見月争翾（一作「翻」）翻，我亦散髮虛明軒。千梳冷快肌骨醒〔一〕，風露氣入霜蓬根。起舞三人漫相屬，停杯一問終無言。曲肱薙簟有佳處，夢覺瓊樓空斷魂。

〔一〕千梳：賈島詩：「頭髮（千）梳〔千〕下。」

附子由次韻：

水上有車車自翻，懸雷如綫垂前軒。霜蓬已枯不再緑，有客勸我抽其根。自注：近有道士相教拔白後，以水火養之，當不復生。故以爲答。枯根一去紫茸茁，珍重已試幽人言。紛紛華髮何足道，當返六十過去魂。

和子由次月中梳頭韻

夏畦流膏白雨翻，北窗幽人卧羲軒。風輪曉長春筍節，露珠夜上秋禾根。公自注：或爲予言：草木之長，常在昧明間。早作而伺之，乃見其拔起數寸，竹筍尤甚。又夏秋之交，稻方含秀，黄昏月出，露珠起于其根，纍纍然忽自騰上，若有推之者，或入於莖心，或垂於葉端。稻乃秀實，驗之信然。此二事與子由養生之論契，故以此爲寄。從來白髮有公道，始信丹經非妄言。此身法報本無二〔一〕，他年妙絶兼形魂〔二〕。公自注：《傳燈録》：有形神具妙者，乃不復有解化之事。

〔一〕法報：《維摩經》注：「佛有三身，曰法、報、應。法、報二身，佛自受用。」

〔二〕形魂：太靈真人《存三魂法》：「祝曰：太陽散暉，垂光紫青，來入我魂，照我五形。」

余還惠州一年衣食漸窘重九伊邇一作「將近」尊俎蕭然乃和淵明貧士七篇以寄許下高安宜興諸子姪并令過同作

其一

長庚與殘月，耿耿如相依。以我旦暮心，惜此須臾暉。青天無今古，誰知織烏飛。我欲作九原〔一〕，獨與淵明歸。俗子不自悼，顧憂斯人飢。堂堂誰有此，千駟良可悲。

〔一〕作九原：《禮記》：「趙文子與叔譽觀乎九（京）〔原〕，文子曰：『死者如可作也，吾誰與歸？』」

其二

夷、齊耻周粟，高歌誦虞軒。産禄彼何人，能致綺與園。古來避世士一作「人」，死灰或餘烟。末路益可羞，朱墨手自研。淵明初亦仕，絃歌本誠言。不樂乃徑歸，視世差獨賢。

按：《詩眼》云：「東坡和陶詩『夷齊恥周粟』云，言夷、齊自信其去，雖武、周不能挽之使留，若四皓自信其進，雖〔禄〕、産（禄）之聘亦爲之出。蓋古人無心於功名，信道而進退，天下萬世之是非不能回奪。伯夷之非武王，綺、園之從禄、産，自合爲世所笑，不當有名，偶然聖賢辨論之，乃信於天下，非其始望。故其名之傳，如死灰之餘烟也。後來君子不能以道進退，又不能忘世俗之毁譽，多作文以自明其出處，如《客難》、《解嘲》是也。故曰『朱墨手自研』。若『淵明初亦仕』，本無心於名，雖晉末亦仕，合於園、綺之出。其去也，亦不待以微罪行，『不樂乃徑歸』，合於夷、齊之去。其不爲功名累其進退蓋相似，使其易地，未必不追踪二子也。東坡作文，工於命意，必超然獨立於衆人之上，非若昔人（之）稱淵明以退爲高耳。」

其　三

誰謂淵明貧，尚有一素琴〔一〕。心閒手自適，寄此無窮音。佳辰愛重九，芳菊起自尋。疎巾歎虚漉，塵爵笑空斟。忽餉二萬錢，顔生良足欽。急別本作「思」，訛送酒家保，勿違故人心。

〔一〕素琴：《晉書·陶潛傳》：「性不解音，而蓄素琴一張。弦徽不具，每朋酒之會，則撫而和之，曰：『但識琴中趣，何勞弦上聲？』」

其　四

人皆有耳目，夫子曠與婁。弱豪寫萬象，水鏡無停酬。閒居惜重九，感此歲月周。端如孔北海，只有尊空憂。二子不並時，高風兩無儔。我後一作「復」五百年，清夢未易求。

其五

芙蓉雜金菊，枝葉長闌干。遥憐退朝人，餻酒出大官。豈知江海上，落英亦可餐〔一〕。典衣作重陽一作「九」，徂歲一作「暑」慘將一作「多」寒，無衣粟一作「寒」我膚，無酒嚬我顔。貧居真可嘆，二事長相關。

〔一〕落英：《楚詞》：「夕餐秋菊之落英。」

其六

老詹亦白髮，公自注：惠州太守詹範，字器之。相對垂霜蓬。賦詩殊有味，涉世非所工。杖藜山谷間，狀類渤海龔。半道要我飲，意與王弘同。有酒我自至，不須遣龐通。門生與兒子，杖屨聊相從。

其七

我家六兒子〔一〕，流落三四州。辛苦見一作「更」不識，今與農圃儔。買田帶修竹，築室依清流。未能遣一力，分汝薪水憂。坐念北歸日，此勞未易酬。我獨遺以安，鹿門有前修〔二〕。

〔一〕六兒子：先生之子邁、迨、過，潁濱之子遲、适、遠。

〔二〕鹿門：《後漢書・龐公傳》：「劉表問先生：『不肯官祿，後世何以遺子孫？』公曰：『世人皆遺以危，今獨遺以安。』後登鹿門山，采藥不返。」

慎按：以上七首，施氏原本不載。今從《和陶》卷中分編。

食檳榔〔一〕一作「檳桹」。

月照無枝林，夜棟立萬礎。眇眇雲間扇，蔭此八一作「九」月暑。上有垂房子，下繞絳刺禦。風欺紫鳳卵，雨暗蒼龍乳。裂包一墮地，還以皮自煮。北客初未諳，勸食俗難阻。中虛畏泄氣〔二〕，始嚼或半吐。吸津得微甘，著齒隨亦苦。面目太嚴冷，滋味絶媚嫵。誅彭勳可策，推轂勇宜賈。瘴風作堅頑，導利時有補。藥儲固可爾，果録詎用許。先生失膏粱，便腹委敗鼓。日啖過一粒，腸胃爲所侮。蟄雷殷臍腎，藜藿腐亭午。書燈看膏盡，鉦漏歷歷數。老眼怕少睡，竟使赤眥努。渴思梅林嚥，飢念黄獨舉。奈何農經中，收此困羈旅。牛舌不餉人，一斛肯多與。乃知見本偏，但可酬惡語。

〔一〕檳榔：《南方草木狀》：「檳榔樹高十餘丈，皮似青銅，下本不大，上枝不小，調直亭亭，千萬若一，森秀無柯，端頂有葉。葉似甘蕉，風至獨動，似舉羽扇以掃天。葉下綴數房，房綴數十實，大如桃李，味苦澀。剥其皮，鬻其膚，以扶留藤及古壙灰并食則滑美，下氣消穀，一名賓門藥錢。」

〔三〕泄氣：《柳子厚集》：多食檳榔，令人破氣。

慎按：此詩施氏原本不載，今從新刻《遺詩》卷中移編。

送惠州監押〔一〕一本作「送都監北歸」。

一聲鳴一作「鴻」雁破江雲，萬葉梧桐卷露銀。我自飄零足羈旅，更堪秋晚送行人。

〔一〕惠州都監：按，本集《與惠州都監尺牘》云：「君南來，清節幹譽，爲有識所稱，皆曰：此東坡弟子由門下客也。兩漢之士多起於游徼卒吏，至公卿者多矣。願益廣學問，以期遠到。」觀先生期許如此，其人可知。惜逸其姓名。又按，《職官分記》：御前忠佐軍頭有都監、押監之名，朝官爲都監，京官帶職者爲押監。

慎按：此詩施氏原本不載，今從新刻《續補》下卷中移編。

江月五首并引

嶺南氣候不常。吾嘗曰：菊花開時乃重陽，凉天佳月即中秋，不須以日月爲斷也。

今歲九月，殘暑方退，既望之後，月出愈遲。予嘗夜起登合江樓，或與客游豐湖〔一〕，入棲禪寺，叩羅浮道院，登逍遥堂〔二〕，逮曉乃歸。杜子美云：四更山吐月，殘夜水明樓。此殆古今絶唱也。因其句作五首，仍以「殘夜水明樓」爲韻。

其一

一更山吐月，玉塔卧微瀾〔三〕。正似西湖上，湧金門外看〔四〕。冰輪横海闊，香霧入樓寒。停鞭且莫上，照我一杯殘。

〔一〕豐湖：《名勝志》：「惠州城西有石埭山，流泉濺沫若飛簾，其水瀉入於豐湖，即西湖也。宋知州陳偁創築亭館，以增勝槩。林佺《豐湖集序》云：『湖之潤溉田數百頃，葦藕蒲魚之利歲數萬。民之取於湖者，其施以豐，故曰豐湖。舊記謂即鱷湖，非也。隔水有山曰豐山，自西逶迤入湖中。有點翠洲、雜花島、歸雲洞諸勝。』」

〔二〕逍遥堂：道士何宗一所居，見本集詩題。《廣東舊志》：逍遥堂在豐湖方華洲之上。

〔三〕玉塔：即大聖塔，在豐湖上棲禪寺東南，見本集後卷《悼朝雲》詩序中。

〔四〕湧金門：《咸淳臨安志》，西城三門曰：清波、錢塘、湧金，皆臨西湖。

其 二

二更山吐月，幽人方獨夜。可憐人與月，夜夜江樓下。風枝久一作「夕」未停，露草不可藉。歸來掩關卧，唧唧夜蟲話。

其 三

三更山吐月，棲鳥亦驚起。起尋夢中游，清絶正如此。驅雲掃衆宿，俯仰迷空水。幸可飲我牛，不須違洗耳。

其 四

四更山吐月，皎皎爲誰明。幽人赴我約，坐待玉繩横。野橋多斷板，山寺有微行。今夕定何夕，夢中遊化城〔一〕。

〔一〕化城：《法華經》：「有一導師，以方便力，於險道中過三百由旬，化作一城。告衆人言：『汝等勿怖，莫得退還。』於是衆人前入化城，作已度想，作安隱想。」

其五

五更山吐月，窗迥室幽幽。玉鈎還挂户，江練却明樓。星河澹欲曉，鼓角冷知秋。不眠翻五詠，清切變鸞謳。

按：劉辰翁云：望後月遲，或一更，或二更，愈遲愈佳，乃是實見如此，故看得杜詩别。題中「予嘗夜起」以後，是説數夜事。

送佛面杖與羅浮長老〔一〕

十方三界世尊面，都在東坡掌握中。送與羅浮德長老，携歸萬竅總號風。

〔一〕佛面杖：未詳。

慎按：此詩施氏原本不載，今從新刻《續補》下卷移編於此。

十一月九日夜夢與人論神仙道術因作一詩八句既覺頗記其語録呈子由弟後四句不甚明了今足成之耳

析塵妙質本來空，公自注：夢中於此句，若了然有所得者。更積微陽一線功。照夜一一作「孤」燈長耿耿，閉門千息自濛濛〔一〕。養成丹竈無烟火〔二〕，點盡人間有暈銅〔三〕。寄語山神停伎倆，不聞不見我何窮。

〔一〕閉門千息：《雲笈七籤》：「凡行氣之道，當在密室，閉（門）〔户〕，安牀暖席，枕高二寸半，正身偃卧，瞑目閉氣，以鴻毛著鼻（端）〔上〕，（鴻）毛不動，經三百息，耳無所聞，目無所見，心無所思，當以漸除之。」又云：「徐徐引氣出納，則元氣亦不出，如胎息者。鼻中微微通氣往來，到此雖千息，亦不倦焉。」

〔二〕無烟火：《維摩經》：「如無烟之火。」

〔三〕有暈銅：《雲笈七籤·金丹部》有赤銅去暈法：「取熟銅打作葉，（以）〔取〕牛皮膠煮之如粥，以銅葉納中，以鹽封之内爐中，火之，令烟盡，極赤，出冷砧上打之，黑皮自落。」

附子由次韻：《欒城後集》題云「勸子瞻修無生法」。

除却靈明一一空，年來丹竈漫施功。掌中定有菴摩在，雲際懸知霧雨濛。已賴信心留赤電，要須净戒拂昏銅。誰言逐客江南岸，身世雖窮心不窮。

章質夫送酒六壺書至而酒不達戲作小詩問之〔一〕

白衣送酒舞一作「侮」，訛淵明〔二〕，急掃風軒洗破觥。豈意青州六從事，化爲烏有一先生。空煩左手持新蟹，漫繞東籬嗅落英。南海使君今北海，定分百榼餉春耕。

〔一〕章質夫：《宋史》：「章楶，字質夫，浦城人。仕至資政殿學士，謚莊簡。」陳（斯）〔師〕道《叢談》云：「東坡居惠州，廣守月餽酒六壺，吏嘗（缺）〔跌〕而亡之，坡以詩謝。」云云。據此，則質夫時爲廣州守，可補史傳之缺。

〔二〕舞淵明：《苕溪詩話》：「『白衣送酒舞淵明』，人有疑『舞』字太過者，及觀庾信《答王褒餉酒》詩：『未能扶畢卓，猶足舞王戎。』（舞字）蓋有所本。」

小圃五咏

人參

上黨天下脊，遼東真井底〔一〕。玄泉傾海腴，白露灑天醴。靈苗此孕毓，肩股一作「肢」或具體。移根到羅浮，越水灌清泚。地殊風雨隔，臭味終祖禰。青椏綴紫蕚，圓實墮紅米。窮年生意足，黄土手自啓。上藥無炮炙，齕齧盡根柢。開心定魂魄，憂恚何足洗。糜身輔吾生一作「軀」，既食首重稽。

〔一〕上黨、遼東：《本草别録》：「人參生上黨山谷及遼東。陶隱居曰：上黨在冀州西南。次用高麗者，即遼東。今沁州、遼州等地並出人參，蓋俱與太行相接也。」

地黄

地黄飼老馬，可使光鑑人。吾聞樂天語，喻馬施之身〔一〕。我衰正伏櫪，垂耳氣不振。移栽附沃壤，蕃茂争新春。沉水得穉根〔二〕，重湯養陳薪。投以東阿清〔三〕，和以北海醇。崖蜜助甘冷，山薑發芳辛。融爲寒食餳，嚥作瑞露珍。丹田自宿火〔四〕，渴肺還生津。願餉内熱子，一洗胸中塵。

〔一〕喻馬：《莊子》：「以馬喻馬之非馬，不如以非馬喻馬之非馬也。」

〔二〕沉水：《爾雅》：「苄，地黄也。」羅願云：「（地黄）〔苄〕以沉下者爲（貴）〔珍〕，（爲）〔故〕字從（苄）〔下〕。」

〔三〕東阿清：《水經》：「河水東逕東阿縣故城北。」注云：「大城北門内有大井，深六七丈，歲嘗煮膠以貢天府，故有阿井之名。」沈括《筆談》：「古説濟水伏流，東阿亦濟水所經，取井水煮膠，謂之阿膠，其性趨下，清而且重。」陳（斯）〔師〕道《叢談》：「阿井在陽穀縣故東阿城中，惟二井，甘水也。相傳秤之，比他井重（一斤）〔爾〕。」

〔四〕丹田：《本草》：「地黄性（膩）〔泥〕，得砂仁竄合，五臟之氣，歸宿丹田。」

枸杞

神藥不自閟，羅生滿山澤。日有牛羊憂，歲有野火厄。越俗不好事，過眼等茨棘。青荑春自長，絳珠爛莫摘。短籬護新植，紫筍生卧節。根莖與花實，收拾無棄物。大將玄吾鬢，小則餉我客。似聞朱明洞，中有千歲質。靈龐或夜吠，可見不可索。仙人倘許我，借杖扶衰疾。

甘菊[一]

越山春始寒，霜菊晚愈好。朝來出細粟，稍覺芳歲老。孤根蔭長松，獨秀無衆草。晨光雖照耀，秋雨半摧倒。先生卧不出，黄葉紛可掃。無人送酒壺，空腹嚼珠寶。香風入牙頰，楚些發天藻。新荑蔚已滿，宿根寒不槁。揚揚弄芳蝶，生死何足道。頗訝昌黎公一作「翁」，恨爾生不早。

〔一〕甘菊：《本草》：「陶弘景曰：菊有二種，〔莖〕紫（莖），氣香，而味甘者，爲真菊。青莖而大，作蒿艾氣，味苦者，名苦薏。葉相似，惟以甘苦别之。花大而（香）〔白〕者爲甘菊。」范石湖《菊譜》引《神農書》，以菊爲養生上藥，能輕身延年。多至七十餘種，惟甘菊可食。

薏苡

伏波飯薏苡〔一〕，禦瘴傳神良。能除五溪毒，不救讒言傷。讒言風雨過，瘴癘久亦亡。兩俱不足治，但愛草木長。草木各有宜，珍産騈南荒。絳囊懸荔支，雪粉剖桄榔。不謂蓬荻姿，中有藥與糧。舂爲芡珠圓，炊作菰米香。子美拾橡栗，黄精誑空腸。今吾獨何者，玉粒照座光。

〔一〕飯薏苡：李石《續博物志》：「『薏苡』一名『簳珠』。收子，蒸令氣餾暴乾，挼取作飯麪，主不飢。」

雨後行菜圃一本無「圃」字。

夢回聞雨聲，喜我菜甲長。平明江路濕，並讀作「傍」，去聲岸飛兩槳。天公真富有，乳膏瀉黄壤。霜根一蕃滋，風葉漸俯仰。未任筐筥載，已作杯盤一作「桉」想。艱難生理窄，一味敢專饗。小摘飯山僧，清安寄真賞。芥藍如菌蕈，脆美牙頰響。白菘類羔豚，冒土出蹯掌。誰能視火候，小竈當自養。

殘臘獨出二首

其一

幽尋本無事，獨往意自長。釣魚豐樂橋〔一〕，采杞逍遥堂。羅浮春欲動，雪日有清光。處處野梅開，家家臘酒香。路逢眇道士，疑是左元放。我欲從之語，恐復化爲羊。

〔一〕豐樂橋：失考。當在豐湖上，而地志不載。

其二

江邊有微行〔一〕，詰曲背城市。平湖春草合，步到棲禪寺〔二〕。堂空不見人，老稚掩關睡。所營在一飽，食已寧復事。客來豈無得，施子净掃地。松風獨不静，送我作鼓吹。

〔一〕微行：《詩》：「遵彼微行。」《毛傳》：「微行，墻下徑也。」《孔疏》：「微細之徑道。」

〔二〕棲禪寺：在豐湖上。見後《兩橋》詩引中。

贈包安静先生茶別本無「茶」字二首

其一

皓色生甌面，堪稱雪見羞。東坡調詩腹，今夜睡應休。公自注：偶謁大中精藍中，故人烹日注茶，果不虚，故詩以記之。

其二

建茶三十片，不審味如何？奉贈包居士，僧房戰睡魔。公自注：昨日點日注極佳，點此，復云罐中餘者，可示及舟中滌神耳。

慎按：以上二首，施氏原本載《遺詩》卷中，《外集》以爲在惠州作，今據此移編。

【校記】

一、《真一酒》注二引唐竇苹《酒譜》云云，按，四庫全書收竇苹《酒譜》十五條，無初白所引之文。實轉引自陶宗儀《説郛》卷九十四竇華《酒譜・酒之事三》引《春秋説題辭》。按，初白引文「唐竇苹」，而《説郛》作「竇華」。據《四庫全書總目》，竇苹爲宋仁宗時人。而《説郛》本《酒譜》亦屢述五代事，其《性味十》稱「《五代史》云」，則此「竇」亦必非唐人，故當依《説郛》作「竇華」。

二、《贈陳守道》注四引《紅鉛火龍訣》云云，實轉引自宋張君房《雲笈七籤》卷七十《内丹訣法》。○同注引《黑鉛水虎訣》云云，亦轉引自《雲笈七籤》同卷。○注五引《龍虎經》云云，亦轉引自《雲笈七籤》卷七十《還金術三篇》「術上篇」。○同注引《内丹訣法》云云，亦轉引自《雲笈七籤》卷七十。○同注引蘇軾《寄子由龍虎坎離説》一段引文後，「又云」一段，誤。此段引文非出自蘇軾，實引自元陳致虚《周易參同契分章注》卷中《卯酒刑德章第二十九》注。○注六引《西王母傳》云云，實轉引自《雲笈七籤》卷一百十四《傳》。又，《太平廣記》卷五十六亦收《西王母傳》。

三、《辨道歌》注一引《内丹訣》、注六引《紅鉛火龍訣》，均實轉引自《雲笈七籤》卷七十。○注十一引《抱朴子》云云，誤，今本《抱朴子》無此引文，實引自宋陳顯微《周易參同契解》卷上「春夏據内體」條注。

四、《江漲用過韻》注一引《遊名山記》及曹松詩，均轉引自《名勝志·廣東名勝志》卷之四《惠州府龍川縣》「霍山」條。

五、《連雨江漲二首·其二》注一引《南越志》云云，實轉引自樂史《太平寰宇記》卷一百五十七《嶺南道一·廣州南海縣》「天井岡」條。○同注引吴萊《南海古跡記》云云，實轉引自陶宗儀《説郛》卷六十七上。

六、《次韻定慧欽長老見寄八首·其一》注二引真西山云，蓋出自真德秀《西山文集》卷三十四《題跋·東坡書歸去來辭》。

七、《三月四日遊白水山佛跡巖沐浴於湯泉晞髮於懸瀑之下浩歌而歸肩輿却行以與客言不覺至荔支浦上晚日葱曨竹陰蕭然時荔子纍纍如芡實矣有父老年八十五指以告余曰及是可食公能攜酒來遊乎意欣然許之歸卧既覺聞兒子過誦淵明歸田園居詩六首乃悉次其韻始余在廣陵和淵明飲酒二十首今復爲此要當盡和其詩乃已耳今書以寄妙總大士參寥子·其六》「慎按」引《韓子蒼詩話》云云，實轉引自蔡正孫《詩林廣記》卷一《陶淵明·歸園田居》「種苗在東皋」注引。另見於胡仔《苕溪漁隱叢話·前集》卷四「五柳先生下」。○同注又引洪邁《對雨編》云云，乃轉引自陶宗儀《説郛》卷七十四下，該卷收洪邁《對雨編》文二十三條，引文出自第十八條「東坡和陶詩」。此引文又見於洪邁《容齋三筆》卷三「東坡和陶詩」條。

八、《追餞正輔表兄至博羅賦詩爲别》注四引《傳燈録》云云，《傳燈録》不見此引文，實轉引自覺岸《釋氏稽古略》卷三唐懿宗咸通九年「曹洞宗」條。

九、《荔支嘆》注一引《風俗通》「漢改郵爲置」一語，不見於《風俗通義》，實轉引自宋楊侃《兩漢博聞》卷十二「郵置」條。又，陳耀文《天中記》卷十六、《淵鑑類函》卷三百四十八「驛一」均有載。○同注引白居易詩「道旁堠，一雙復一隻」，誤。此詩爲韓愈之作，題爲《路旁堠》，見《五百家注昌黎文集》卷六，「道」作「路」。○注二引樂史《楊妃外傳》云云，實轉引自陶宗儀《説郛》卷一百十一下。○注八引錢思公語，未注明出處。按，此引文又見於陳耀文《天中記》卷五十三「牡丹」。陳元龍《格致鏡原》卷七十一亦有載。

十、《和子由次月中梳頭韻》注二引太靈真人《存三魂法》云云，實轉引自《雲笈七籤》卷五十四。

十一、《余遷惠州一年衣食漸窘重九伊邇尊俎蕭然乃和淵明貧士七篇以寄許下高安宜興諸子姪并令過同作·其二》「按」引《詩眼》云云，實轉引自魏慶之《詩人玉屑》卷六「東坡工於命意」條。

十二、《小圃五詠·地黃》注二羅願語云云，未注明出處，按，此引文又見於明盧之頤《本草乘雅半偈》卷一《本經上品一》「乾地黃氣味」條注。

東坡先生編年詩卷四十

古今體詩六十九首起紹聖三年丙子正月，合明年丁丑四月以前在惠州作。

新年五首

其　一

曉雨暗人日，春愁連上元。水生挑菜渚，烟濕落梅村。小市人歸盡，孤舟鶴踏翻。猶堪慰寂寞，漁火亂黄昏。

其　二

北渚集群鷺，新年何所之。盡歸喬木寺，分占結巢枝。生物會有役，謀身各及時。何當禁畢弋〔一〕，看引雪衣兒。

〔一〕畢弋：《莊子》：「夫弓弩畢弋機變之智多，則鳥亂於上矣。」

慎按：此詩通首謂白鷺巢林而菢雛，初疑水鳥未必棲木。戊寅初夏，閩遊，過鉛山縣，城中有古樟三株，大皆合抱，白鷺千百，群巢其顛。土人云：每歲以三月來，伏雛乃去。方知東坡不我欺也。

其　三

海國空自煖，春山無限清。冰谿紛一作「結」瘴雨，雪菌到江城。更待輕雷發，先催凍筍生。豐湖有藤菜〔一〕，似可敵蓴羹。

〔一〕豐湖：一名西湖，注見本卷。

其　四

小邑浮橋外〔一〕，青山石岸東。茶槍燒後有，麥浪水前空。萬户〔二〕不禁酒〔三〕，三年真識翁。結茅來此住，歲晚有無同。

〔一〕浮橋：《六經釋文》：「橋必有柱，浮橋以舟爲柱。《詩》云『造舟爲梁』是也。李巡注《爾雅》云：『比其船而渡也。』郭云：『并舟爲橋。』」

〔二〕萬户：本集先生詩餘序云：「余近釀酒，名萬家春，蓋嶺南萬户酒也。」

〔三〕不禁酒：《宋史·食貨志》：「榷酤非便，仍舊賣麴。惟夔、建、麟、府、辰州、汀、漳及廣南東、西路不禁。」

其五

荔子幾時熟，花頭今已繁。探春先揀樹〔一〕，買夏欲論園。居士常携客，參軍許叩門。公自注：周參軍家多荔子〔二〕。明年更有味，懷抱帶一作「鬧」諸孫。

〔一〕揀樹：《荔支譜》：「初著花時，商人計樹斷之以立券，若後（多）〔豐〕寡能（預）知之。」

〔二〕周參軍：名字、爵里失考。

慎按：以上五首，施氏原本訛編乙亥卷末，今改編丙子卷首。

形贈影

天地有常運，日月無間時。孰居無事中，作止推行之。細察我與汝，相因以成茲。忽然乘物化〔一〕，豈與生滅期。夢時我方寂，偃然無所思。胡爲有哀樂，輒復隨漣洏。我舞汝凌亂〔二〕，相應不少疑。還將醉時語，答我夢中辭。

〔一〕物化：《莊子》：「不知周之夢爲蝴蝶與？蝴蝶之夢爲周與？周與蝴蝶則必有分矣，此之（爲）〔謂〕物化。」《古詩》：「奄忽隨物化。」

〔二〕舞凌亂：李白詩：「我歌月徘徊，我舞影凌亂。」

影答形

丹青寫君容，常恐畫師拙。我依月燈出，相肖兩奇絶。妍媸一作「形」本在君，我豈相媚悦。君如火上烟，火盡君乃别。我如鏡中像，鏡壞我不滅。雖云附陰晴，了不受寒熱。無心但因物〔一〕，萬變豈有竭。醉醒皆夢耳，未用議優劣。

〔一〕因物：《莊子》：「因其所有而有之，則萬物莫不有；因其所無而無之，則萬物莫不無；因其所然而然之，則萬物莫不然；因其所非而非之，則萬物莫不非。」

神釋

二子本無我，其初因物著。豈惟老變衰〔一〕，念念不如故〔二〕。知君非金石，安得長託附。莫從老君言，亦莫用一作「如」佛語。仙山與佛國，終恐無是處〔三〕。甚欲隨陶翁，移家酒中住。醉醒要有盡，未易逃諸數。平生逐兒戲，處處餘作具。所至人聚觀，指目生毁譽〔四〕。如今一弄火，好惡都焚去。既無負載勞，又無寇攘懼。仲尼晚乃覺，天下何思慮。

〔一〕老變衰：嵇康《養生論》：從衰至白，從白得老。

〔二〕念念不如故：《楞嚴經》：「我觀現前，念念遷謝，新新不住，如火成灰，漸漸消殞。」

〔三〕無是處：《楞嚴經》：「無有是處。」

〔四〕指目：《史記·陳涉世家》：「旦日，卒中往往指目勝、廣。」

咏二疏

二疏事漢時，迹寓心已去。許侯何足道，寧識此高趣。可憐魏丞相，免冠謝陋舉。中興多名臣〔一〕，有道獨兩傅。世途方轂擊，誰肯行此路。是身如委蛇，未蜕何所顧。已蜕則兩忘，身後誰毁譽。所以遺子孫，買田豈先務。我嘗游東海〔二〕，所歷若有素。神交久從君，屢夢今乃悟。淵明作詩意，妙想非俗慮。庶幾二大夫〔三〕，見微而知著。

〔一〕中興：《漢書·魏相傳贊》：「孝宣中興，丙、魏有聲。」

〔二〕遊東海：按，先生自杭移知密州，道出海州，有詩，載十二卷。海州，漢東海郡，二疏故里也。

〔三〕二大夫：《漢書·疏廣傳》：「在位五歲，父子俱移病乞骸骨。公卿、大夫、故人、邑子設祖道供張東都門外，送者車數百兩，辭決而去，及道路觀者，皆曰：『賢哉，二大夫！』」

咏三良

此生太山重，忽作鴻毛遺。三子死一言，所死良已微。賢哉晏平仲，事君不以私。我豈犬馬哉，從君求蓋帷〔一〕。殺身固有道，大節要不虧。君爲社稷死，我則同其歸。顧命有治亂〔二〕，臣子得從違。魏顆真孝愛，三良安足希。仕宦豈不榮，有時纏憂悲。所以靖節翁，服此黔婁衣。

〔一〕蓋帷：《禮記》：「敝帷不棄，爲埋馬也。敝蓋不棄，爲埋狗也。」施氏删去中二句，大謬。今補注。

〔二〕命有治亂：《左傳》：「晉魏武子有嬖妾，武子疾，命（其子）顆曰：『必嫁是。』疾病則曰：『必以爲殉。』及卒，顆嫁之，曰：『疾病則亂，吾從其治也。』」

慎按：葛立方《韻語陽秋》云：「三良以身殉葬，《黄鳥》之詩哀之，則咎在秦穆而不在三良矣。王仲宣云：『結髮事明君，受恩良不訾。臨殁要之死，焉得不相隨？』陶元亮云：『厚恩固難忘，君命安可違？』皆不以三良之死爲非也。至李德裕則謂：『君爲社稷死則死之，不可許之，死欲與梁邱據、安陵君同譏。則罪三良之死非其所矣。然君命之於前，衆驅之於後，欲不死，得乎？』惟柳子厚云：『疾病命固亂，魏氏言有章。從邪陷厥父，吾欲討彼狂。』（意謂）〔使〕康公能如魏顆不用亂命，則豈陷父於不義哉！東坡《和陶》亦云云，正與子厚之論合。」

詠荆軻

秦如馬後牛，吕氏非復嬴。天欲厚其毒，假手李客卿。功成志自滿，積惡如陵京。滅身會有時，徐觀可安行。沙邱一狼狽，笑落冠與纓。太子不少忍，顧非萬人英。魏韓裂智伯，肘足本無聲。胡爲棄成謀，託國此狂生。荆軻不足説，田子老可驚。燕趙多奇士〔一〕，惜哉亦虚名。殺父囚其母，此豈容天庭。亡秦只三户，况我數十城。漸離雖不傷，陛戟加周營。至今天下人，愍燕欲其成。廢書一太息，可見千古情。

〔一〕燕趙奇士：《漢書·江充傳》：「充爲人魁岸，容貌甚壯，帝望見而異之，謂左右曰：『〔燕〕趙(國)固多奇士。』」

慎按：《形贈影》以下詩六首，皆和陶詩也。舊本刻《歸園田居》後，今分編於此。

二月八日與黄燾〔一〕僧曇穎〔二〕過逍遥堂何道士宗一問疾〔三〕

安心守玄牝〔四〕，閉眼覓黄庭〔五〕。問疾來三士，澆愁有半缾。風松時落蕊，病鶴不梳翎。尊空我歸去，山月照君醒。

〔一〕黄燾：不知何許人，時爲惠州推官。先生《與程正輔尺牘》云：「本州黄燾推官實甚廉幹，郡中殊賴之。孤進無緣自達，不知舉削能及之否。」

〔二〕曇穎：失考。

〔三〕逍遥堂：注詳上卷《江月》詩下。

〔四〕玄牝：《道德經》：「谷神不死，是謂玄牝。」《雲笈七籤》：「不死之道，在於玄牝。玄，天也，天於人爲鼻；牝，地也，地於人爲口。魂者，雄也，出入人鼻，與天通，故鼻爲玄；魄者，雌也，出入於口，與地通，故口爲牝。乃是天地元氣所從往來也。」

〔五〕黄庭：《外景經》：「上有黄庭（下）有關元。」注云：「黄庭者，目也。」《雲笈七籤》：「命門下一黄庭元王，始明精字，曰元陽昌，恒守我兩筦間，車軸下户是死氣之門，黄庭元王嚴固守之，使神氣不散。」

次韻高要令劉湜峽山寺見寄〔一〕

新聞妙無多，舊學閒可束。猶當隱季主，未遽逃梅福。空腸吐餘思，静似蠶綴族一作「簇」。寸田結初果〔二〕，秀若銅生緑。荆棘掃誠盡，梨棗憂不熟。高人寧鑄金〔三〕，下士乃服玉〔四〕。君看嶺嶠隘，我欲巾笥蓄。曾攀羅浮頂，亦到朱明谷。旋觀真歷塊，歸卧甘破屋。故人老猶仕，世味薄如縠。偶從越女笑，不怕蠻江浴。驚聞尺書到，喜有新詩辱。應憐五管客，曾作八州督〔五〕。骨銷讒口鑠，膽破獄吏酷。隴雲不易寄，江月乃可掬。遥知清遠寺，不稱空明一作「洞」腹。蹇驢步武碎，短瑟絃柱促。仰看泉落珮，俯聽石響轂。千峰瀉清駛〔六〕，一往無回躅。狂雷失晤語，過電不容目。要知僧長飢，正坐山少肉。人間無南北，蝸角空出縮。仇池九十九，公自注：仇池有九十九泉，予嘗夢至，有詩。嵩少三十六。公自注：子由近買田陽翟，北望嵩少，甚近。天人同一夢，仙凡無兩録。陋邦真可老，生理亦粗足。便回蓺天餤，長作照海燭。公自注：黄魯直寄詩云：蓮花合裏一寸燭，牡馬海中燒百川。魯直蓋近有得也。

〔一〕高要：《元和郡縣志》：「高要，本漢舊縣，屬蒼梧郡。隋開皇十一年，置端州，割屬焉。」《輿地廣記》：「端州，秦屬南海郡，陳立高要郡，宋升興慶軍節度。」《九域志》：「廣南東路端州高要郡，軍事，治高要縣。」

〔二〕寸田結初果：《黄庭經》：「但當吸氣（煉）〔録〕子精，寸田尺宅可治生。」《雲笈七籤》：「服氣，本名胎息。如嬰兒在腹中，不食而能長養成就，爲（初）〔新〕受正氣，無思無慮，汎然凝（結）〔寂〕，是名胎息。」《胎息經》：「胎從伏氣中結。」注云：「臍下三寸爲下丹田。修道者常伏其氣於臍下，守其神於身内，神氣相合而成玄胎，玄胎既結，乃自生身。」

〔三〕鑄金：《抱朴子·黄白篇》：余諮於鄭君：「高人何用金銀爲貴，而遺其有？」鄭曰：「真人作金，自欲餌服之致神仙，不以致富也。」

〔四〕服玉：《抱朴子》：「（引）《玉經》云：『服玉者，壽如玉。』又云：『服玄真者，其命不極。』玄真，玉之別名也。可以烏米酒及地榆酒，化之爲水，亦可以葱漿消之爲粭，亦可餌以爲丸，燒以爲粉，服之，俱令人不死。」《（後）魏書》：「李預每羨餐玉法，椎七十枚爲屑，日服食之。」

〔五〕八州：按，先生歷知密、徐、湖、登、杭、潁、揚、定，凡八州。

〔六〕瀉清駛：按，本集《〔題廣州清遠〕峽山寺(題名)》云：「溪水太(駛)〔峻〕，當作一閘。若夏秋水暴，爲啓閉之節。用陰陽家説，寺當少富。」云云。「千峰瀉清駛」以下六句，隱寓此意。

〔七〕照海：尹真人《服元氣法》云：「氣海者，與腎(水)相連，水歸於海，故名氣海。心爲南方丙丁火，既知氣海，以心守之，併去外想，閉氣於海，以手於臍下候之，如動於掌下，兼以目下注。如此久久，鼻中喘息都無出入。初用意時，勿令至心肺。至則心悶抑塞，不能下照。(能)下照(者)是心守海也。」

慎按：以上二首，施氏原本編在上卷之末，今改正。

食荔支二首并引

惠州太守東堂，祠故相陳文惠公〔一〕。堂下有公手植荔枝一株，郡人謂之將軍樹〔二〕。今歲大熟，嘗一作「賞」，訛啖之餘，下逮吏卒。其高不可致者，縱猿取之。

其一

丞相祠堂下，將軍大樹旁。炎雲駢火實，瑞露酌天漿。爛紫垂先熟，高紅挂遠揚。分甘徧鈴下，也到黑衣郎。

〔二〕陳文惠：《宋史》：陳堯佐，字希元，樞密使堯叟之弟。仁宗朝，參知政事，卒謚文惠。不載其知惠州事。鄭俠《西堂集》中有《陳文惠祠堂記》。《輿地紀勝》：「咸平初，陳堯佐知惠州，手植荔支於州堂。淳祐初，太守趙汝馭扁曰『延相堂』。」

〔三〕將軍樹：蔡君謨《荔支譜》中有「將軍荔支」，云：「是五代時有爲此官者種之，後人以其官號其樹，而失其姓名之傳。」《能改齋漫録》亦云：「鄭熊（《番禺雜編》）嘗記廣中荔支凡二十二種」，有大將軍、小將軍等名。

其二

羅浮山下四時春，盧橘楊梅次第新。日啖一作「啖」荔支三百顆，不辭一作「妨」長作嶺南人。

寄高令

滿地春風掃落花，幾番曾醉長官衙。詩成錦繡開胸臆，論極冰霜繞齒牙。别後與誰同把酒，客中無日不思家。田園知有兒孫委，早晚扁舟到海涯。

慎按：此詩施氏原本不載，據《外集》編入「惠州」卷中，今從之。

遷居并引

吾紹聖元年十月十二日至惠州，寓居合江樓。是月十八日，遷於嘉祐寺。二年三月十九日，復遷於合江樓。三年四月二十日，復歸於嘉祐寺。時方卜築白鶴峰之上，新居成，庶幾其少安乎！

前年家水東〔一〕，回首夕陽麗。去年家水西，濕面春雨細。東西兩無擇，緣盡我輒逝。今年復東徙，舊館聊一憩。已買白鶴峰〔二〕，規作終老計。長江在北户，雪浪舞吾砌。青山滿牆頭，鬖鬌幾雲髻。雖慚抱朴子，金鼎陋蟬蜕。猶賢柳柳州，廟俎薦丹荔。吾生本無待，俯仰了此世。念念自成劫，塵塵各有際。下觀生物息，相吹等蚊蚋。

〔一〕水東：唐子西《水東廟記》：「吾始至惠州，屏居南山之下。北望西江之東林木，有燈熠然，里人曰：『此水東靈廟也。』」

〔二〕白鶴峰：《羅浮記》：博羅縣有羅浮鄉，皆山前後之地也。靈跡多在浮山，山有白鶴觀，今廢。《名勝志》：「白鶴峰在惠州東五里，高五丈。」本集先生《白鶴新居上梁文》：「鵝城萬室，端居二水之間；鶴觀一峰，獨立千巖之上。」危太朴《東坡書院記》：「白鶴峰在歸善縣北十餘步，下臨大江，遠瞰數百里，惠之勝處也。」

和子由盆中石菖蒲忽生九花

春萁秋莢兩須臾，神藥人間果有無。無鼻何由識薝蔔，有花今始信菖蒲。芳心未飽兩蛺蝶，寒意知鳴幾蟪蛄。記取明年十二節，小兒休更簡霜須。

附子由原作：《欒城集》題云「石盆種菖蒲甚茂忽開八九花或言此花壽祥也遠因生日作頌亦爲賦此」。

石盆攢石養菖蒲，沮洳沙泉薤葉鋪。世説花開難值遇，天將壽考報勤劬。心中本有長生藥，根底暗添無限須。更爾屈蟠增瘦硬，他年老病要相扶。

淵明讀山海經十三首其七皆仙語余讀抱朴子有所感用韻賦之〔一〕

其一

今日天始霜，衆木斂以疎。幽人掩關一作「窗」卧，明景翻空廬。開心無良友，寓眼得奇書。建德有遺民，道遠我無車。無糧食自足，豈謂穀與蔬。愧此稚川翁，千載與我俱。畫我與淵明，可作三士圖。學道雖恨晚，賦詩豈不如。

〔一〕抱朴子：《晉書·葛洪傳》：「所著子言黄白之事，名曰《内篇》，其餘駁難通釋，名曰《外篇》。

大凡内外一百一十六篇。（自）〔雖〕不足藏之名山，且欲緘之金匱，以示識者。自號抱朴子，因以名書。」

其　二

稚川雖獨善，愛物均孔顏。欲使蟪蛄流，知有龜鶴年。辛勤破封蟄一作「執」，苦語劇移山〔一〕。博哉無窮利，千載食此言。

〔一〕苦語：《抱朴子・勤求篇》：「昔之著道書者多矣，莫不務廣浮巧之言，以崇玄虚之旨。未有究論長生之階徑，箴砭爲道之病痛，如吾之勤勤者也。實欲令迷者知反。」

其　三

淵明雖中壽〔一〕，雅志仍丹邱。遠矣無懷民，超然邈無儔。奇文出纊息，豈復生死流。我欲作九原，異世爲三游。

〔一〕中壽：《晉書・陶潛傳》：「宋元嘉中卒，時年六十三。」

其　四

子政洵奇逸，妙算窮陰陽。淮南一作「仙」枕中訣〔一〕，養鍊歲月長。豈伊臭濁中，争此頃刻光。安知青藜火，丈人非中黄〔二〕。

〔一〕枕中訣：《抱朴子·論仙篇》：「作（聖）〔金〕皆在神仙集中，淮南王抄出，以作《鴻寶枕中書》。雖有其文，然皆秘其要。劉向父德治淮南王獄，獄中所得此書，非有師授也。」

〔二〕中黄：《老子中經·第十一仙》：「中黄真人，字黄裳子，主辟穀。」《雲笈七籤》：「《中黄真經》者，九仙君撰，中黄真人注。」《抱朴子·地真篇》：「黄帝西見中黄子，受九加之方。」○按，中黄子，古之真人也。施氏原注所引《抱朴子·仙藥篇》，乃石中之黄子，與本文所用不合，今爲駁正。

其五

亂離棄弱女，破家割恩憐。寧知效龜息〔一〕，三歲號窮山。長生定可學，當信仲弓言。支牀竟不死，抱一無窮年〔二〕。

〔一〕龜息：《雲笈七籤》：「龜鼈等（攝）氣法，東向坐，仰頭，不息，五息五通，以舌撩口中沫，滿（三）〔二〕七，咽。」

〔二〕抱一：《老子》：「載營魄抱一，能無離乎？」

其六

二一作「三」，訛山在咫尺，靈藥非草木。玄芝生太元，黄精出長谷。仙都浩如海，豈不供一浴〔一〕。何當從山火，束緼分寸燭。

〔一〕一浴：《仙家沐浴身心經》：「沐浴内净者，虚心無垢，外净者，身垢盡除；存念真一，離諸色染。」

其七

蜀士李八百〔一〕，穴居吴山陰。默坐但形語，從者紛如林。其後有李寬，雞鵠非同音〔二〕。口耳固多僞，識真要在心。

〔一〕李八百：按，《神仙傳》：「李八百，蜀人也，歷世見之。時人計其年八百，因以爲號。」又，李阿亦蜀人，别有傳。○慎按，《神仙傳》：李八百、李阿爲兩人，而《抱朴子》則云李阿即李八百，二書同出稚川翁手，不知何以互異。

〔二〕雞鵠：《莊子》：「奔蜂不能化藿蠋，越雞不能伏鵠卵。其德非不同也，其材固有巨小也。」

其八

黄花冒一作「育」，訛甘谷，靈根固深長。廖一作「葛」，訛井窖丹砂〔一〕，紅泉湧尋常〔二〕。二女戲口鼻一作「耳」，松膏以爲糧。聞此不能寐，起坐夜未央。

〔一〕廖井：《抱朴子》：「余祖鴻臚少卿曾爲臨沅令，云此縣廖氏家，世壽考。後徙去，子孫轉夭折，他人居其故宅，復如舊。是宅井水殊赤，試掘之，得古埋丹砂數十斛，砂汁因泉入井，（故）〔是以〕飲而得壽也。」〇慎按，施氏原注删去《抱朴子》全文，遂訛以廖井爲葛井，今爲駁正。

〔二〕尋常：《左傳》：「八尺曰尋，倍尋曰常。」

其九

談道鄙俗儒，遠自太史走。仲尼實不死，於聖亦何負。紫文出吴宫〔一〕，丹雀本無有。遼哉廣桑君，獨顯三季後。

〔一〕紫文：《八素經》云：「靈文鬱乎洞標，紫字焕乎瓊林。」又，司馬紫微《天地宫府圖序》云：瓊簡紫文，方傳代學。」

其十

金丹不可成，安期渺雲海。誰謂黄門妻〔一〕，至道乃近在。尸解竟不傳，化去空餘悔。丹一作「金」成亦安用，御氣本無待。

〔一〕黄門妻：《抱朴子・黄白篇》：「桓君山言：漢黄門郎程偉，好黄白術。娶妻，得知方家女。偉按（視）枕中鴻寳，作金，不成。妻乃往視，出其囊中藥，少少投之，食頃成銀。偉大驚，曰：『道近在汝處，而不早告我，何也？』妻曰：『得之須有命者。』於是，偉日夜説誘之，猶不肯告。偉乃謀撾（髻）〔笞〕伏之，妻輒云：『道必當傳得其人，如非其人，雖寸斷支解，道（終）〔猶〕不出也。』偉逼之，妻乃發狂，裸而走。」○慎按，先生詩中所引，乃《抱朴子》原文也。施氏原注引《真誥》，「黄門」作「期門」，與詩不合，事又不詳，今爲補注。

其十一

鄭君故多方，玄翁所親指。奇文二百篇，了未出生死。素〔一〕書在黄石〔二〕，豈敢辭跪履。萬法等成壞，金丹差可恃。

〔一〕素書：《困學紀聞》：「《素書》一卷，六章，曰《原始》，曰《正德》，曰《本德宗道》，曰《求人之志》，曰《遵義》，曰《安道》。晁公武《讀書志》謂其〔云〕『龐亂無統，蓋采諸書成之』。」

〔二〕黃石：《抱朴子・至理篇》引孔安國《秘記》曰：「張良得黃石公不死之法，不但兵法而已。」如安國之言，則良爲得仙也。又，《黃石公記》云：黃石，鎮星之精也。

其十二

古强本庸妄，蔡誕亦夸士。曼都斥仙人，謫帝輕舉止。學道未有得，自欺誰不爾。稚川亦隘人，疏録此庸子。

其十三

東坡信畸人，涉世真散材。仇池有歸路，公自注：在潁州，夢至一官居，顧視堂上，榜曰「仇池」。覺而念之：仇池，武都氏故地，楊難當所保，余何爲而居之。明日，以問客，客有趙令畤者，曰：此乃福地小有洞天之附庸也。杜子美蓋云：萬古仇池穴，潛通小有天。羅浮豈徒來？踐蚰及茹蠱，心空了無猜。攜手葛與陶，歸哉復歸哉。

慎按：以上十三首，不著作詩年月。考之《欒城集・和子瞻和陶公讀山海經》詩，編次《盆中菖蒲花》之後，今據此置「惠州」卷中。

附子由和一首：《欒城集》題云「子瞻和陶公讀山海經詩欲同作而未成夢中得數句覺而補之」。

此心淡無著，與物常欣然。虛閒偶有見，白雲在空間。愛之欲吐玩，恐爲時俗傳。逡巡自失去，雲散空長天。永媿陶彭澤，佳句如珠圓。

兩橋詩并引

惠州之東，江溪合流，有橋，多廢壞，以小舟渡。羅浮道士鄧守安，始作浮橋。以四十舟爲二十舫，鐵鎖石碇，隨水漲落，榜曰東新橋。州西豐湖上，有長橋，屢作屢壞。棲禪院僧希固築進兩岸，爲飛樓九間，盡用石鹽木，堅若鐵石，榜曰西新橋。皆以紹聖三年六月畢工，作二詩落之。

東新橋一本無此三字。

群鯨貫鐵索，背負橫空霓〔一〕。首搖翻雪江，尾插崩雲溪。機牙任信縮〔二〕，漲落隨高低。轆轤卷巨索一作「綆」，青蛟挂長隄。奔舟免狂觸，脱筏防撞擠。一橋何足云，讙傳滿一作「廣」東西。父老有不識，喜笑争攀躋。魚龍亦驚逃，雷電一作「雹」生馬蹄。嗟此病涉久，公私困留稽。姦民食此險，出没如鳧鷖。似賣失船壺，如去登樓梯。不知百年來，幾人隕沙泥。豈知濤瀾上，安若堂與閨。往來無晨夜，醉病休扶携。使君飲我言，妙割無牛雞。不云二子勞，歎我捐腰犀。公自注：二子造橋，予嘗助施犀帶。我亦壽使君，一言聽扶藜。常當修未壞，勿使後噬臍。

〔一〕横空霓：按，前一首專屬東新橋，王氏舊注謂指兩橋者，訛。

〔二〕信縮：「信」字平聲，與「伸」同。

西新橋 一本無此三字。

昔橋木一作「本」千柱，挂湖如斷霓。浮梁陷積淖，破板隨奔溪。笑看遠岸没，坐覺孤城低。聊因三農隙，稍進百步隄。炎州無堅植一作「石」，潦水輕推擠。千年誰在者，鐵柱羅浮西。獨有石鹽木，白蟻不敢躋。似開銅駝峰，如鑿鐵馬蹄。岌岌類鞭石，山川非會稽。嗟我久閣筆，不書紙尾鷖。蕭然無尺箠，欲構飛空梯。百夫下一杙，椓此百尺泥。公自注：橋柱石鹽之下皆有堅木，椓入泥中丈餘，謂之頂樁。探囊賴故侯，寶錢出金閨。公自注：子由之婦史，頃入内，得賜黄金錢數千，以助施。父老喜雲集，簞壺無空攜。三日飲不散，殺盡西村雞。似聞百歲前，海近湖有犀。公自注：橋下舊名鰐湖〔一〕，蓋嘗有鮫、鰐之類。那知陵谷變，枯瀆生茭藜。後來勿忘今，冬涉水過臍。

〔一〕鰐湖：《廣東舊志》：「『鰐』作『鱷』，『湖在惠州城西一里，小而深黑，相傳中潛鱷魚，亦名鱷穴。』」

悼朝雲并引

紹聖元年十一月，戲作《朝雲》詩。三年七月五日，朝雲病亡於惠州，葬之棲禪寺松林中，東南直大聖塔。予既銘其墓〔一〕，且和前詩以自解。朝雲始不識字，晚忽學書，粗有楷法。蓋嘗從泗上比邱尼義沖學佛，亦略聞大義，且死，誦《金剛經》四句偈而絕。

苗而不秀豈其天，不使童烏與我玄。駐景恨無千歲藥〔二〕，贈行惟有小乘禪。傷心一念償前債，彈指三生斷後緣。歸卧竹根無遠近，夜燈勤禮塔中仙。

〔一〕朝雲墓：本集先生《誌朝雲墓》云：「朝雲，字子霞，姓王氏，錢塘人。事先生二十有三年，紹聖三年七月壬辰，卒於惠州，葬之（西）〔豐〕湖之上棲禪山寺之東南。」

〔二〕駐景：李商隱詩：「檢與神方教駐景。」

縱筆

白頭蕭散滿霜風，小閣藤牀寄病容。報道先生春睡美，道人輕打五更鐘〔一〕。

〔一〕道人打鐘：《北齊書》：孝昭帝時，鄴中童謡曰：「中興寺內（有）〔白〕鳧翁，四方側聽聲雍雍，道人聞之夜打鐘。」

慎按：此詩施氏原本不載，據王氏舊注，此詩執政聞而怒之，再貶儋耳。云云。當是惠州所作，今從新刻《續補》下卷移編。

丙子重九二首

其一

三年瘴海上，越嶠真我家。登山作重九，蠻菊秋未花。惟有黄茅浪，堆壠生坳窊。蜑酒蘗一作「孽」衆毒，酸甜如梨樝。何以侑一尊，鄰家餽鼃蛇。亦復强取醉，歡謡雜悲嗟。今年吁惡歲，僵仆如亂麻。此會我雖健，狂風卷朝霞〔一〕。使我如霜月，孤光挂天涯。西湖不欲往，暮一作「墓」樹號寒鴉。

〔一〕朝霞：借以言朝雲也。「今年吁惡歲」以下八句，專爲朝雲而發。

其二

窮途不擇友，過眼如亂雲。餘子誰復數，坐間兩使君〔一〕。共飲去年堂，俯看秋水紋。此水與此人，相追兩沄沄〔二〕。老去各休息，造化嗟長勤。佳哉此令節，不惜與子分。何以娱我客，游魚在清濆。水師三百指，鐵網欲掩群。獲多雖一快，買放尤可欣。此樂真不朽，明年我歸耘。

〔二〕兩使君：詹範，字器之。方子容，字南圭。相繼爲惠州守，皆見本傳。

〔三〕沄沄：杜甫詩：「沄沄逆素浪。」韓愈詩：「浪波沄沄去。」

次韻子由所居六詠

其一

堂前種山丹，錯落馬腦盤。堂後種秋菊，碎金收辟寒。草木如有情，慰此芳歲闌。幽人正獨樂，不知行路難。

附子由原作：

手植天隨菊，晨添苜蓿盤。叢長憐夏苦，花晚怯秋寒。素食舊所媿，長齋今未闌。殷勤拾落蕊，眼暗讀書難。

其二

詩人故多感，花發憶兩京。石榴有正色，玉樹真虛名。粲粲秋菊花，卓爲霜中英。萸粲照重九，纈蕊兩鮮明。

附子由原作：

山丹炫南土，盈尺愧西京。所至曾無比，知非浪得名。未須求別種，尚欠剥繁英。行復春風度，天涯眼暫明。

其　三

幽居有古意，義井分西牆。誰云一作「言」三伏熱，止須一杯涼。先生坐忍渴，群嚚自披猖。衆散徐酌飲，逡巡味尤長。

附子由原作：

鄰家三畝竹，蕭散倚東牆。誰謂非吾有，時能惠我涼。雪深聞毀折，風作任披猖。事過還依舊，相看意愈長。

其　四

先生飯土塯，無物與劉叉。何以娱醉客，時饋砌下花。井水分西鄰，竹陰借東家〔一〕。蕭然行脚僧，一身寄天涯。

〔一〕竹陰借東家：《埤雅》：「種竹法，斸取東南引根，於園西北角種之，久〔久〕〔之〕自當滿園。語云：「西家種竹，東家治地。」

附子由原作：

弱榴生掩冉，插竹強支叉。旋疊封根石，能開著子花。扶持物遂性，綴緝我成家。故國田園少，何須恨海涯。

其　五

東齋手植柏，今復幾尺長。知有桓司馬，榛茅爲遮藏。近聞南臺松，新枝出餘僵。年來此懷抱，豈復一作「敢」驚凡亡。

附子由原作：

大雞如人立，小雞三寸長。造化均付與，危冠兩昂藏。出欄風易倒，依草枯不僵。後庭花草盛，憐汝計興亡。

其　六

新居已覆瓦，無復風雨憂。檻栽與籠竹，小詩亦可求。尚欲煩貳師，刺山出飛流。應須鑿百尺，兩綆載一牛。

按：是時，先生新居白鶴峰將成，尚未鑿井，故此詩云然。

附子由原作：

西鄰分半井，十口無渴憂。歲旱百泉竭，日供八家求。艱難念生理，沾足媿寒流。比聞山田婦，出汲争群牛。自注：山中澗谷枯竭，汲者每苦牛奪其水，一人出汲，輒數人持杖護之。

吴子野〔一〕絶粒不睡過作詩戲之芝上人〔二〕陸道人皆和予亦次韻〔三〕

聊爲不死五通仙〔四〕，終了無生一大緣〔五〕。獨鶴有聲知半夜〔六〕，老蠶不食已三眠。憐君解比人間夢，公自注：芝有夢齋，子由作銘。許我時逃醉後禪。會與江山成故事，不妨詩酒樂新年。

〔一〕吴子野：名復古，注見前。

〔二〕芝上人：即曇秀，注見前。

〔三〕陸道士：本集《雜記》：「陸道士，名惟忠，字子厚，眉山人。好丹藥，能詩。久客江南，無知之者。吴遠游過彼，遂與俱來惠州。」

〔四〕五通仙：《維摩經》：「或現離婬欲，爲五通仙人。」注云：佛具六通，神仙衆特五通而已。五通，則不死；六通，無死無生。

〔五〕一大緣：《法華經》：「諸佛（菩薩）〔世尊〕，以一大事因緣，故出現於世。」

〔六〕鶴知夜半：語出《春秋繁露》。

擷菜并引

吾借王參軍地種菜，不及半畝，而吾與過子終年飽菜。夜半飲醉，無以解酒，輒擷菜煮之，味含土膏，氣飽風露，雖粱肉不能及也。人生須底物，而更貪耶？乃作四句。

秋來霜露滿東園，蘆菔生兒芥有孫。我與何曾同一飽，不知何苦食雞豚。

慎按：此詩施氏原注載《遺詩》卷中，今據《寓惠集》移編於此。

十二月二十五日酒盡取米欲釀米亦竭時吴遠游陸道士皆客於余因讀淵明歲暮和張常侍詩亦以無酒爲嘆乃用其韻贈二子

我生有天祿，玄膺〔一〕流玉泉〔二〕。何事陶彭澤，乏酒每形言。仙人與道士，自養豈在繁。但使荊棘除，不憂梨棗愆。我年六十一，頹景薄西山。歲暮似有得，稍覺散亡還。有如千丈松，常苦弱蔓纏。養我歲寒枝，會有解脱年。米盡初不知，但怪飢鼠遷。二子真我客，不醉亦陶然〔三〕。

〔一〕玄膺：《黄庭内景經》：「取津玄膺入明堂，下漑（咽）喉〔嚨〕神明通。注云：「咽液之道，必自玄膺，下入喉嚨，〔喉嚨〕一名重樓。重樓之下爲明堂、洞房、丹田。身命以津氣爲主也。」

〔二〕玉泉：《黄庭内景經》：「三十六咽玉池裏，開通百脉血液始。」注云：「口爲玉池，膽爲中池，胞爲玉泉。華池咽液入丹田，所謂灌漑靈根也。」

〔三〕陶然：陶潛詩：「（傲然自得）陶然自樂。」白居易詩：「共君一醉一陶然。」

慎按：詩中有「我年六十一」之句，自是丙子冬作，今從《和陶》卷中移編。

海上道人傳以神守氣訣〔一〕

但向起時作，還於作處收。蛟龍莫放睡，雷雨直石刻作「却」須休。要會石刻作「爲有」無窮火，嘗觀石刻作「資」不一作「末」盡油。夜深人散後，惟有石刻作「此」一燈留。

〔一〕以神守氣：《春秋繁露》云：「養生之大者，在受氣間欲以平意，平意以静神，静神以養氣。」孫真人《養生門》中第五篇云：「和神養氣之道，當得密室，閉户，安牀暖席，枕高二寸半，正身偃仰，瞑目（守）〔閉〕氣於胸膈間，以鴻毛著鼻上而不動。經三百息，耳無所聞，目無所見，心無所思，如此，則寒暑不能侵矣。」黄山谷《題跋》云：「東坡（先生）〔平生〕好道術，聞輒行之，但不久又棄去。嘗有海上道人評東坡云：『真蓬萊方丈中謫仙人也。』」

慎按：石刻先生自書此詩後：「丁丑正月十九日，録示子野，向嘗論其詳矣。」云云。此詩施氏原本不載，今據石刻年月，從《續補》下卷移編於此。

去歲三月自水東嘉祐寺遷居合江樓迨今一年多病鮮一作「寡」歡頗懷水東之樂得歸善縣後隙地數畝父老云此古白鶴觀也意欣然欲居之乃和此詩二首以下丁丑年作。

其一

昔我初來時，水東有幽宅。晨興一作「與」鴉鵲朝，暮與牛羊夕。誰令遷近市，日有造請役。歌呼雜閭巷，鼓角鳴枕席。出門無所詣，樂事非宿昔。病瘦獨彌年，束薪與誰析。

其二

洄潭轉碕岸，我作江郊詩。今爲一廛氓，此邦一作「地」乃得之。葺爲無邪齋〔一〕，思我無所思。古觀廢已久，白鶴歸何時。我豈丁令威，千歲復還兹。江山朝福地〔二〕，古人不我欺。

〔一〕思無邪齋：在白鶴新居。本集《思無邪齋銘序》云：「有思皆邪也，無思則土木也，吾何自得道？其惟有思而無所思者乎！」

〔二〕福地：司馬永禎《天地宫府圖序》：「太上曰七十二福地，在大地名山之間，上帝命真人治之。」杜甫詩：「（置）〔致〕身福地何蕭爽。」

慎按：以上二首和淵明《移居》詩韻，當是丙子初春在惠州作，今據《寓惠集》編此。

白鶴峰新居欲成夜過西鄰翟秀才二首〔一〕

其一

林行婆家初閉户〔二〕，翟夫子舍尚留關〔三〕。連娟缺月黄昏後，縹緲新居紫翠間。繫悶豈無羅帶水，割愁還有劍鋩山〔四〕。公自注：韓退之云：水作青羅帶，山如碧玉篸。柳子厚云：海上尖峰若劍鋩，秋來處處割愁腸。皆嶺南詩也。中原北望無歸日，鄰火村春自往還。

〔一〕白鶴新居：危太朴《書院記》：「紹聖四年二月，白鶴峰新居成。紹興初，虔寇謝達陷惠州，官舍焚蕩無遺。獨存公故居，烹羊致奠而去。」

〔二〕行婆：老嫗居家事佛者之通稱。《司馬温公集》有《張行婆傳》。

〔三〕翟夫子：《名勝志》：「翟夫子舍，在白鶴峰側，宋邑人翟逢亨也。天性至孝，博洽群書。東坡詩『翟夫子舍尚留關』，即此。」

〔四〕割愁：《老學菴筆記》：「柳子厚詩云：『海上尖山似劍鋩，秋來處處割愁腸。』東坡用之，云：『割愁還有劍鋩山。』或謂可言『割愁腸』，不可但言『割愁』。亡兄仲高云：『晉張望詩云：「愁來不可割。」此『割愁』二字出處也。』」〇按，《苕溪漁隱叢話》：「詩篇當有操縱，不可拘用一律。蘇子瞻詩云：『林行婆家初閉户，翟夫子舍尚留關。』始讀殆不可測其意，蓋下有『連娟缺月黄昏後』四句，則入頭不怕放行，寧傷初拙也。然『繫悶羅帶』、『割愁劍鋩』，大是險諢，亦何可屢打也。」

其　二

甕間畢卓防偷酒，壁後匡衡不點燈。待鑿平江百尺井，要分清署一壺冰。佐卿恐是歸來鶴，次律寧非過去僧。他日莫尋王粲宅，夢中來往本何曾。

慎按：以上二首，施氏原本訛編《丙子重九》詩後，今改正。

附子由次韻二首：

老罷子卿還屬國，功成定遠恨陽關。漂流豈必風波際，顛沛何妨枕席間。伏臘便應隨俚俗，室廬聞似勝家山。因緣宿世非今日，賴有陰功許旋還。

山連上帝朱明府，心是南宗無盡燈。過此欹危空比夢，年來瘴毒冷如冰。圖書一笑寧勞客，音信頻來尚有僧。梨棗功夫三歲辦，不緣憂患亦何曾。

丁丑二月十四日白鶴峰新居成自嘉祐寺遷入咏淵明時運詩云斯晨斯夕言息其廬似爲余發也乃次其韻長子邁與余别三年矣挈携諸孫萬里遠至老朽憂患之餘不能無欣然〔一〕

其一

我卜我居，居非一朝。龜不吾欺，食此江郊〔二〕。廢井已塞〔三〕，喬木干霄。昔人伊何，誰其裔苗？

〔一〕長子邁：按，邁字伯達。東坡謫惠州，邁方居宜興。明年，授韶州仁化令，後改河間縣，官至駕部員外。子符，高宗朝仕至禮部尚書。

〔二〕龜食：《左傳》：臧昭伯如晉，臧會竊其寶龜，僂句，以卜爲信，曰：『僂勾不〔吾〕〔余〕欺也。』」杜預注：「僂勾，龜所出地名。」《埤雅》：「以墨畫龜，占其食否。《洛誥》所謂『惟洛食』是也。」《爾雅注》：「今江東所謂左食者，以甲卜審，右庫者爲右食，甲形皆爾。」

〔三〕塞井：柳子厚有《塞廢井》文。

其　二

下有澄施氏原注：石刻作「澄」，集本作「碧」潭，可飲可濯。江山千里，供我遐矚。木固無脛一作「脛」，瓦豈有足。陶匠自至，歗歌相樂。

其　三

我視此邦，如洙如沂〔一〕。邦人勸我，老矣安歸。自我幽獨，倚門或揮。豈無親友，雲散莫追。

〔一〕如洙如沂：慎按，詩意謂如在鄒、魯之邦也。

其　四

旦朝丁丁，誰款我廬。子孫遠至，笑語紛如。剪鬃施氏原注：石刻作「鬃」，集本作「髮」垂髫，覆此瓠壺。三年一夢，乃復見余。

慎按：以上四章，施氏原本不載。新刻本載《和陶》卷中，合爲一首。今依陶詩，分四章，每章八句，考據年月，分編於此。

和東方有一士

瓶居本近危，甑墜知不完。夢求亡楚弓，笑解適越冠。忽然返自照，識我本來顔。歸路在脚底，殽潼失重關。屢從淵明遊，雲山出毫端。借君無弦琴〔一〕，寓我非指彈〔二〕。豈惟舞獨鶴，便可躡飛鸞。還將嶺茅瘴，一洗月闕寒。公自注：此東方一士，正淵明也。不知從之遊者誰乎？若了得此一段，我即淵明，淵明即我也。紹聖三年二月二十一日，東坡居士飲醉食飽，默坐思無邪齋，兀然如睡，既覺，寫和淵明詩一首，示兒子過。

〔一〕無弦琴：見《晉書·陶潛本傳》。

〔二〕非指：《莊子》：「以指喻指之非指，不若以非指喻指之非指也。」

慎按：陶淵明《東方有貧士》一首，即《擬古》第九首也，集中重載此詩，先生亦再和。施氏原本不載，新刻本載《續補》上卷，今依別本補編。

次韻惠循〔一〕二守相會〔二〕一本題云「次韻南圭使君與循州唱酬一首」。

共惜相從一寸陰，酒杯雖淺意殊深。且同月下三人影，莫作天涯萬里心。東嶺近開松菊徑，南堂初絶斧斤音。知君善頌如張老，猶望携壺更一臨。

〔二〕循州：《元和郡縣志》：「漢南海郡之博羅縣。梁置梁化郡，隋開皇十年，置循州，取循江爲名。」《輿地廣記》：「廣南東路循州，秦屬南海郡。隋平陳，置循州。南漢改爲禎州，而析北境，又立循州。」○慎按，禎州，即惠州也。循州後亦并入惠州。

〔三〕二守：方南圭，字子容，時守惠州。周彦質，字文之，時守循州。

又次韻二守許過新居

數畝蓬蒿古縣陰，曉窗明施氏原注：墨跡作「明」，集本作「清」快夜堂深。也知卜築非真宅，聊欲跏趺看此心。聞道攜壺問奇字，更因登木助微一本作「振履出商」音。相娱北户江千頃，直下都無地可臨。

慎按：施氏原注舊載南圭和詩，惜已脱落，止存結句，云：「應許衰翁領客臨。」

又次韻二守同訪新居施氏原注：墨蹟云：「次韻南圭文之二太守同過白鶴新居之什。」

此生真欲老牆陰，却掃都忘歲月深。拔薤已觀賢守政，折蔬聊慰故人心。風流賀監常吴語〔一〕，憔悴鍾儀獨楚音。治狀兩邦俱第一，潁川歸去肯重臨〔二〕。

〔一〕風流賀監：李白《憶賀監》詩：「四明有狂客，風流賀季真。」

〔二〕重臨：劉夢得詩：「重臨事異黄丞相。」

循守臨行出小鬟復用前韻

石刻云：請一呈文之便毁之，切告切告。蒙示廿一日别文之後佳句，戲用元韻，記别時事爲一笑。末又云：雖爲戲笑，亦告不示人也。

學語雛鶯在柳陰，臨行呼出翠帷深。通家不隔同年面，施氏注：墨跡注云：文之與南圭令弟同年。得路方知異日心。趁着春衫游上苑，要求國手教新音。嶺梅不用催歸騎，截蹬須防舊所臨。公自注：文之嘗倅韶。

慎按：施氏原注云：「『陰』字韻四詩，墨跡箋札皆精絶，楮墨如新，而每詩皆丁寧至切，勿以示人。蓋公平生以文字招謗蹈禍，慮患益深。然海南之役，竟不免焉。吁可嘆哉！」此段新刻本删去，今補録。

周循州彥質在郡二年書問無虛日罷歸過惠爲余留半月既別和此詩追送之

其　一

我見異人，且得異書〔一〕。挾書從人，何適不娛。羅浮之趾，卜我新居。子一作「而」非玄德，三顧我廬。

〔一〕異人異書：施氏原注引袁山松《漢書》云：「王充作《論衡》，蔡邕始得之，其後王朗爲會稽守，又得其書。及還許下，時人稱其才進，曰：『不見異人，當得異書。』」

其　二

旨酒荔蕉，絶甘分珍。雖云晚接，數面自親。海隅一笑，豈云無人。無酒酤我，或乞其鄰。

其　三

將行復止，眷言孜孜。苟有於中，傾倒出之。奕奕千言，粲焉陳詩。觴行筆落，了不容思。

其四

丱妙侍側〔一〕，兩髦丫分。歌舞壽我，永爲歡欣。曲終悽然，仰視浮雲。此曲此聲，何時復聞。

〔一〕丱妙：即指前章臨行所出小鬟也。

其五

擊鼓其鏜，船開艣鳴。顧我而言，雨泣載零。子卿白首，當還西京。遼東萬里，亦歸管寧〔一〕。

〔一〕管寧：《三國志·魏志·管寧傳》：「（初）至遼東，公孫度虚館以候之。文帝即位，徵寧，遂將家屬浮海還郡。」

其六

感子至意，託辭西風。吾生一塵，寓形空中。願言謙亨，君子有終。功名在子，何異我躬。

慎按：以上六章和淵明《答龐參軍》韻，施氏原本不載，新刻本載《和陶》卷中，合成一首，今從别本，分六章，每章八句。據《寓惠集》分編於此。

種　茶

松間旅生茶，已與松俱瘦。茨棘尚未容，蒙翳争交構。天公所遺棄，百歲仍穉幼。紫筍雖不長，孤根乃獨壽。移栽白鶴嶺，土軟春雨後。彌旬得連陰，似許晚遂茂。能忘流轉苦，戢戢出鳥咮。未任供春一作「臼」磨，且可資摘嗅。千團輸大官，百餅衒私鬭。何如此一啜，有味出吾囿。

白鶴山新居鑿井四十尺遇磐石石盡乃得泉

海國困蒸溽，新居利高寒。以彼陟降勞〔一〕，易此寢處乾一作「安」。但苦江路峻，常慚汲腰酸。矻矻煩四夫〔二〕，磽磽斵層巒。彌旬得尋丈，下有青石盤。終日但迸火，何時見飛瀾。豐我粲與醪，利汝椎與鑽。山石有時盡，我意殊未闌。今朝僮僕喜，黄土復可摶。晨缾得雪乳，暮甕停冰湍。我生類如此，何適不艱難。一勺亦天賜，曲肱有餘歡。

〔一〕陟降：柳子厚《井銘》：「崖岸峻厚，旱則水益遠，人陟降大（難）〔艱〕。」

〔二〕矻矻：白居易詩：「披沙復鑿石，矻矻無冬春。」

三月二十九日二首

其一

南嶺過雲開紫翠，北江飛雨送凄凉。酒醒夢回春盡日，閉門隱几坐燒香。

其二

門外橘花猶的皪，墻頭荔子已斕斑。樹暗草深人静處，卷簾欹枕卧看山。

慎按：危太朴《惠州東坡書院記》：「白鶴峰新居成，權臣聞公之安於惠，再責授瓊州别駕，昌化軍安置。四月，發惠州。」自此以下皆謫海南詩。

【校記】

一、《新年五首·其四》注一引《六經釋文》云云，實轉引自宋程大昌《演繁露》，見該書《續集》卷五「浮橋」條引《六經釋文·左氏昭元年》，初白引文中「《詩》云」、「李巡注《爾雅》云」亦爲該條之文。

二、《二月八日與黄壽僧曇穎過逍遥堂何道士宗一問疾》注一引蘇軾《與程正輔尺牘》云云，其中「孤進無緣自達」一句，於原文乃在「不知舉削能及之否」一句之後，原文於「孤進無緣自達」之後，尚有「不免僭言，不罪不罪」二語，初白删之，爲文意順暢故而顛倒之。

三、《次韻高要令劉湜峽山寺見寄》注二引《胎息經》及注云云，實轉引自張君房《雲笈七籤》卷六十。○注七引《服元氣法》云云，亦轉引自《雲笈七籤》卷五十八。

四、《淵明讀山海經十三首其七皆仙語余讀抱朴子有所感用韻賦之・其四》注二引《老子中經》云云，實轉引自《雲笈七籤》卷十八。

五、同上《其六》注一引《仙家沐浴身心經》云云，實轉引自《雲笈七籤》卷四十一。

六、同上《其九》注一引《八素經》云云，亦轉引自《雲笈七籤》卷四十一《三洞經教部》「紫字」條。○同注又引司馬紫微《天地宫府圖序》云云，亦轉引自《雲笈七籤》卷二十七。

七、同上《其十一》注二引《黄石公紀》云云，實轉引自李昉《太平御覽》卷六《天部下・星中》。

八、《海上道人傳以神守氣訣》注一引孫真人《養生門》中第五篇云云，實轉引自《蘇軾文集》卷七十三《寄子由三法・胎息法》。

九、《去歲三月自水東嘉祐寺遷居合江樓迨今一年多病鮮歡頗懷水東之樂得歸善縣後隙地數畝父老云此古白鶴觀也意欣然欲居之乃和此詩二首・其二》注二引司馬永禎《天地宫府圖序》云云，實轉引自《雲笈七籤》卷二十七。